हिन्द पॉकेट बुक्स

# मंदिर और मस्जिद तथा अन्य कहानियाँ

प्रेमचंद हिन्दी और उर्दू के महानतम भारतीय लेखकों में से एक हैं। वे एक संवेदनशील लेखक, सचेत नागरिक, कुशल वक्ता तथा सुधी (विद्वान) संपादक थे। उपन्यास के क्षेत्र में उनके योगदान को देखकर बंगाल के विख्यात उपन्यासकार शरत्‌चंद्र चट्टोपाध्याय ने उन्हें उपन्यास सम्राट कहकर संबोधित किया था। प्रेमचंद ने हिन्दी कहानी और उपन्यास की एक ऐसी परंपरा का विकास किया जिसने पूरी सदी के साहित्य का मार्गदर्शन किया। आगामी एक पूरी पीढ़ी को गहराई तक प्रभावित कर प्रेमचंद ने साहित्य की यथार्थवादी परंपरा की नींव रखी। उनका लेखन हिन्दी साहित्य की एक ऐसी विरासत है जिसके बिना हिन्दी के विकास का अध्ययन अधूरा होगा।

# मंदिर और मस्जिद

## तथा अन्य कहानियाँ

प्रेमचंद

हिन्द पॉकेट बुक्स
पेंगुइन रैंडम हाउस इम्प्रिंट

**हिन्द पॉकेट बुक्स**

यूएसए। कनाडा। यूके। आयरलैंड। ऑस्ट्रेलिया। सिंगापुर
न्यू ज़ीलैंड। भारत। दक्षिण अफ्रीका। चीन

हिन्द पॉकेट बुक्स, पेंगुइन रैंडम हाउस ग्रुप ऑफ़ कम्पनीज़ का हिस्सा है,
जिसका पता global.penguinrandomhouse.com पर मिलेगा

पेंगुइन रैंडम हाउस इंडिया प्रा. लि.,
चौथी मंजिल, कैपिटल टावर -1, एम जी रोड,
गुड़गांव 122 002, हरियाणा, भारत

पेंगुइन
रैंडम हाउस
इंडिया

प्रथम हिन्दी संस्करण हिन्द पॉकेट बुक्स द्वारा 2004 में प्रकाशित
यह हिन्दी संस्करण हिन्द पॉकेट बुक्स में पेंगुइन रैंडम हाउस द्वारा 2022 में प्रकाशित



10 9 8 7 6 5 4 3 2



ISBN 9789353496760

मुद्रक : मणिपाल टेक्नॉलजीस् लिमिटेड, भारत



www.penguin.co.in

# आमुख

प्रेमचंद के सभी अनुरागियों के लिए बड़ी खुशी की बात है कि प्रेमचन्द का कथा-साहित्य अब 'हिन्द पॉकेट बुक्स' के माध्यम से भी उनके पास पहुंच रहा है। आपने जब से होश संभाला आप प्रेमचंद को पढ़ते और प्यार करते आए हैं। बचपन से लेकर उम्र ढलने तक प्रेमचंद आपके संग-संग चलता रहा है। निश्चय ही आपमें से कितनों का ही प्रेमचंद साहित्य से गहरा परिचय भी होगा और मुझे विश्वास है कि प्रेमचंद के जीवन-परिचय की मोटी-मोटी बातें भी आप काफी कुछ जानते होंगे। जैसे यही कि उनका जन्म 31 जुलाई, 1880 को बनारस शहर से चार मील दूर लमही नाम के एक गांव में हुआ था और उनके पिता मुंशी अजायब लाल एक डाकमुंशी थे। घर पर साधारण खाने-पीने, पहनने-ओढ़ने की मुहताजी तो न थी, पर इतना शायद कभी न हो पाया कि उधर से निश्चिन्त हुआ जा सके।

मगर यह सब तो बड़े लोगों की चिन्ता थी, जहां तक इस लड़के नवाब या धनपत की बात थी — यही उनके असल नाम थे, 'प्रेमचंद' तो लेखकीय उपनाम था, ठीक-ठाक अर्थों में छद्म नाम, जो उन्होंने 'सोजे वतन' नामक अपनी पुस्तिका के सरकार द्वारा जब्त करके जला दिये जाने के बाद 1910 में अपनाया था, ताकि उस गोरी सरकार की नौकरी में रहते हुए भी वह पूर्ववत् लिखते रह सकें और फिर उन्हें राजकोप का शिकार न बनना पड़े — उसका बचपन भी गांव के और सब बच्चों की तरह खेलकूद में बीता, जो बचपन का अपना वरदान है।

छः-सात साल की उम्र में, कायस्थ घरानों की पुरानी परंपरा के अनुसार, उसे भी पास ही लालगंज नाम के एक गांव में एक मौलवी साहब के पास, जो यों पेशे से दर्जी थे, फारसी और उसी के साथ घलुए में उर्दू पढ़ने के लिए भेजा जाने लगा, पर उससे नवाब के खेल-तमाशे में कोई फर्क नहीं पड़ा, क्योंकि मौलवी साहब काफी मौजी तबियत के ढीलमढाल आदमी थे, जिनका किस्सा नवाब ने आगे चलकर अपनी कहानी 'चोरी' में खूब रस ले-लेकर सुनाया है, पर वह कैसे भी ढीलमढाल रहे हों, वह शायद पढ़ाते अच्छा ही थे, क्यों कि लोग कहते हैं, मुंशी प्रेमचंद का फारसी पर अच्छा अधिकार था। फारसी भाषा का प्यार भी मौलवी साहब ने लड़के के मन में जरूर अच्छा जगाया होगा, क्योंकि बी० ए० तक की परीक्षा में प्रेमचंद का एक विषय फारसी रहा।

थोड़ी-सी पढ़ाई और ढेरों खिलवाड़ और गांव की जिंदगी के अपने मजों के साथ मां और दादी के लाड़-प्यार में लिपटे हुए दिन बड़ी मस्ती में बीत रहे थे कि गोया आसमान से इस बच्चे का इतना सुख न देखा गया और उसी साल मां ने बिस्तर पकड़ लिया। मुंशी अजायब लाल की तरह ही वह संग्रहणी की पुरानी मरीज थीं। इस बार का हमला जानलेवा साबित हुआ। नवाब तब सात साल का था और उसकी बड़ी बहन सुग्गी पंद्रह की। उसी साल उसका ब्याह मिर्जापुर के पास लहौली नाम के गांव में हुआ था। गौना भी हो गया था। मां के मरने के आठ-दस रोज पहले आयी, बड़ी-बड़ी सेवा की। नवाब भी मां के सिरहाने बैठा पंखा झलता रहता और उसके चचेरे बड़े भाई बलदेव लाल, जो बीस साल के नौजवान थे और एक अंग्रेज के यहां टेनिस की गेंद उठा-उठाकर खिलाड़ी को देने पर नौकर थे, दवा-दारू के इंतजाम में लगे रहते, लेकिन सब व्यर्थ हुआ। सात साल के नवाब को अकेला छोड़कर मां चल बसीं और उसी दिन वह नवाब, जिसे मां पान के पत्ते की तरह फेरती रहती थी, देखते-देखते सयाना हो गया। अब उसके सर पर तपता हुआ नीला आकाश था, नीचे जलती हुई भूरी धरती थी, पैरों में जूते न थे और न बदन पर साबित कपड़े, इसलिए नहीं कि यकबयक पैसे का टोटा पड़ गया था, बल्कि इसलिए कि इन सब पर नजर रखने वाली मां की आंखें मुंद गयी थीं। बाप यों भी कब मां की जगह ले पाता है, उस पर से वह काम के बोझ से दबे रहते। तबादलों का चक्कर अलग से। कभी बांदा तो कभी बस्ती, कभी गोरखपुर तो कभी कानपुर, कभी इलाहाबाद तो कभी लखनऊ, कभी जीवनपुर तो कभी बड़हलगंज, किसी एक जगह जमकर न रहने पाते। बेटे को उनके संग-साथ की, दोस्ती की भी जरूरत हो सकती है, इसके लिए उनके पास न तो समझ थी और न समय। 'कजाकी' में मुंशीजी ने शायद अपनी ही बात बच्चे के मुंह से कहलवायी है :

> बाबूजी बड़े गुस्सेवर थे। उन्हें काम बहुत करना पड़ता था, इसी से बात-बात पर झुंझला पड़ते थे। मैं तो उनके सामने कभी आता ही न था, वह भी मुझे कभी प्यार न करते थे।

यानी कि प्यार, दोस्ती, संग-साथ नवाब को जो कुछ मिलता था, अपनी मां से मिलता था। सो मां अब नहीं रही। मां जैसा ही प्यार कुछ-कुछ बड़ी बहन से मिलता था, सो वह अपने घर चली गयी। नवाब की दुनिया घर के नाते सूनी हो गयी। यह कमी कितनी गहरी, कितनी तड़पानेवाली रही होगी, जो सारी जिंदगी यह आदमी उससे उबर नहीं सका और उसने बार-बार ऐसे पात्रों की सृष्टि की, जिनकी

मां बचपन में ही मर गयी थी और फिर उनकी दुनिया सूनी हो गयी। 'कर्मभूनि' में अमरकान्त कहता है:

> जिंदगी की वह उम्र, जब इंसान को मुहब्बत की सबसे ज्यादा जरूरत होती है, बचपन है। उस वक्त पौदे को तरी मिल जाए, तो जिंदगी भर के लिए उसकी जड़ें मजबूत हो जाती हैं। उस वक्त खुराक न पाकर उसकी जिंदगी खुश्क हो जाती है। मेरी मां का उसी जमाने में देहांत हुआ और तब से मेरी रूह को खुराक नहीं मिली। वही भूख मेरी जिंदगी है।

और फिर दूसरी मां के आ जाने का भी शायद वह अपना ही अनुभव है, जिसे मुंशीजी ने उसी अमरकान्त की कहानी कहते हुए यों व्यक्त किया है :

> समरकान्त ने मित्रों के कहने-सुनने से दूसरा विवाह कर लिया था। उस सात साल के बालक ने नयी मां का बड़े प्रेम से स्वागत किया, लेकिन उसे जल्द मालूम हो गया कि उसकी नयी मां उसकी जिद और शरारतों को उस क्षमादृष्टि से नहीं देखती, जैसी उसकी मां देखती थी। वह अपनी मां का अकेला लाड़ला था, बड़ा जिद्दी, बड़ा नटखट। जो बात मुँह से निकल जाती, उसे पूरा करके ही छोड़ता। नयी माताजी बात-बात पर डांटती थीं। यहां तक कि उसे माता से द्वेष हो गया, जिस बात को वह मना करतीं, उसे अदबदाकर करता। पिता से भी ढीठ हो गया। पिता और पुत्र में स्नेह का बंधन न रहा।

यह मन:स्थिति ठीक वह थी, जिसमें इस लड़के नवाब के बहक जाने का पूरा सामान था, लेकिन प्रकृति जैसे अपने और तमाम जंगली फूल-पौदों को, जिनकी सेवा-टहल के लिए कोई माली नहीं होता, नष्ट होने से बचाती है, उसी तरह इस आवारा छोकरे को भी बचाने का एक ढंग उसने निकाला, ऐसा ढंग जो उसकी नैसर्गिक प्रतिभा के अनुकूल था। आवारागर्दी को उसने बंद नहीं किया, बस एक हलका-सा मोड़ दे दिया, मोटी-मोटी तिलिस्म और ऐयारी की किताबों में, जिनका रस छन-छनकर उसके भीतर के किस्सागो को खुराक पहुंचाने लगा। इन किताबों में सबसे बढ़कर थी फैजी की 'तिलिस्मे होशरुबा', दो-दो हजार पन्नों की अठारह जिल्दें। तेरह साल के इस लड़के ने उसको तो पढ़ ही डाला और भी बहुत कुछ पढ़ डाला, जैसे रेनाल्ड की 'मिस्ट्रीज ऑफ द कोर्ट ऑफ लंडन' की पचीसों किताबों के उर्दू तर्जुमे, मौलाना सज्जाद हुसैन की हास्य कृतियां, मिर्जा रुसवा और रतननाथ सरशार के ढेरों किस्से। कोई पूछे कि इतनी सब किताबें इस लड़के को मिलती कहां थीं?

रेती पर बुद्धिलाल नाम का एक बुकसेलर रहता था। मैं उसकी दूकान पर जा बैठता था और उसके स्टाक से उपन्यास ले-लेकर पढ़ता था। मगर दूकान पर सारे दिन तो बैठ न सकता था, इसलिए मैं उसकी दूकान से अंग्रेजी पुस्तकों की कुंजियां और नोट्स लेकर अपने स्कूल के लड़कों के हाथ बेचा करता था और उसके मुआवजे में दूकान से उपन्यास घर लाकर पढ़ता था। दो-तीन वर्षों में मैंने सैकड़ों ही उपन्यास पढ़ डाले होंगे।

यह गोरखपुर की बात है, जहां उन दिनों वह अपने पिता और दूसरी मां के साथ रहता था और रावत पाठशाला में पढ़ता था, जहां उसने आठवीं कक्षा तक पढ़ाई की।

कहने की जरूरत नहीं कि जहां ऐसी अच्छी-अच्छी किताबों की पढ़ाई दिन-रात चल रही हो, वहां स्कूल की नीरस किताबों को कौन देखता होगा और क्यों देखे, पर हमारे कथा-साहित्य की दृष्टि से जो हुआ, अच्छा हुआ, क्योंकि सच्चे अर्थों में इन्हीं दिनों, इन्हीं सब तैयारियों में से होकर उस अमर कथाकार प्रेमचंद का जन्म हुआ, जो आगे चलकर उर्दू और हिन्दी दोनों ही भाषाओं में आधुनिक कहानी का जन्मदाता बना और आज दुनिया से चले जाने के पचास बरस बाद भी अपने उसी सर्वोच्च शिखर पर बैठा है और जिसने दुनिया को लगभग तीन सौ कहानियां और चौदह छोटे-बड़े उपन्यास दिए, जिन्हें एक बार उठा लेने पर फिर छोड़ा नहीं जा सकता, जैसा कि आप सभी उनके असंख्य पाठकों का नित्य का अनुभव है। स्वाभाविक ही है कि प्रेमचंद की गिनती आज दुनिया के महान् लेखकों में होती है और उनके साहित्य का अनुवाद भारत की सभी भाषाओं में ही नहीं दुनिया की और भी पचासों भाषाओं में किया जा चुका है, रूसी, चीनी जैसी किन्हीं-किन्हीं भाषाओं में तो शायद संपूर्ण प्रेमचंद साहित्य।

लेकिन वह लेखक कितना ही बड़ा क्यों न हो, आदमी बहुत ही सीधा-सादा था, नितान्त सरल, निश्छल, विनयशील और वैसी सीधी-सादी उसकी जीवन-शैली थी। सोलहों आने वैसी ही, जैसी किसी भी दफ्तर के बाबू या स्कूल के मास्टर की होती है। सबेरे नौ-दस बजे घर से सीधे अपने काम पर और शाम को पांच बजे सीधे अपने घर। अपने ही जैसे दो-चार संगी-साथियों और अपने परिवार की छोटी-सी दुनिया ही उसकी कुल दुनिया है, जिसमें घर का बाजार-हाट भी है, बच्चों की सर्दी-खांसी भी है और परिवार की दांताकिलकिल भी है और फिर उन सबके बीच समर्पित भाव से किया गया इतना सब अजस्र लेखन है, जो सचमुच आश्चर्यजनक

लगता है, जब इस बात की ओर ध्यान जाता है कि इतना सब जो लिखा गया है, वह लगभग सारी उम्र सात-आठ घन्टे की एक-न-एक नौकरी करते हुए लिखा गया है! मजे से पूरे समय लिख सकते, इतनी भी सुविधा बेचारे को न जुट पायी। शुरू से लेकर आखिर तक अभाव और जीवन-संघर्ष की एक ही गाथा।

वह अभी मुश्किल से पंद्रह का था कि घरवालों ने उसका विवाह कर दिया, जो बहुत ही दुर्भाग्यपूर्ण रहा। सोलह का होते-होते पिताजी गिरस्ती का सब बोझ लड़के पर डालकर परलोक सिधारे। फलतः उस वर्ष वह मैट्रिक की परीक्षा भी नहीं दे पाया। अगले साल परीक्षा में बैठा। द्वितीय श्रेणी में पास तो हो गया, लेकिन कालेज में प्रवेश न मिल पाया, पर हां संयोग से बनारस के पास ही चुनार के एक स्कूल में मास्टरी मिल गयी और 1899 से स्कूल की मास्टरी का जो सिलसिला चला, वह पूरे बाईस साल यानी 1921 तक चला, जबकि मुंशीजी ने गांधीजी के आह्वान पर गोरखपुर के सरकारी स्कूल से इस्तीफा दिया। नौकरी करते हुए ही उन्होंने इंटर और बी० ए० पास किया।

स्कूलमास्टरी के इस लंबे सिलसिले में प्रेमचंद को घाट-घाट का पानी पीना पड़ा। कुछ-कुछ बरस में यहां से वहां तबादले होते रहे। प्रतापगढ़ से इलाहाबाद से कानपुर से हमीरपुर से बस्ती से गोरखपुर। इन सब स्थान-परिवर्तनों में शरीर को कष्ट तो हुआ ही होगा और सच तो यह है कि इसी जगह-जगह के पानी ने उन्हें पेचिश की दायमी बीमारी दे दी, जिससे उन्हें फिर कभी छुटकारा नहीं मिला, लेकिन कभी-कभी लगता है कि ये कुछ-कुछ बरसों में हवा-पानी का बदलना, नये-नये लोगों के संपर्क में आना, नयी-नयी जीवन-स्थितियों में से होकर गुजरना, कभी घोड़े और कभी बैलगाड़ी पर गांव-गांव घूमते हुए प्राइमरी स्कूलों का मुआयना करने के सिलसिले में अपने देश के जीवन को गहराई में पैठकर देखना, नयी-नयी सामाजिक समस्याओं और उनके नये-नये रूपों से रूबरू होना उनके लिए रचनाकार के नाते एक बहुत बड़ा वरदान भी था। दूसरे किसी आदमी को यह दर-दर का भटकना शायद भटका भी सकता था, बिखेर भी सकता था, पर मुंशीजी का अपनी साहित्य-सर्जना के प्रति जैसा अनुशासित एकचित समर्पण आरंभ से ही था, यह अनुभव-संपदा निश्चय ही उनके लिए अत्यन्त मूल्यवान सिद्ध हुई होगी।

जीवन-परिचय के संदर्भ में एक बात जो यथास्थान नहीं आ पायी, वह यह कि प्रेमचंद ने शिवरात्रि के दिन 1906 में, लगभग उन्हीं दिनों जब वह शायद अपना छोटा उपन्यास 'प्रेमा' (उर्दू में 'हमखुर्मा ओ हमसवाब') हिन्दी में लिख

रहे होंगे (उसका प्रकाशन 1907 में हुआ) जिसका नायक एक विधवा लड़की से विवाह करता है, उन्होंने स्वयं एक विधवा लड़की शिवरानी देवी से विवाह किया, जो कालान्तर में उनके छ: बच्चों की मां बनी, जिनमें से तीन अभी जीवित हैं।

शिवरानी देवी बहुत सच्ची, अक्खड़, निडर, अहंकार की सीमा तक स्वाभिमानी, दबंग, शासनप्रिय महिला थीं। प्रेमचंद खुद जैसे कोमल स्वभाव के आदमी थे, उन्हें शायद ऐसी ही जीवन-सहचरी की जरूरत थी और शायद इसीलिए प्रेमचंद के जीवन में उनकी बड़ी महत्त्वपूर्ण भूमिका रही। जब जितना मिला उतने में घर चलाया, पारिवारिक चिन्ताओं और रगड़ों-झगड़ों से उन्हें मुक्त किया — जिसका ही नतीजा था कि सब अभावों के बीच भी वह शांति से अपना काम कर सके — और बराबर उनके साथ कंधे-से-कंधा लगाकर उनकी शक्ति के एक स्तंभ के रूप में खड़ी रही। 8 फरवरी, 1921 को गांधीजी ने गोरखपुर की एक सभा में, जिसमें प्रेमचंद भी उपस्थित थे, सरकारी नौकरी से इस्तीफा देने के लिए लोगों का आह्वान किया। प्रेमचंद के मन में भी कुछ संकल्प बना! घर आये, पत्नी से कहा। पांच दिन संशय में गुजरे। इक्कीस साल की जमी-जमायी नौकरी छोड़ने की हिम्मत नहीं पड़ रही थी। मुंशीजी की सेहत खराब, घर में दो छोटे-छोटे बच्चे और तीसरा होने वाला, आगे परिवार कैसे पलेगा इसका कुछ ठौर-ठिकाना नहीं, पर छठे दिन शिवरानी देवी ने हिम्मत बटोरकर हरी झंडी दिखा दी, अगले दिन मुंशीजी ने इस्तीफा दाखिल कर दिया और आठवें दिन, 16 फरवरी, 1921 को मुंशीजी अपनी इतनी पुरानी सरकारी नौकरी को लात मारकर बाहर आ गये।

उसी रोज मुंशीजी ने अपना सरकारी क्वार्टर छोड़ दिया। कुछ रोज बाद यह योजना बनी कि महावीर प्रसाद पोद्दार के साझे में एक चर्खे की दूकान शहर में खोली जाए। आखिर दुकान खुली, दस कर्धे लगाये गये, लेकिन दूकान चलाना, भले वह चर्खे की दूकान हो, मुंशीजी के बस का रोग न था। उस तरह की देश-सेवा के लिए मुंशीजी बने ही न थे। उनका माध्यम तो साहित्य है, सो लिखाई जोर-शोर से चल रही है। स्वराज्य के संदेश का प्रचार करने वाले लेख और सीधी-सादी देश-प्रेम की कहानियां, जिनमें किसी तरह का बनाव-सिंगार नहीं है और न उनको लिखते समय मुंशीजी को इस बात की ही चिन्ता है कि उनकी गिनती स्थायी साहित्य में होगी या नहीं।

गांधीजी ने स्वराज्य की लड़ाई छेड़ रखी है। हर वह आदमी जिसे अपने देश से प्यार है, इस समय स्वराज्य का सिपाही है। कोई मैदान में जाकर लाठी खाता, कोई जेल की राह पकड़ता है, मुंशीजी अपना कलम लेकर मैदान में उतरते हैं।

इसी ख्याल से उन्होंने गोरखपुर से निकलने वाले एक उर्दू अखबार 'तहकीक' और एक हिन्दी अखबार 'स्वदेश' से बाकायदा जुड़ने और उनमें नियमित रूप से बराबर लिखने की कुछ शक्ल बनानी चाही, पर वह नहीं बनी, तो मुंशीजी बनारस आ गये, फिर कुछ ऐसा संयोग बना कि सरकारी नौकरी से इस्तीफा देने के चार महीने बाद मुंशीजी मारवाड़ी विद्यालय, कानपुर पहुंच गए, लेकिन अपने यहां प्राइवेट स्कूलों का जो हाल है, स्कूल के हेडमास्टर प्रेमचंद की स्कूल के मैनेजर काशीनाथ से नहीं बनी और साल पूरा नहीं होने पाया कि मुंशीजी ने 'बहुत तंग आकर' 22 फरवरी, 1922 को वहां से भी इस्तीफा दे दिया और फिर बनारस पहुंच गए।

बनारस में उन्होंने संपूर्णानन्दजी के जेल चले जाने पर कुछ महीने 'मर्यादा' पत्रिका का संपादन-भार संभाला, फिर वहां से अलग होकर काशी विद्यापीठ पहुंच गये, जहां उन्हें स्कूल का हेडमास्टर बना दिया गया। अपना प्रेस खोलने की धुन भी बरसों से मन में समायी थी, उसकी भी तैयारी साथ-साथ चलती रही। कुछ ही महीनों बाद जब स्कूल बंद कर दिया गया, तो मुंशीजी पूरे मन-प्राण से प्रेस की तैयारी में लग गये, जो अंतत: खुला तो, मगर गले का ढोल बनकर रह गया, जो न तो बजाये बजता था और न गले से निकालकर फेंका जाता था।

आखिर लखनऊ से 'माधुरी' पत्रिका के संपादक की कुर्सी संभालने का प्रस्ताव मिलने पर उसे स्वीकार करने के सिवा गति न थी, क्योंकि अपना प्रेस रोजी-रोटी देना तो दूर रहा बराबर घाटे पर घाटा दिए जा रहा था। फिर छ: बरस लखनऊ रह गए और वहीं रहते-रहते 1930 में बनारस से अपना मासिक पत्र 'हंस' शुरू किया। उसके कुछ महीने पहले उन्होंने अपनी बेटी की शादी मध्यप्रदेश के सागर जिले की तहसील देवरी के एक अच्छे खाते-पीते देशसेवी घराने में कर दी थी। 1932 के आरंभ में लखनऊ का आबदाना खत्म हुआ और मुंशीजी फिर बनारस आ गए। 'हंस' तो निकल ही रहा था, 'जागरण' नामक एक साप्ताहिक और निकाला। वह भी बहुत अच्छा पत्र था, लेकिन अच्छा पत्र निकालना और उसे चला पाना दो बिल्कुल अलग बातें हैं।

दोनों पत्रों के कारण जब काफी कर्जा सिर पर हो गया, तब उसे सिर से उतारने के लिए मोहन भवनानी के निमन्त्रण पर उनके अजंता सिनेटोन में कहानी-लेखक की नौकरी करने बंबई पहुंचे। 'मिल' या 'मजदूर' के नाम से उन्होंने एक फिल्म की कथा लिखी और कंट्रैक्ट की साल भर की अवधि पूरी किए बिना दो महीने का वेतन छोड़कर बनारस भाग आए, क्योंकि बंबई का और उससे भी ज्यादा वहां की फिल्मी दुनिंया का हवा-पानी उन्हें रास नहीं आया। बंबई टाकीज तब हिमांशु राय

ने शुरू ही की थी। उन्होंने मुंशीजी को बहुत रोकना चाहा, पर मुंशीजी किसी तरह नहीं रुके। यहां तक कि बनारस से ही फिल्म की कहानियां भेजते रहने का प्रस्ताव भी स्वीकार नहीं किया।

बंबई में सेहत और भी काफी टूट चुकी थी, बनारस लौटने के कुछ ही महीने बाद बीमार पड़े और काफी दिन बीमारी भुगतने के बाद 8 अक्तूबर, 1936 को चल बसे। यही उनका कुल जीवन-परिचय है, जिसमें नाटकीय तत्व तो छोड़ ही दीजिए, कोई विशेष कथा-तत्त्व भी नहीं है। जभी तो उन्होंने अपने बारे में लिखा था :

> मेरा जीवन एक सपाट, समतल मैदान है, जिसमें कहीं-कहीं गढ़े तो है, पर टीलों, पर्वतों, घने जंगलों, गहरी घाटियों और खंडहरों का स्थान नहीं है। जो सज्जन पहाड़ों की सैर के शौकीन है, उन्हें तो यहां निराशा ही होगी।

और सच तो यह है कि अगर ऐसी कुछ बात ही न आ पड़ती, तो शायद उस व्यक्ति ने अपने बारे में इतना भी न लिखा होता। कोई पूछता, तो वह शायद कह देता : मेरी जिन्दगी में ऐसा है ही क्या, जो मैं किसी को सुनाऊं। बिल्कुल सीधी-सपाट जिंदगी है, जैसी देश के और करोड़ों लोग जीते है। एक सीधा-सादा, गृहस्थी के पचड़ों में फंसा हुआ तंगदस्त मुदर्रिस जो सारी जिंदगी कलम घिसता रहा, इस उम्मीद में कि कुछ आसूदा हो सकेगा, मगर न हो सका। उसमें है ही क्या, जो मैं किसी को सुनाऊं। मैं तो नदी किनारे खड़ा हुआ नरकुल हूं। हवा के थपेड़ों से मेरे अंदर भी आवाज पैदा हो जाती है, बस इतनी-सी बात है। मेरे पास अपना कुछ नहीं है, जो कुछ है, उन हवाओं का है, जो मेरे भीतर बजीं। और जो हवाएं उनके भीतर बजीं, वही उनका साहित्य है, भारतीय जनता के दुख-सुख का साहित्य, हमारे-आपके दुख-सुख का साहित्य, जिसे आप इसी कारण इतना प्यार करते हैं।

मुझे बड़ी खुशी है कि प्रेमचंद का कथा-साहित्य अब शुद्ध प्रामाणिक पाठ और सुंदर साज-सज्जा के साथ 'हिन्द पॉकेट बुक्स' के माध्यम से भी लाखों-करोड़ों पाठकों तक पहुंच सकेगा।

धूप छांह,
इलाहाबाद

(अमृत राय)

# कथा-क्रम

# बोहनी

उस दिन जब मेरे मकान के सामने सड़क की दूसरी तरफ एक पान की दुकान खुली तो मैं बाग-बाग हो उठा। इधर एक फर्लांग तक पान की कोई दुकान न थी और मुझे सड़क के मोड़ तक कई चक्कर करने पड़ते थे। कभी वहां कई-कई मिनट तक दुकान के सामने खड़ा रहना पड़ता था। चौराहा है, गाहकों की हरदम भीड़ रहती है। यह इन्तजार मुझको बहुत बुरा लगता था। पान की लत मुझे कब पड़ी, और कैसे पड़ी, यह तो अब याद नहीं आता लेकिन अगर कोई बना-बनाकर गिलौरियां देता जाय तो शायद मैं कभी इन्कार न करूं। आमदनी का बड़ा हिस्सा नहीं तो छोटा हिस्सा जरूर पान की भेंट चढ़ जाता है। कई बार इरादा किया कि पानदान खरीद लूं लेकिन पानदान खरीदना कोई खाला जी का घर नहीं और फिर मेरे लिए तो हाथी खरीदने से किसी तरह कम नहीं है। और मान लो जान पर खेलकर एक बार खरीद लूं तो पानदान कोई परी की थैली तो नहीं कि इधर इच्छा हुई और गिलौरियां निकल पड़ीं। बाजार से पान लाना, दिन में पांच बार फेरना, पानी से तर करना, सड़े हुए टुकड़ों को तराशकर अलग करना क्या कोई आसान काम है! मैंने बड़े घरों की औरतों को हमेशा पानदान की देखभाल और प्रबन्ध में ही व्यस्त पाया है। इतना सरदर्द उठाने की क्षमता होती तो आज मैं भी आदमी होता। और अगर किसी तरह यह मुश्किल भी हल हो जाय तो सुपाड़ी कौन काटे? यहां तो सरौते की सूरत देखते ही कंपकंपी छूटने लगती है। जब कभी ऐसी ही कोई जरूरत आ पड़ी, जिसे टाला नहीं जा सकता, तो सिल पर बट्टे से तोड़ लिया करता हूं लेकिन सरौते से काम लूं यह गैर-मुमकिन। मुझे तो किसी को सुपाड़ी काटते देखकर उतना ही आश्चर्य होता है जितना किसी को तलवार की धार पर नाचते देखकर। और मान लो यह मामला भी किसी तरह हल हो जाय, तो आखिरी मंजिल कौन फतह करे। कत्था और चूना बराबर लगाना क्या कोई आसान काम है? कम से कम मुझे तो उसका ढंग नहीं आता। जब इस मामले में वे लोग रोज गलतियां करते हैं तो इस कला में दक्ष हैं तो मैं भला किस खेत की मूली हूं। तमोली ने अगर चूना ज्यादा कर दिया तो कत्था और ले लिया, उस पर उसे एक डांट भी बतायी, आंसू पुंछ गये। मुसीबत का सामना तो उस वक्त होता है, जब किसी दोस्त के घर जायँ। पान अन्दर से आयी तो

इसके सिवाय कि जान-बूझकर मक्खी निगलें, समझ-बूझकर जहर का घूंट गले से नीचे उतारें और चारा ही क्या है। शिकायत नहीं कर सकते, सभ्यता बाधक होती है। कभी-कभी पान मुंह में डालते ही ऐसा मालूम होता है, कि जीभ पर कोई चिनगारी पड़ गयी, गले से लेकर छाती तक किसी ने पारा गरम करके उंड़ेल दिया, मगर घुटकर रह जाना पड़ता है। अन्दाजे में इस हद तक गलती हो जाय यह तो समझ में आने वाली बात नहीं। मैं लाख अनाड़ी हूं लेकिन कभी इतना ज्यादा चूना नहीं डालता, हां दो-चार छाले पड़ जाते हैं। तो मैं समझता हूं, यही अन्तःपुर के कोप की अभिव्यक्ति है। आखिर वह आपकी ज्यादतियों का प्रोटेस्ट क्यों कर करें। खामोश बायकाट से आप राजी नहीं होते, दूसरा कोई हथियार उनके हाथ में है नहीं। भंवों की कमान और बरौनियों का नेजा और मुस्कराहट का तीर उस वक्त बिलकुल कोई असर नहीं करते जब आप आंखें लाल किये, आस्तीनें समेटे इसलिए आसमान सर पर उठा लेते हैं कि नाश्ता और पहले क्यों नहीं तैयार हुआ, तब सालन में नमक और पान में चूना ज्यादा कर देने के सिवाय बदला लेने का उनके हाथ में और क्या साधन रह जाता हैं!

खैर, तीन-चार दिन के बाद एक दिन मैं सुबह के वक्त तम्बोलिन की दुकान पर गया तो उसने मेरी फरमाइश पूरी करने में ज्यादा मुस्तैदी न दिखलायी। एक मिनट तक तो पान फेरती रही, फिर अन्दर चली गयी और कोई मसाला लिये हुए निकली। मैं दिल में खुश हुआ कि आज बड़े विधिपूर्वक गिलौरियां बना रही है। मगर अब भी वह सड़क की ओर प्रतीक्षा की आंखों से ताक रही थी कि जैसे दुकान के सामने कोई ग्राहक ही नहीं और ग्राहक भी कैसा, जो उसका पड़ोसी है और दिन में बीसियों ही बार आता है! तब तो मैंने जरा झुंझलाकर कहा—मैं कितनी देर से खड़ा हूं, कुछ इसकी भी खबर है?

तम्बोलिन ने क्षमा-याचना के स्वर में कहा—हां बाबू जी, आपको देर तो बहुत हुई लेकिन एक मिनट और ठहर जाइए। बुरा न मानिएगा बाबू जी, आपके हाथ की बोहनी अच्छी नहीं है। कल आपकी बोहनी हुई थी, दिन में कुल छः आने की बिक्री हुई। परसों भी आप ही की बोहनी थी, आठ आने के पैसे दुकान में आये थे। इसके पहले दो दिन पंडित जी की बोहनी हुई थी, दोपहर तक ढाई रुपये आ गये थे। कभी किसी का हाथ अच्छा नहीं होता बाबू जी!

मुझे गोली-सी लगी। मुझे अपने भाग्यशाली होने का कोई दावा नहीं है, मुझसे ज्यादा अभागे दुनिया में नहीं होंगे। इस साम्राज्य का अगर मैं बादशाह नहीं, तो कोई

ऊंचा मंसबदार जरूर हूं। लेकिन यह मैं कभी गवारा नहीं कर सकता कि नहूसत का दाग बर्दाश्त कर लूं। कोई मुझसे बोहनी न कराये, लोग सुबह को मेरा मुंह देखना अपशकुन समझें, यह तो घोर कलंक की बात है।

मैंने पान तो ले लिया लेकिन दिल में पक्का इरादा कर लिया कि इस नहूसत के दाग को मिटाकर ही छोड़ूंगा। अभी अपने कमरे में आकर बैठा ही था कि मेरे एक दोस्त आ गये। बाजार साग-भाजी लेने जा रहे थे। मैंने उनसे अपनी तम्बोलिन की खूब तारीफ की। वह महाशय जरा सौंदर्य-प्रेमी थे और मजाकिया भी। मेरी ओर शरारत-भरी नजरों से देखकर बोले—इस वक्त तो भाई, मेरे पास पैसे नहीं हैं और न अभी पानों की जरूरत ही है। मैंने कहा-पैसे मुझसे ले लो।

'हां, यह मंजूर है, मगर कभी तकाजा मत करना।'

'यह तो टेढ़ी खीर है।'

'तो क्या मुफ्त में किसी की आंख में चढ़ना चाहते हो?'

मजबूर होकर उन हजरत को एक ढोली पान के दाम दिये। इसी तरह जो मुझसे मिलने आया, उससे मैंने अपनी तम्बोलिन का बखान किया। दोस्तों ने मेरी खूब हंसी उड़ायी, मुझ पर खूब फबतियां कसीं, मुझे 'छिपे रुस्तम', 'भगत जी' और न जाने क्या-क्या नाम दिये गये लेकिन मैंने सारी आफतें हंसकर टालीं। यह दाग मिटाने की मुझे धुन सवार हो गयी।

दूसरे दिन जब मैं तम्बोलिन की दुकान पर गया तो उसने फौरन पान बनाये और मुझे देती हुई बोली—बाबू जी, कल तो आपकी बोहनी बहुत अच्छी हुई, कोई साढ़े तीन रुपये आये। अब रोज बोहनी करा दिया करो।

## 2

तीन-चार दिन लगातार मैंने दोस्तों से सिफारिशें लीं, तम्बोलिन की स्तुति गायी और अपनी गिरह से पैसे खर्च करके सुर्खरुई हासिल की। लेकिन इतने ही दिनों में मेरे खजाने में इतनी कमी हो गयी कि खटकने लगी। यह स्वांग अब ज्यादा दिनों तक न चल सकता था, इसलिए मैंने इरादा किया कि कुछ दिनों उसकी दुकान से पान लेना छोड़ दूं। जब मेरी बोहनी ही न होगी, तो मुझे उसकी बिक्री की क्या फिक्र होगी। दूसरे दिन हाथ-मुंह धोकर मैंने एक इलायची खा ली और अपने काम पर लग गया। लेकिन मुश्किल से आधा घण्टा बीता होगा, कि किसी की

आहट मिली। आंख ऊपर को उठाता हूं तो तम्बोलिन गिलौरियां लिये सामने खड़ी मुस्करा रही है। मुझे इस वक्त उसका आना जी पर बहुत भारी गुजरा लेकिन इतनी बेमुरौवती भी तो न हो सकती थी कि दुत्कार दूं। बोला—तुमने नाहक तकलीफ की, मैं तो आ ही रहा था।

तम्बोलिन ने मेरे हाथ में गिलौरियां रखकर कहा—आपको देर हुई तो मैंने कहा मैं ही चलकर बोहनी कर आऊं। दुकान पर गाहक खड़े हैं, मगर किसी की बोहनी नहीं की।

क्या करता, गिलौरियां खायीं और बोहनी करायी। जिस चिन्ता से मुक्ति पाना चाहता था, वह फिर फन्दे की तरह गर्दन पर चिपटी हुई थी। मैंने सोचा था, मेरे दोस्त दो-चार दिन तक उसके यहां पान खायेंगे तो आप ही उससे हिल जायेंगे और मेरी सिफारिश की जरूरत न रहेगी। मगर तम्बोलिन शायद पान के साथ अपने रूप का भी कुछ मोल करती थी इसलिए एक बार जो उसकी दुकान पर गया, दुबारा न गया। दो-एक रसिक नौजवान अभी तक आते थे, वह लोग एक ही हंसी में पान और रूप-दर्शन दोनों का आनन्द उठाकर चलते बने थे। आज मुझे अपनी साख बनाये रखने के लिए फिर पूरे डेढ़ रुपये खर्च करने पड़े, बधिया बैठ गयी।

दूसरे दिन मैंने दरवाजा अन्दर से बन्द कर लिया, मगर जब तम्बोलिन ने नीचे से चीखना, चिल्लाना और खटखटाना शुरू किया तो मजबूरन दरवाजा खोलना पड़ा। आंखें मलता हुआ नीचे गया, जिससे मालूम हो कि आज नींद आ गयी थी। फिर बोहनी करानी पड़ी। और फिर वही बला सर पर सवार हुई। शाम तक दो रुपये का सफाया हो गया। आखिर इस विपत्ति से छुटकारा पाने का यही एक उपाय रह गया कि वह घर छोड़ दूं।

## 3

मैंने वहां से दो मील पर एक अनजान मुहल्ले में एक मकान ठीक किया और रातों-रात असबाब उठवाकर वहां जा पहुंचा। वह घर छोड़कर मैं जितना खुश हुआ शायद कैदी जेलखाने से भी निकलकर उतना खुश न होता होगा। रात को खूब गहरी नींद सोया, सबेरा हुआ तो मुझे उस पंछी की आजादी का अनुभव हो रहा था जिसके पर खुल गये हैं। बड़े इत्मीनान से सिगरेट पिया, मुंह-हाथ धोया, फिर अपना सामान ढंग से रखने लगा। खाने के लिए किसी होटल की भी फिक्र थी,

मगर उस हिम्मत तोड़नेवाली बला पर फतेह पाकह मुझे जो खुशी हो रही थी, उसके मुकाबले में इन चिन्ताओं की कोई गिनती न थी। मुंह-हाथ धोकर नीचे उतरा। आज की हवा में भी आजादी का नशा था। हर एक चीज मुस्कराती हुई मालूम होती थी। खुश-खुश एक दुकान पर जाकर पान खाये और जीने पर चढ़ ही रहा था कि देखा वह तम्बोलिन लपकी चली आ रही है। कुछ न पूछो, उस वक्त दिल पर क्या गुजरी। बस, यही जी चाहता था कि अपना और उसका दोनों का सिर फोड़ लूं। मुझे देखकर वह ऐसी खुश हुई जैसे कोई धोबी अपना खोया हुआ गधा पा गया हो। और मेरी घबराहट का अन्दाजा बस उस गधे की दिमागी हालत से कर लो! उसने दूर ही से कहा—वाह बाबू जी, वाह, आप ऐसा भागे कि किसी को पता भी न लगा। उसी मुहल्ले में एक से एक अच्छे घर खाली हैं। मुझे क्या मालूम था कि आपको उस घर में तकलीफ थी। नहीं तो मेरे पिछवाड़े ही एक बड़े आराम का मकान था। अब मैं आपको यहां न रहने दूंगी। जिस तरह हो सकेगा, आपको उठा ले जाऊंगी। आप इस घर का क्या किराया देते हैं?

मैंने रोनी सूरत बना कर कहा—दस रुपये।

मैंने सोचा था कि किराया इतना कम बताऊं जिसमें यह दलील उसके हाथ से निकल जाय। इस घर का किराया बीस रुपये हैं, दस रुपये में तो शायद मरने को भी जगह न मिलेगी। मगर तम्बोलिन पर इस चकमे का कोई असर न हुआ। बोली—इस जरा-से घर के दस रुपये! आप आठ ही दीजियेगा और घर इससे अच्छा न हो तो जब भी जी चाहे छोड़ दीजिएगा। चलिए, मैं उस घर की कुंजी लेती आई हूं। इसी वक्त आपको दिखा दूं।

मैंने त्योरी चढ़ाते हुए कहा—आज ही तो इस घर में आया हूं, आज ही छोड़ कैसे सकता हूं। पेशगी किराया दे चुका हूं।

तम्बोलिन ने बड़ी लुभावनी मुस्कराहट के साथ कहा—दस ही रुपये तो दिये हैं, आपके लिए दस रुपये कौन बड़ी बात है। यही समझ लीजिए कि आप न चले तो मैं उजड़ जाऊंगी। ऐसी अच्छी बोहनी वहां और किसी की नहीं है। आप नहीं चलेंगे तो मैं ही अपनी दुकान यहां उठा लाऊंगी।

मेरा दिल बैठ गया। यह अच्छी मुसीबत गले पड़ी। कहीं सचमुच चुड़ैल अपनी दुकान न उठा लाये। मेरे जी में तो आया कि एक फटकार बताऊं पर जबान इतनी बेमुरौवत न हो सकी। बोला—मेरा कुछ ठीक नहीं है, कब तक रहूं, कब तक न रहूं। आज ही तबादला हो जाय तो भागना पड़े। तुम न इधर की रहो, न उधर की।

उसने हसरत-भरे लहजे में कहा—आप चले जायेंगे तो मैं भी चली जाऊंगी। अभी आज तो आप जाते नहीं।

'मेरा कुछ ठीक नहीं है।'

'तो मैं रोज यहां आकर बोहनी करा लिया करूंगी।'

'इतनी दूर रोज आओगी?'

'हां चली आऊंगी। दो मील ही तो है। आपके हाथ की बोहनी हो जायगी। यह लीजिए गिलौरियां लाई हूं। बोहनी तो करा दीजिए।'

मैंने गिलौरियां लीं, पैसे दिये और कुछ गश की-सी हालत में ऊपर जाकर चारपाई पर लेट गया।

अब मेरी अक्ल कुछ काम नहीं करती कि इन मुसीबतों से क्यों कर गला छुड़ाऊं। तब से इसी फिक्र में पड़ा हुआ हूं। कोई भागने की राह नजर नहीं आती। सुर्खरू भी रहना चाहता हूं, बेमुरौवती भी नहीं करना चाहता और इस मुसीबत से छुटकारा भी पाना चाहता हूं। अगर कोई साहब मेरी इस करुण स्थिति पर मुझे ऐसा कोई उपाय बतला दें तो जीवन-भर उसका कृतज्ञ रहूंगा।

—'प्रेमचालीसा' से

# बन्द दरवाजा

सूरज क्षितिज की गोद से निकला, बच्चा पालने से—वही स्निग्धता, वही लाली, वही खुमार, वही रोशनी।

मैं बरामदे में बैठा था। बच्चे ने दरवाजे से झांका। मैंने मुस्कराकर पुकारा। वह मेरी गोद में आकर बैठ गया।

उसकी शरारतें शुरू हो गईं। कभी कलम पर हाथ बढ़ाया, कभी कागज पर। मैंने गोद से उतार दिया। वह मेज का पाया पकड़े खड़ा रहा। घर में न गया। दरवाजा खुला हुआ था।

एक चिड़िया फुदकती हुई आई और सामने के सहन में बैठ गई। बच्चे के लिए मनोरंजन का यह नया सामान था। वह उसकी तरफ लपका। चिड़िया जरा भी न डरी। बच्चे ने समझा अब यह परदार खिलौना हाथ आ गया। बैठकर दोनों हाथों से चिड़िया को बुलाने लगा। चिड़िया उड़ गई, निराश बच्चा रोने लगा। मगर अन्दर के दरवाजे की तरफ ताका भी नहीं। दरवाजा खुला हुआ था।

गरम हलवे की मीठी पुकार आई। बच्चे का चेहरा चाव से खिल उठा। खोंचेवाला सामने से गुजरा। बच्चे ने मेरी तरफ याचना की आंखों से देखा। ज्यों-ज्यों खोंचेवाला दूर होता गया, याचना की आंखें रोष में परिवर्तित होती गईं। यहां तक कि जब मोड़ आ गया और खोंचेवाला आंख से ओझल हो गया तो रोष ने पुरजोर फरियाद की सूरत अख्तियार की। मगर मैं बाजार की चीजें बच्चों को नहीं खाने देता। बच्चे की फरियाद ने मुझ पर कोई असर न किया। मैं आगे की बात सोचकर और भी तन गया। कह नहीं सकता बच्चे ने अपनी मां की अदालत में अपील करने की जरूरत समझी या नहीं। आम तौर पर बच्चे ऐसी हालतों में मां से अपील करते हैं। शायद उसने कुछ देर के लिए अपील मुल्तबी कर दी हो। उसने दरवाजे की तरफ रुख न किया। दरवाजा खुला हुआ था।

मैंने आंसू पोंछने के खयाल से अपना फाउण्टेनपेन उसके हाथ में रख दिया। बच्चे को जैसे सारे जमाने की दौलत मिल गई। उसकी सारी इंद्रियां इस नई समस्या को

हल करने में लग गईं। एकाएक दरवाजा हवा से खुद-ब-खुद बन्द हो गया। पट की आवाज बच्चे के कानों में आई। उसने दरवाजे की तरफ देखा। उसकी वह व्यस्तता तत्क्षण लुप्त हो गई। उसने फाउण्टेनपेन को फेंक दिया और रोता हुआ दरवाजे की तरफ चला क्योंकि दरवाजा बन्द हो गया था।

— 'प्रेमचालीसा' से

# तिरसूल

अंधेरी रात है, मूसलाधार पानी बरस रहा है। खिड़कियों पर पानी के थप्पड़ लग रहे हैं। कमरे की रोशनी खिड़की से बाहर जाती है तो पानी की बड़ी-बड़ी बूंदें तीरों की तरह नोकदार, लम्बी, मोटी, गिरती हुई नजर आ जाती हैं। इस वक्त अगर घर में आग भी लग जाय तो शायद मैं बाहर निकलने की हिम्मत न करूं। लेकिन एक दिन था जब ऐसी ही अंधेरी भयानक रात के वक्त मैं मैदान में बन्दूक लिये पहरा दे रहा था। उसे आज तीस साल गुजर गये। उन दिनों मैं फौज में नौकर था। आह! वह फौजी जिन्दगी कितने मजे से गुजरती थी। मेरी जिन्दगी की सबसे मीठी, सबसे सुहानी यादगारें उसी जमाने से जुड़ी हुई हैं। आज मुझे इस अंधेरी कोठरी में अखबारों के लिए लेख लिखते देखकर कौन समझेगा कि इस नीमजान, झुकी हुई कमरवाले खस्ताहाल आदमी में भी कभी हौसला और हिम्मत और जोश का दरिया लहरें मारता था। क्या-क्या दोस्त थे जिनके चेहरों पर हमेशा मुस्कराहट नाचती रहती थी। शेरदिल रामसिंह और मीठे गलेवाले देवीदास की याद क्या कभी दिल से मिट सकती है? वह अदन, वह बसरा, वह मिस्र; सब आज मेरे लिए सपने हैं। यथार्थ है तो यह तंग कमरा और अखबार का दफ्तर।

हां, ऐसी ही अंधेरी डरावनी सुनसान रात थी। मैं बारक के सामने बरसाती पहने हुए खड़ा मैग्जीन का पहरा दे रहा था। कंधे पर भरा हुआ राइफल था। बारक में से दो-चार सिपाहियों के गाने की आवाजें आ रही थीं, रह-रहकर जब बिजली चमक जाती थी तो सामने के ऊंचे पहाड़ और दरख्त और नीचे का हरा-भरा मैदान इस तरह नजर आ जाते थे जैसे किसी बच्चे की बड़ी-बड़ी काली भोली पुतलियों में खुशी की झलक नजर आ जाती है।

धीरे-धीरे बारिश ने तूफानी सूरत अख्तियार की। अंधकार और भी अंधेरा, बादल की गरज और भी डरावनी और बिजली की चमक और भी तेज हो गयी। मालूम होता था प्रकृति अपनी सारी शक्ति से जमीन को तबाह कर देगी।

यकायक मुझे ऐसा मालूम हुआ कि मेरे सामने से किसी चीज की परछाईं-सी निकल गयी। पहले तो मुझे खयाल हुआ कि कोई जंगली जानवर होगा लेकिन बिजली की एक चमक ने यह खयाल दूर कर दिया। वह कोई आदमी था, जो

बदन को चुराये पानी में भीगता हुआ एक तरफ जा रहा था। मुझे हैरत हुई कि इस मूसलाधार वर्षा में कौन आदमी बारक से निकल सकता है और क्यों? मुझे अब उसके आदमी होने में कोई सन्देह न था। मैंने बन्दूक सम्हाल ली और फौजी कायदे के मुताबिक पुकारा—हाल्ट, हू कम्स देअर? फिर भी कोई जवाब नहीं। कायदे के मुताबिक तीसरी बार ललकारने पर अगर जवाब न मिले तो मुझे बन्दूक दाग देनी चाहिए थी। इसलिए मैंने बन्दुक हाथ में लेकर खूब जोर से कड़ककर कहा—हाल्ट, हू कम्स देअर? जवाब तो अबकी भी न मिला मगर वह परछाईं मेरे सामने आकर खड़ी हो गई। अब मुझे मालूम हुआ कि वह मर्द नहीं औरत है। इसके पहले कि मैं कोई सवाल करूं उसने कहा—सन्तरी, खुदा के लिए चुप रहो। मैं हूं लुईसा।

मेरी हैरत की कोई हद न रही। अब मैंने उसे पहचान लिया। वह हमारे कमाण्डिंग अफसर की बेटी लुईसा ही थी। मगर इस वक्त इस मूसलाधार मेह और इस घटाटोप अंधेरे में वह कहां जा रही है? बारक में एक हजार जवान मौजूद थे जो उसका हुक्म पूरा कर सकते थे। फिर वह नाजुकबदन औरत इस वक्त क्यों निकली और कहां के लिए निकली? मैंने आदेश के स्वर में पूछा—तुम इस वक्त कहां जा रही हो?

लुईसा ने विनती के स्वर में कहा—माफ करो सन्तरी, यह मैं नहीं बता सकती और तुमसे प्रार्थना करती हूं यह बात किसी से न कहना। मैं हमेशा तुम्हारी एहसानमन्द रहूंगी।

यह कहते-कहते उसकी आवाज इस तरह कांपने लगी जैसे किसी पानी से भरे हुए बर्तन की आवाज।

मैंने उसी सिपाहियाना अन्दाज से कहा—यह कैसे हो सकता है। मैं फौज का एक अदना सिपाही हूं। मुझे इतना अख्तियार नहीं। मैं कायदे के मुताबिक आपको अपने सार्जेन्ट के सामने ले जाने के लिए मजबूर हूं।

'लेकिन क्या तुम नहीं जानते कि मैं तुम्हारे कमाण्डिंग अफसर की लड़की हूं?

मैंने जरा हंसकर जवाब दिया—अगर मैं इस वक्त कमाण्डिंग अफसर साहब को भी ऐसी हालत में देखूं तो उनके साथ भी मुझे यही सख्ती करनी पड़ेगी। कायदा सबके लिए एक-सा है और एक सिपाही को किसी हालत में उसे तोड़ने का अख्तियार नहीं है।

यह निर्दय उत्तर पाकर उसने करुण स्वर में पूछा—तो फिर क्या तदबीर है?

मुझे उस पर रहम तो आ रहा था लेकिन कायदों की जंजीरों में जकड़ा हुआ था। मुझे नतीजे का जरा भी डर न था। कोर्टमार्शल या तनज्जुली या और कोई सजा मेरे ध्यान में न थी। मेरा अन्तःकरण भी साफ था। लेकिन कायदे को कैसे तोड़ूं। इसी हैस-बैस में खड़ा था कि लुईसा ने एक कदम बढ़कर मेरा हाथ पकड़ लिया और निहायत पुरदर्द बेचैनी के लहजे में बोली—तो फिर मैं क्या करूं?

ऐसा महसूस हो रहा था कि जैसे उसका दिल पिघला जा रहा हो। मैं महसूस कर रहा था कि उसका हाथ कांप रहा था। एक बार जी में आया जाने दूं। प्रेमी के संदेश या अपने वचन की रक्षा के सिवा और कौन-सी शक्ति इस हालत में उसे घर से निकलने पर मजबूर करती? फिर मैं क्यों किसी की मुहब्बत की राह का कांटा बनूं। लेकिन कायदे ने फिर जबान पकड़ ली। मैंने अपना हाथ छुड़ाने की कोशिश न करके मुंह फेरकर कहा—और कोई तदबीर नहीं है।

मेरा जवाब सुनकर उसकी पकड़ ढीली पड़ गई कि जैसे शरीर में जान न हो पर उसने अपना हाथ हटाया नहीं, मेरे हाथ को पकड़े हुए गिड़गिड़ा कर बोली—संतरी, मुझ पर रहम करो। खुदा के लिए मुझ पर रहम करो। मेरी इज्जत खाक में मत मिलाओ। मैं बड़ी बदनसीब हूं।

मेरे हाथ पर आंसुओं के कई गरम कतरे टपक पड़े। मूसलाधार बारिश का मुझ पर जर्रा-भर भी असर न हुआ था लेकिन इन चन्द बूंदों ने मुझे सर से पांव तक हिला दिया।

मैं बड़े पसोपेश में पड़ गया। एक तरफ कायदे और फर्ज की आहनी दीवार थी, दूसरी तरफ एक सुकुमार युवती की विनती-भरा आग्रह। मैं जानता था अगर उसे सार्जेण्ट के सिपुर्द कर दूंगा तो सवेरा होते ही सारे बटालियन में खबर फैल जाएगी, कोर्टमार्शल होगा, कमाण्डिंग अफसर की लड़की पर भी फौज का लौह कानून कोई रियायत न कर सकेगा। उसके बेरहम हाथ उस पर भी बेदर्दी से उठेंगे। खासकर लड़ाई के जमाने में।

और अगर इसे छोड़ दूं तो इतनी ही बेदर्दी से कानून मेरे साथ पेश आयेगा। जिन्दगी खाक में मिल जाएगी। कौन जाने कल जिन्दा भी रहूं या नहीं। कम से कम तनज्जुली तो होगी ही। भेद छिपा भी रहे तो क्या मेरी अन्तरात्मा मुझे सदा न धिक्कारेगी? क्या मैं फिर किसी के सामने इसी दिलेर ढंग से ताक सकूंगा? क्या मेरे दिल में हमेशा एक चोर-सा न समाया रहेगा?

लुईसा बोल उठी—सन्तरी!

विनती का एक शब्द भी उसके मुंह से न निकला। वह अब निराशा की उस सीमा पर पहुंच चुकी थी जब आदमी की वाक्शक्ति अकेले शब्दों तक सीमित हो जाती है। मैंने सहानुभूति के स्वर में कहा—बड़ी मुश्किल मामला है।

'सन्तरी, मेरी इज्जत बचा लो। मेरे सामर्थ्य में जो कुछ है वह तुम्हारे लिए करने को तैयार हूं।'

मैंने स्वाभिमानपूर्वक कहा—मिस लुईसा, मुझे लालच न दीजिए, मैं लालची नहीं हूं। मैं सिर्फ इसलिए मजबूर हूं कि फौजी कानून को तोड़ना एक सिपाही के लिए दुनिया में सबसे बड़ा जुर्म है।

'क्या एक लड़की के सम्मान की रक्षा करना नैतिक कानून नहीं है? क्या फौजी कानून नैतिक कानून से भी बड़ा है?' लुईसा ने जरा जोश में भरकर कहा।

इस सवाल का मेरे पास क्या जवाब था। मुझसे कोई जवाब न बन पड़ा। फौजी कानून अस्थाई, परिवर्तनशील होता है, परिवेश के अधीन होता है। नैतिक कानून अटल और सनातन होता है, परिवेश से ऊपर। मैंने कायल होकर कहा—जाओ मिस लुईसा, तुम अब आजाद हो, तुमने मुझे लाजवाब कर दिया। मैं फौजी कानून तोड़कर इस नैतिक कर्तव्य को पूरा करूंगा। मगर तुमसे केवल यही प्रार्थना है कि आगे फिर कभी किसी सिपाही को नैतिक कर्तव्य का उपदेश न देना क्योंकि फौजी कानून फौजी कानून है। फौज किसी नैतिक, आत्मिक या ईश्वरीय कानून की परवाह नहीं करती।

लुईसा ने फिर मेरा हाथ पकड़ लिया और एहसान में डूबे हुए लहजे में बोली—सन्तरी, भगवान् तुम्हें इसका फल दे।

मगर फौरन उसे संदेह हुआ कि शायद यह सिपाही आइन्दा किसी मौके पर यह भेद न खोल दे इसलिए अपने और भी इत्मीनान के खयाल से उसने कहा—मेरी आबरू अब तुम्हारे हाथ है।

मैंने विश्वास दिलाने वाले ढंग से कहा—मेरी ओर से आप बिल्कुल इत्मीनान रखिए।

'कभी किसी से नहीं कहोगे न?'

'कभी नहीं।'

'कभी नहीं?'

'हां, जीते जी कभी नहीं।'

'अब मुझे इत्मीनान हो गया, सन्तरी। लुईसा तुम्हारी इस नेकी और एहसान को

मौत की गोद में जाते वक्त भी न भूलेगी। तुम जहां रहोगे तुम्हारी यह बहन तुम्हारे लिए भगवान् से प्रार्थना करती रहेगी। जिस वक्त तुम्हें कभी जरूरत हो, मेरी याद करना। लुईसा दुनिया के उस पर्दे पर होगी तब भी तुम्हारी खिदमत के लिए हाजिर होगी। वह आज से तुम्हें अपना भाई समझती है। सिपाही की जिन्दगी में ऐसे मौके आते हैं, जब उसे एक खिदमत करने वाली बहन की जरूरत होती है। भगवान् न करे तुम्हारी जिन्दगी में ऐसे मौके आयें लेकिन अगर आयें तो लुईसा अपना फर्ज अदा करने में कभी पीछे न रहेगी। क्या मैं अपने नेकमिजाज भाई का नाम पूछ सकती हूं?'

बिजली एक बार चमक उठी। मैंने देखा लुईसा की आंखों में आंसू भरे हुए हैं। बोला—लुईसा, इन हौसला बढ़ाने वाली बातों के लिए मैं तुम्हारा हृदय से कृतज्ञ हूं। लेकिन मैं जो कुछ कर रहा हूं, वह नैतिकता और हमदर्दी के नाते कर रहा हूं। किसी इनाम की मुझे इच्छा नहीं है। मेरा नाम पूछकर क्या करोगी?

लुईसा ने शिकायत के स्वर में कहा—क्या बहन के लिए भाई का नाम पूछना भी फौजी कानून के खिलाफ है?

इन शब्दों में कुछ ऐसी सच्चाई, कुछ ऐसा प्रेम, कुछ ऐसा अपनापन भरा हुआ था, कि मेरी आंखों में बरबस आँसू भर आये।

बोला—नहीं लुईसा, मैं सिर्फ यही चाहता हूं कि इस भाई जैसे सलूक में स्वार्थ की छाया भी न रहने पाये। मेरा नाम श्रीनाथ सिंह है।

लुईसा ने कृतज्ञता व्यक्त करने के तौर पर मेरा हाथ धीरे से दबाया और थैंक्स कहकर चली गई। अंधेरे के कारण बिल्कुल नजर न आया कि वह कहां गई और न पूछना ही उचित था। मैं वहीं खड़ा-खड़ा इस अचानक मुलाकात के पहलुओं को सोचता रहा। कमाण्डिंग अफसर की बेटी क्या एक मामूली सिपाही को और वह भी जो काला आदमी हो, कुत्ते से बदत्तर नहीं समझती? मगर वही औरत आज मेरे साथ भाई का रिश्ता कायम करके फूली नहीं समाती थी।

## 2

इसके बाद कई साल बीत गये। दुनिया में कितनी ही क्रान्तियां हो गईं। रूस की जारशाही मिट गई, जर्मनी का कैसर दुनिया के स्टेज से हमेशा के लिए बिदा हो गया, प्रजातंत्र की एक शताब्दी में जितनी उन्नति हुई थी, उतनी इन थोड़े-से सालों में हो गई। मेरे जीवन में भी कितने ही परिवर्तन हुए। एक टांग युद्ध के देवता

की भेंट हो गई, मामूली सिपाही से लेफ्टिनेंट हो गया।

एक दिन फिर ऐसी ही चमक और गरज की रात थी। मैं क्वार्टर में बैठा हुआ कप्तान नाक्स और लेफ्टिनेंट डाक्टर चन्द्रसिंह से इसी घटना की चर्चा कर रहा था जो दस-बारह साल पहले हुई थी, सिर्फ लुईसा का नाम छिपा रखा था। कप्तान नाक्स को इस चर्चा में असाधारण आनन्द आ रहा था। वह बार-बार एक-एक बात पूछता और घटना का क्रम मिलाने के लिए दुबारा पूछता था। जब मैंने आखिर में कहा कि उस दिन भी ऐसी ही अंधेरी रात थी, ऐसी ही मूसलाधार बारिश हो रही थी और यही वक्त था तो नाक्स अपनी जगह से उठकर खड़ा हो गया और बहुत उद्विग्न होकर बोला—क्या उस औरत का नाम लुईसा तो नहीं था?

मैंने आश्चर्य से कहा, 'आपको उसका नाम कैसे मालूम हुआ? मैंने तो नहीं बतलाया', पर नाक्स की आंखों में आंसू भर आये। सिसकियां लेकर बोले—यह सब आपको अभी मालूम हो जाएगा। पहले यह बतलाइए कि आपका नाम श्रीनाथ सिंह है या चौधरी।

मैंने कहा— मेरा नाम श्रीनाथ सिंह चौधरी है। अब लोग मुझे सिर्फ चौधरी कहते हैं। लेकिन उस वक्त चौधरी के नाम से मुझे कोई न जानता था। लोग श्रीनाथ कहते थे।

कप्तान नाक्स अपनी कुर्सी खींचकर मेरे पास आ गये और बोले—तब तो आप मेरे पुराने दोस्त निकले। मुझे अब तक नाम के बदल जाने से धोखा हो रहा था, वर्ना आपका नाम तो मुझे खूब याद है। हां, ऐसा याद है कि शायद मरते दम तक भी न भूलूं क्योंकि यह उसकी आखिरी वसीयत है।

यह कहते-कहते नाक्स खामोश हो गये और आंखें बन्द करके सर मेज पर रख लिया। मेरा आश्चर्य हर क्षण बढ़ता जा रहा था और लेफ्टिनेण्ट डा. चन्द्रसिंह भी सवाल-भरी नजरों से एक बार मेरी तरफ और दूसरी बार कप्तान नाक्स के चेहरे की तरफ देख रहे थे।

दो मिनट तक खामोश रहने के बाद कप्तान नाक्स ने सर उठाया और एक लम्बी सांस लेकर बोले—क्यों लेफ्टिनेण्ट चौधरी, तुम्हें याद है एक बार एक अंग्रेज सिपाही ने तुम्हें बुरी गाली दी थी?

मैंने कहा—हां, खूब याद है। वह कारपोरल था, मैंने उसकी शिकायत कर दी थी और उसका कोर्टमार्शल हुआ था। वह कारपोरल के पद से गिरा कर मामूली सिपाही बना दिया गया था। हां, उसका नाम भी याद आ गया क्रिप या क्रुप ...

कप्तान नाक्स ने बात काटते हुए कहा—किरपिन। उसकी और मेरी सूरत में आपको कुछ मेल दिखाई पड़ता है? मैं ही वह किरपिन हूं। मेरा नाम सी. नाक्स है, किरपिन नावस। जिस तरह उन दिनों आपको लोग श्रीनाथ कहते थे उसी तरह मुझे भी किरपिन कहा करते थे।

अब जो मैंने गौर से नाक्स की तरफ देखा तो पहचान गया। बेशक वह किरपिन ही था। मैं आश्चर्य से उसकी ओर ताकने लगा। लुईसा से उसका क्या सम्बन्ध हो सकता है, यह मेरी समझ में उस वक्त भी न आया।

कप्तान नाक्स बोले—आज मुझे सारी कहानी कहनी पड़ेगी। लेफ्टिनेण्ट चौधरी, तुम्हारी वजह से जब मैं कारपोरल से मामूली सिपाही बनाया गया और जिल्लत भी कुछ कम न हुई तो मेरे दिल में ईर्ष्या और प्रतिशोध की लपटें-सी उठने लगीं। मैं हमेशा इसी फिक्र में रहता था कि किस तरह तुम्हें जलील करूं, किस तरह अपनी जिल्लत का बदला लूं। मैं तुम्हारी एक-एक हरकत को, एक-एक बात को ऐब ढूंढने वाली नजरों से देखा करता था। इन दस-बारह सालों में तुम्हारी सूरत बहुत कुछ बदल गई और मेरी निगाहों में भी कुछ फर्क आ गया है जिसके कारण मैं तुम्हें पहचान न सका लेकिन उस ववत्त तुम्हारी सूरत हमेशा मेरी आंखों के सामने रहती थी। उस वक्त मेरी जिन्दगी की सबसे बड़ी तमन्ना यही थी कि किसी तरह तुम्हें भी नीचे गिराऊं। अगर मुझे मौका मिलता तो शायद मैं तुम्हारी जान लेने से भी बाज न आता।

कप्तान नाक्स फिर खामोश हो गये। मैं और डाक्टर चन्द्रसिंह टकटकी लगाये कप्तान नावस की तरफ देख रहे थे।

नाक्स ने फिर अपनी दास्तान शुरू की—उस दिन, रात को जब लुईसा तुमसे बातें कर रही थी, मैं अपने कमरे में बैठा हुआ तुम्हें दूर से देख रहा था। मुझे उस वक्त क्या मालूम था कि वह लुईसा है। मैं सिर्फ यह देख रहा था कि तुम पहरा देते वक्त किसी औरत का हाथ पकड़े उससे बातें कर रहे हो। उस वक्त मुझे जितनी पाजीपन से भरी हुई खुशी हुई वह बयान नहीं कर सकता। मैंने सोचा, अब इसे जलील करूंगा। बहुत दिनों के बाद बच्चा फंसे हैं। अब किसी तरह न छोड़ूंगा। यह फैसला करके मैं कमरे से निकला और पानी में भीगता हुआ तुम्हारी तरफ चला। लेकिन जब तक मैं तुम्हारे पास पहुंचूं लुईसा चली गई थी। मजबूर होकर मैं अपने कमरे में लौट आया। लेकिन फिर भी मैं निराश न था, मैं जानता था कि तुम झूठ न बोलोगे और जब मैं कमाण्डिंग अफसर से तुम्हारी शिकायत करूंगा तो तुम अपना कसूर मान लोगे। मेरे दिल की आग बुझाने के लिए इतना इत्मीनान काफी था। मेरी

आरजू पूरी होने में अब कोई संदेह न था।

मैंने मुस्कराकर कहा—लेकिन आपने मेरी शिकायत तो नहीं की? क्या बाद को रहम आ गया?

नाक्स ने जवाब दिया—नहीं जी, रहम किस मरदूद को आता था। शिकायत न करने का दूसरा ही कारण था, सबेरा होते ही मैंने सबसे पहला काम यही किया कि सीधे कमाण्डिंग अफसर के पास पहुंचा। तुम्हें याद होगा मैं उनके बड़े बेटे राजर्स को घुड़सवारी सिखाया करता था इसलिए वहां जाने में किसी किस्म की झिझक या रुकावट न हुई। जब मैं पहुंचा तो राजर्स और लुईसा दोनों चाय पी रहे थे। आज इतने सबेरे मुझे देखकर राजर्स ने कहा—आज इतनी जल्दी क्यों किरपिन? अभी तो वक्त नहीं हुआ? आज बहुत खुश नजर आ रहे हो?

मैंने कुर्सी पर बैठते हुए कहा—आज का दिन मेरी जिन्दगी में मुबारक है। आज मुझे अपने पुराने दुश्मन को सजा देने का मौका हाथ आया है। आपको मालूम है न एक राजपूत सिपाही ने कमाण्डिंग अफसर से शिकायत करके मेरी तनज्जुली करा दी थी।

राजर्स ने कहा—हां-हां, मालूम क्यों नहीं है। मगर तुमने उसे गाली दी थी।

मैंने किसी कदर झेंपते हुए कहा—मैंने गाली नहीं दी थी, सिर्फ ब्लडी कहा था। सिपाहियों में इस तरह की बदजबानी एक आम बात है मगर एक राजपूत ने मेरी शिकायत कर दी थी। आज मैंने उसे एक संगीन जुर्म में पकड़ लिया है। खुदा ने चाहा तो कल उसका भी कोर्ट-मार्शल होगा। मैंने आज रात को उसे एक औरत से बातें करते देखा है। बिलकुल उस वक्त जब वह ड्यूटी पर था। वह इस बात से इन्कार नहीं कर सकता। इतना कमीना नहीं है।

लुईसा के चेहरे का रंग कुछ का कुछ हो गया। अजीब पागलपन से मेरी तरफ देखकर बोली—तुमने और क्या देखा?

मैंने कहा—जितना मैंने देखा है उतना उस राजपूत को जलील करने के लिए काफी है। जरूर उसकी किसी से आशनाई है और वह औरत हिन्दोस्तानी नहीं, कोई योरोपियन लेडी है। मैं कसम खा सकता हूं, दोनों एक-दूसरे का हाथ पकड़े बिलकुल उसी तरह बातें कर रहे थे, जैसे प्रेमी-प्रेमिका किया करते हैं।

लुईसा के चेहरे पर हवाइयां उड़ने लगीं। चौधरी, मैं कितना कमीना हूं, इसका अन्दाजा तुम खुद कर सकते हो। मैं चाहता हूं, तुम मुझे कमीना कहो। मुझे धिक्कारो। मैं दरिन्दे-वहशी से भी ज्यादा बेरहम हूं, काले सांप से भी ज्यादा जहरीला हूं। वह खड़ी दीवार की तरफ ताक रही थी कि इसी बीच राजर्स का कोई दोस्त आ

गया। वह उसके साथ चला गया। लुईसा मेरे साथ अकेली रह गई तो उसने मेरी ओर प्रार्थना-भरी आंखों से देखकर कहा—किरपिन, तुम उस राजपूत सिपाही की शिकायत मत करना।

मैंने ताज्जुब से पूछा—क्यों?

लुईसा ने सर झुकाकर कहा—इसलिए कि जिस औरत को तुमने उसके साथ बातें करते देखा वह मैं ही थी।

मैंने और भी चकित होकर कहा—तो क्या तुम उसे....

लुईसा ने बात काटकर कहा—चुप, वह मेरा भाई है। बात यह है कि मैं कल रात को एक जगह जा रही थी; तुमसे छिपाऊंगी नहीं, किरपिन, जिसको मैं दिलोजान से ज्यादा चाहती हूं, उससे रात को मिलने का वादा था, वह मेरे इन्तजार में पहाड़ के दामन में खड़ा था। अगर मैं न जाती तो उसकी कितनी दिलशिकनी होती! मैं ज्योंही मैगजीन के पास पहुंची उस राजपूत सिपाही ने मुझे टोक दिया। वह मुझे फौजी कायदे के मुताबिक सार्जेण्ट के पास ले जाना चाहता था लेकिन मेरे बहुत अनुनय-विनय करने पर मेरी लाज रखने के लिए फौजी कानून तोड़ने को तैयार हो गया। सोचो, उसने अपने सिर कितनी बड़ी जिम्मेदारी ली। मैंने उसे अपना भाई कहकर पुकारा है और उसने भी मुझे बहन कहा है। सोचो अगर तुम उसकी शिकायत करोगे तो उसकी क्या हालत होगी! वह नाम न बतलायेगा, इसका मुझे पूरा विश्वास है। अगर उसके गले पर तलवार भी रख दी जाएगी, तो भी वह मेरा नाम न बतायेगा, मैं नहीं चाहती कि एक नेक काम करने का उसे यह इनाम मिले। तुम उसकी शिकायत हरगिज मत करना। तुमसे यही मेरी प्रार्थना है।

मैंने निर्दय कठोरता से कहा—उसने मेरी शिकायत करके मुझे जलील किया है। ऐसा अच्छा मौका पाकर मैं उसे छोड़ना नहीं चाहता। जब तुमको यकीन है कि वह तुम्हारा नाम न बतायेगा तो फिर उसे जहन्नुम में जाने दो।

लुईसा ने मेरी तरफ घृणापूर्वक देखकर कहा—चुप रहो किरपिन, ऐसी बातें मुझसे न करो। मैं इसे कभी गवारा न करूंगी कि मेरी इज्जत -आबरू के लिए उसे जिल्लत और बदनामी का निशाना बनना पड़े। अगर तुम मेरी न मानोगे तो मैं सच कहती हूं, मैं खुदकुशी कर लूंगी।

उस वक्त तो मैं सिर्फ प्रतिशोध का प्यासा था। अब मेरे ऊपर वासना का भूत सवार हुआ। मैं बहुत दिनों से दिल में लुईसा की पूजा किया करता था लेकिन अपनी बात कहने का साहस न कर सकता था। अब उसको बस में लाने का

मुझे मौका मिला। मैंने सोचा अगर यह उस राजपूत सिपाही के लिए जान देने को तैयार है तो निश्चय ही मेरी बात पर नाराज नहीं हो सकती। मैंने उसी निर्दय स्वार्थपरता के साथ कहा—मुझे सख्त अफसोस है मगर अपने शिकार को छोड़ नहीं सकता।

लुईसा ने मेरी तरफ बेकस निगाहों से देखकर कहा—यह तुम्हारा आखिरी फैसला है?

मैंने निर्दय निर्लज्जता से कहा—नहीं लुईसा, यह आखिरी फैसला नहीं है। तुम चाहो तो उसे तोड़ सकती हो, यह बिलकुल तुम्हारे इमकान में है। मैं तुमसे कितनी मुहब्बत करता हूं, यह आज तक शायद तुम्हें मालूम न हो। मगर इन तीन सालों में तुम एक पल के लिए भी मेरे दिल से दूर नहीं हुई। अगर तुम मेरी तरफ से अपने दिल को नर्म कर लो, मेरी मुहब्बत की कद्र करो तो मैं सब कुछ करने को तैयार हूं। मैं आज एक मामूली सिपाही हूं और मेरे मुंह से मुहब्बत का निमन्त्रण पाकर शायद तुम दिल में हंसती होगी, लेकिन एक दिन मैं भी कप्तान हो जाऊंगा और तब शायद हमारे बीच इतनी बड़ी खाई न रहेगी।

लुईसा ने रोकर कहा—किरपिन, तुम बड़े बेरहम हो, मैं तुमको इतना जालिम न समझती थी। खुदा ने क्यों तुम्हें इतना संगदिल बनाया, क्या तुम्हें एक बेकस औरत पर जरा भी रहम नहीं आता!

मैं उसकी बेचारगी पर दिल में खुश होकर बोला—जो खुद संगदिल हो उसे दूसरों की संगदिली की शिकायत करने का क्या हक है?

लुईसा ने गम्भीर स्वर में कहा—मैं बेरहम नहीं हूं किरपिन, खुदा के लिए इन्साफ करो। मेरा दिल दूसरे का हो चुका, मैं उसके बगैर जिन्दा नहीं रह सकती और शायद वह भी मेरे बगैर जिन्दा न रहे। मैं अपनी बात रखने के लिए, अपने ऊपर नेकी करने वाले एक आदमी की आबरू बचाने के लिए अपने ऊपर जबर्दस्ती करके अगर तुमसे शादी कर भी लूं तो नतीजा क्या होगा? जोर-जबर्दस्ती से मुहब्बत नहीं पैदा होती। मैं कभी तुमसे मुहब्बत न करूंगी ...

दोस्तो, अपनी बेशर्मी और बेहयाई का पर्दाफाश करते हुए मेरे दिल को बड़ी सख्त तकलीफ हो रही है। मुझे उस वक्त वासना ने इतना अन्धा बना दिया था कि मेरे कानों पर जूं तक न रेंगी। बोला—ऐसा मत खयाल करो लुईसा। मुहब्बत अपना असर जरूर पैदा करती है। तुम इस वक्त मुझे न चाहो लेकिन बहुत दिन न गुजरने पाएंगे कि मेरी मुहब्बत रंग लाएगी, तुम मुझे स्वार्थी और कमीना समझ रही होगी

समझो, प्रेम स्वार्थी होता ही है, शायद वह कमीना भी होता है। लेकिन मुझे विश्वास है कि यह नफरत और बेरूखी बहुत दिनों तक न रहेगी। मैं अपने जानी दुश्मन को छोड़ने के लिए ज्यादा से ज्यादा कीमत लूंगा, जो मिल सके।

लुईसा पंद्रह मिनट तक भीषण मानसिक यातना की हालत में खड़ी रही। जब उसकी याद आती है है तो जी चाहता है गले में छुरी मार लूं। आखिर उसने आंसूभरी निगाहों से मेरी तरफ देखकर कहा—अच्छी बात है किरपिन, अगर तुम्हारी यह इच्छा है तो यही सही। तुम जो कीमत चाहते हो, वह मैं देने का वादा करती हूं। मगर खुदा के लिए इस वक्त जाओ, मुझे खूब जी भरकर रो लेने दो।

यह कहते-कहते कप्तान नाक्स फूट-फूटकर रोने लगे। मैंने कहा—अगर आपको यह दर्द-भरी दास्तान कहने में दुःख हो रहा है तो जाने दीजिए।

कप्तान नाक्स ने गला साफ करके कहा—नहीं भाई, वह किस्सा पूरा तो करना ही पड़ेगा। उसके बाद एक महीने तक मैं रोजाना लुईसा के पास जाता, और उसके दिल से अपने प्रतिद्वन्द्वी के खयाल को मिटाने की कोशिश करता। वह मुझे देखते ही कमरे से बाहर निकल आती, खुश हो-होकर बातें करती। यहां तक कि मैं समझने लगा कि उसे मुझसे प्यार हो गया है। इसी बीच योरोपियन लड़ाई छिड़ गई। हम और तुम दोनों लड़ाई पर चले गए। तुम फ्रांस गये, मैं कमाण्डिंग अफसर के साथ मिल गया। लुईसा अपने चचा के साथ यहीं रह गई। राजर्स भी उसके साथ रह गया। तीन साल तक मैं लाम पर रहा। लुईसा के पास से बराबर खत आते रहे। मैं तरक्की पाकर लेफ्टिनेण्ट हो गया और कमाण्डिंग अफसर कुछ दिन और जिन्दा रहते तो जरूर कप्तान हो जाता। मगर मेरी बदनसीबी से वह एक लड़ाई में मारे गये। आप लोगों को उस लड़ाई का हाल मालूम ही है। उनके मरने के एक महीने बाद मैं छुट्टी लेकर घर लौटा। लुईसा अब भी अपने चचा के साथ ही थी। मगर अफसोस, अब न वह हुस्न थी न वह जिन्दादिली, घुलकर कांटा हो गई थी, उस वक्त मुझे उसकी हालत देखकर बहुत रंज हुआ। मुझे अब मालूम हो गया कि उसकी मुहब्बत कितनी सच्ची और कितनी गहरी थी। मुझसे शादी का वादा करके भी वह अपनी भावनाओं पर विजय न पा सकी थी। शायद इसी गम में कुढ़-कुढ़कर उसकी यह हालत हो गई थी। एक दिन मैंने उससे कहा—लुईसा, मुझे ऐसा खयाल होता है कि शायद तुम अपने पुराने प्रेमी को भूल नहीं सकीं। अगर मेरा यह खयाल ठीक है तो मैं उस वादे से तुमको मुक्त करता हूं, तुम शौक से उसके साथ शादी कर लो। मेरे लिए यही इत्मीनान काफी होगा कि मैं दिन रहते घर

आ गया। मेरी तरफ से अगर कोई मलाल हो तो उसे निकाल डालो।

लुईसा की बड़ी-बड़ी आंखों से आंसू की बूंदें टपकने लगीं। बोली—वह अब इस दुनिया में नहीं है किरपिन, आज छः महीने हुए वह फ्रांस में मारे गये। मैं ही उसकी मौत का कारण हुई—यही गम है। फौज से उनका कोई संबंध न था। अगर वह मेरी ओर से निराश न हो जाते तो कभी फौज में भर्ती न होते। मरने ही के लिए वह फौज में गए। मगर तुम अब आ गए, मैं बहुत जल्द अच्छी हो जाऊंगी। अब मुझमें तुम्हारी बीवी बनने की काबलियत ज्यादा हो गई। तुम्हारे पहलू में अब कोई कांटा नहीं रहा और न मेरे दिल में कोई गम।

इन शब्दों में व्यंग भरा हुआ था, जिसका आशय यह था कि मैंने लुईसा के प्रेमी की जान ली। इसकी सच्चाई से कौन इन्कार कर सकता है। इसके प्रायश्चित्त की अगर कोई सूरत थी तो यही कि लुईसा की इतनी खातिरदारी, इतनी दिलजोई करूं, उस पर इस तरह न्योछावर हो जाऊं कि उसके दिल से यह दुख निकल जाय।

इसके एक महीने बाद शादी का दिन तय हो गया। हमारी शादी भी हो गई। हम दोनों घर आए। दोस्तों की दावत हुई। शराब के दौर चले। मैं अपनी खुशनसीबी पर फूला नहीं समाता था और मैं ही क्यों मेरे इष्टमित्र सब मेरी खुशकिस्मती पर मुझे बधाई दे रहे थे।

मगर क्या मालूम था तकदीर मुझे यों सब्ज बाग दिखा रही है, क्या मालूम था कि यह वह रास्ता है, जिसके पीछे जालिम शिकारी का जाल बिछा हुआ है। मैं तो दोस्तों की खातिर-तवाजों में लगा हुआ था, उधर लुईसा अन्दरकमरे में लेटी हुई इस दुनिया से रुखसत होने का सामान कर रही थी। मैं एक दोस्त की बधाई का धन्यवाद दे रहा था कि राजर्स ने आकर कहा—किरपिन, चलो लुईसा तुम्हें बुला रही है। जल्द। उसकी न जाने क्या हालत हो रही है। मेरे पैरों तले से जमीन खिसक गई। दौड़ा हुआ लुईसा के कमरे में आया।

कप्तान नाक्स की आंखों से फिर आंसू बहने लगे, आवाज फिर भारी हो गई। जरा दम लेकर उन्होंने कहा—अन्दर जाकर देखा तो लुईसा कोच पर लेटी हुई थी। उसका शरीर ऐंठ रहा था। चेहरे पर भी उसी ऐंठन के लक्षण दिखाई दे रहे थे। मुझे देखकर बोली—किरपिन, मेरे पास आ जाओ। मैंने शादी करके अपना वचन पूरा कर दिया। इससे ज्यादा मैं तुम्हें कुछ और न दे सकती थी क्योंकि मैं अपनी मुहब्बत पहले ही दूसरे की भेंट कर चुकी हूं, मुझे माफ करना मैंने जहर खा लिया है और बस कुछ घड़ियों की मेहमान हूं।

मेरी आंखों के सामने अंधेरा छा गया। दिल पर एक नश्तर-सा लगा। घुटने टेककर उसके पास बैठ गया। रोता हुआ बोला—लुईसा, यह तुमने क्या किया! हाय! क्या तुम मुझे दाग देकर इतनी जल्दी चली जाओगी, क्या अब कोई तदबीर नहीं है?

फौरन दौड़कर एक डाक्टर के मकान पर गया। मगर आह! जब तक उसे साथ लेकर आऊं मेरी वफा की देवी, सच्ची लुईसा हमेशा के लिए मुझसे जुदा हो गई थी। सिर्फ उसके सिरहाने एक छोटा-सा पुर्जा पड़ा हुआ था जिस पर उसने लिखा था, अगर तुम्हें मेरा भाई श्रीनाथ नजर आये तो उससे कह देना, लुईसा मरते वक्त भी उसका एहसान नहीं भूली।

यह कहकर नाक्स ने अपनी वास्केट की जेब से एक मखमली डिबिया निकाली और उसमें से कागज का एक पुर्जा निकालकर दिखाते हुए कहा—चौधरी, यही मेरे उस अस्थायी सौभाग्य की स्मृति है जिसे आज तक मैंने जान से ज्यादा संभाल कर रखा है। आज तुमसे परिचय हो गया। मैंने समझा था, और दोस्तों की तरह तुम भी लड़ाई में खत्म हो गए होगे, मगर शुक्र है कि तुम जीते-जागते मौजूद हो। यह अमानत तुम्हारे सुपुर्द करता हूं। अब अगर तुम्हारे जी में आए तो मुझे गोली मार दो, क्योंकि उस स्वर्गिक जीव का हत्यारा में हूं।

यह कहते-कहते कप्तान नाक्स फैलकर कुर्सी पर लेट गए। हम दोनों ही की आंखों से आंसू जारी थे मगर जल्द ही हमें अपने तात्कालिक कर्तव्य की याद आ गई। नाक्स को सान्त्वना देने के लिए मैं कुर्सी से उठकर उनके पास गया, मगर उनका हाथ पकड़ते ही मेरे शरीर में कंपकंपी-सी आ गई। हाथ ठंडा था। ऐसा ठंडा जैसा आखिरी घड़ियों में होता है। मैंने घबराकर उनके चेहरे की तरफ देखा और डाक्टर चन्द्र को पुकारा। डाक्टर साहब ने आकर फौरन उनकी छाती पर हाथ रखा और दर्द-भरे लहजे में बोले—दिल की धड़कन बन्द हो गई।

उसी वक्त बिजली कड़कड़ा उठी, कड़ ... कड़ ... कड़ ...

—'प्रेमचालीसा' से

# स्वांग

राजपूत खानदान में पैदा हो जाने ही से कोई सूरमा नहीं हो जाता और न नाम के पीछे 'सिंह' की दुम लगा देने ही से बहादुरी आती है। गजेन्द्र सिंह के पुरखे किसी जमाने में राजपूत थे इसमें सन्देह की गुंजाइश नहीं। लेकिन इधर तीन पुश्तों से तो नाम के सिवा उनमें राजपूती के कोई लक्षण न थे। गजेन्द्र सिंह के दादा वकील थे और जिरह या बहस में कभी-कभी राजपूती का प्रदर्शन कर जाते थे। बाप ने कपड़े की दुकान खोलकर इस प्रदर्शन की भी गुंजाइश न रखी और गजेन्द्र सिंह ने तो लुटिया ही डुबो दी। डील-डौल में भी फर्क आता गया। भूपेन्द्र सिंह का सीना लम्बा-चौड़ा था, नरेन्द्र सिंह का पेट लम्बा-चौड़ा था, लेकिन गजेन्द्र सिंह का कुछ भी लम्बा-चौड़ा न था। वह हलके-फुल्के, गोरे-चिट्टे, ऐनकबाज, नाजुक बदन, फैशनेबुल बाबू थे। उन्हें पढ़ने-लिखने से दिलचस्पी थी।

मगर राजपूत कैसा ही हो उसकी शादी तो राजपूत खानदान ही में होगी। गजेन्द्र सिंह की शादी जिस खानदान में हुई थी, उस खानदान में राजपूती जौहर बिलकुल फना न हुआ था। उनके ससुर पेंशनर सूबेदार थे। साले शिकारी और कुश्तीबाज। शादी हुए दो साल हो गए थे, लेकिन अभी तक एक बार भी ससुराल न आ सका। इम्तहानों से फुरसत ही न मिलती थी। लेकिन अब पढ़ाई खतम हो चुकी थी, नौकरी की तलाश थी। इसलिये अबकी होली के मौके पर ससुराल से बुलावा आया तो उसने कोई हील-हुज्जत न की। सूबेदार की बड़े-बड़े अफसरों से जान-पहचान थी, फौजी अफसरों की हुक्काम कितनी कद्र और कितनी इज्जत करते हैं, यह उसे खूब मालूम था। समझा मुमकिन है, सूबेदार साहब की सिफारिश से नायब तहसीलदारी में नामजद हो जाय। इधर श्यामदुलारी से भी साल-भर से मुलाकात नहीं हुई थी। एक निशाने से दो शिकार हो रहे थे। नया रेशमी कोट बनवाया और होली के एक दिन पहले ससुराल जा पहुंचा। अपने गराण्डील सालों के सामने बच्चा-सा मालूम होता था।

तीसरे पहर का वक्त था, गजेन्द्र सिंह अपने सालों से विद्यार्थी काल के कारनामे बयान कर रहा था। फुटबाल में किस तरह एक देव जैसे लम्बे-तड़ंगे गोरे को पटखनी दी, हाकी मैच में किस तरह अकेले गोल कर लिया, कि इतने में सूबेदार साहब देव

की तरह आकर खड़े हो गए और बड़े लड़के से बोले—अरे सुनो, तुम यहां बैठे क्या कर रहे हो। बाबू जी शहर से आये हैं, इन्हें ले जाकर जरा जंगल की सैर करा लाओ। कुछ शिकार-विकार खिलाओ। यहां ठेठर-वेठर तो है नहीं, इनका जी घबराता होगा। वक्त भी अच्छा है, शाम तक लौट आओगे।

शिकार का नाम सुनते ही गजेन्द्र सिंह की नानी मर गई। बेचारे ने उम्र-भर कभी शिकार न खेला था। यह देहाती उजड्ड लौंडे उसे न जाने कहां-कहां दौड़ाएंगे, कहीं किसी जानवर का सामना हो गया तो कहीं के न रहे। कौन जाने हिरन ही चोट कर बैठे। हिरन भी तो भागने की राह न पाकर कभी-कभी पलट पड़ता है। कहीं भेड़िया निकल आये तो काम ही तमाम कर दे। बोले—मेरा तो इस वक्त शिकार खेलने को जी नहीं चाहता, बहुत थक गया हूं।

सूबेदार साहब ने फरमाया—तुम घोड़े पर सवार हो लेना। यही तो देहात की बहार है। चुन्नू, जाकर बन्दूक ला, मैं भी चलूंगा। कई दिन से बाहर नहीं निकला। मेरा राइफल भी लेते आना।

चुन्नू और मुन्नू खुश-खुश बन्दूक लेने दौड़े, इधर गजेन्द्र की जान सूखने लगी। पछता रहा था कि नाहक इन लौडों के साथ गप-शप करने लगा। जानता कि यह बला सिर पर आने वाली है, तो आते ही फौरन बीमार बनकर चारपाई पर पड़ रहता। अब तो कोई हीला भी नहीं कर सकता। सबसे बड़ी मुसीबत घोड़े की सवारी। देहाती घोड़े यों ही थान पर बंधे-बंधे टरें हो जाते हैं और आसन का कच्चा सवार देखकर तो वह और भी शोखियां करने लगते हैं। कहीं अलफ हो गया या मुझे लेकर किसी नाले की तरफ बेतहाशा भागा तो खैरियत नहीं।

दोनों साले बन्दूकें लेकर आ पहुंचे। घोड़ा भी खिंचकर आ गया। सूबेदार साहब शिकारी कपड़े पहन कर तैयार हो गए। अब गजेन्द्र के लिए कोई हीला न रहा। उसने घोड़े की तरफ कनखियों से देखा—बार-बार जमीन पर पैर पटकता था, हिनहिनाता था, उठी हुई गर्दन, लाल आंखें, कनौतियां खड़ी, बोटी-बोटी फड़क रही थी। उसकी तरफ देखते हुए डर लगता था। गजेन्द्र दिल में सहम उठा मगर बहादुरी दिखाने के लिए घोड़े के पास जाकर उसके गर्दन पर इस तरह थपकियां दीं कि जैसे पक्का शहसवार है, और बोला—जानवर तो जानदार है मगर मुनासिब नहीं मालूम होता कि आप लोग तो पैदल चलें और मैं घोड़े पर बैठूं। ऐसा कुछ बहुत थका नहीं हूं। मैं भी पैदल ही चलूंगा, इसका मुझे अभ्यास है।

सूबेदार ने कहा—बेटा, जंगल दूर है, थक जाओगे। बड़ा सीधा जानवर है, बच्चा भी सवार हो सकता है।

गजेन्द्र ने कहा—जी नहीं, मुझे भी यों ही चलने दीजिए। गप-शप करते हुए चले चलेंगे। सवारी में वह लुत्फ कहां। आप बुजुर्ग हैं, सवार हो जायं।

चारों आदमी पैदल चले। लोगों पर गजेन्द्र की इस नम्रता का बहुत अच्छा असर हुआ। सभ्यता और सदाचार तो शहरवाले ही जानते हैं। तिस पर इल्म की बरकत।

थोड़ी दूर के बाद पथरीला रास्ता मिला। एक तरफ हरा-भरा मैदान दूसरी तरफ पहाड़ का सिलसिला। दोनों ही तरफ बबूल, करील, करौंदे और ढाक के जंगल थे। सूबेदार साहब अपनी फौजी जिन्दगी के पिटे हुए किस्से कहते चले आते थे। गजेन्द्र तेज चलने की कोशिश कर रहा था। लेकिन बार-बार पिछड़ जाता था। और उसे दो-चार कदम दौड़कर उनके बराबर होना पड़ता था। पसीने से तर हांफता हुआ, अपनी बेवकूफी पर पछताता चला जाता था। यहां आने की जरूरत ही क्या थी, श्यामदुलारी महीने-दो-महीने में जाती ही। मुझे इस वक्त कुत्तों की तरह दौड़ते आने की क्या जरूरत थी। अभी से यह हाल है। शिकार नजर आ गया तो मालूम नहीं क्या आफत आएगी। मील-दो मील की दौड़ तो उनके लिए मामूली बात है मगर यहां तो कचूमर ही निकल जायगा। शायद बेहोश होकर गिर पड़ूं। पैर अभी से मन-मन-भर के हो रहे थे।

यकायक रास्ते में सेमल का एक पेड़ नजर आया। नीचे लाल-लाल फूल बिछे हुए थे, ऊपर सारा पेड़ गुलनार हो रहा था। गजेन्द्र वहीं खड़ा हो गया और उस पेड़ को मस्ताना निगाहों से देखने लगा।

चुन्नू ने पूछा—क्या है जीजा जी, रुक कैसे गये?

गजेन्द्र सिंह ने मुग्ध भाव से कहा—कुछ नहीं, इस पेड़ का आकर्षक सौन्दर्य देखकर दिल बाग-बाग हुआ जा रहा है। अहा, क्या बहार है, क्या रौनक है, क्या शान है कि जैसे जंगल की देवी ने गोधूलि के आकाश को लज्जित करने के लिए केसरिया जोड़ा पहन लिया हो या ऋषियों की पवित्र आत्माएं अपनी शाश्वत यात्रा में यहां आराम कर रही हों, या प्रकृति का मधुर संगीत मूर्तिमान होकर दुनिया पर मोहिनी मन्त्र डाल रहा हो! आप लोग शिकार खेलने जाइए, मुझे इस अमृत से तृप्त होने दीजिए।

दोनों नौजवान आश्चर्य से गजेन्द्र का मुंह ताकने लगे। उनकी समझ ही में न आया कि यह महाशय कह क्या रहे हैं। देहात के रहनेवाले जंगलों में घूमनेवाले,

सेमल उनके लिए कोई अनोखी चीज न थी। उसे रोज देखते थे, कितनी ही बार उस पर चढ़े थे, उसके नीचे दौड़े थे, उसके फूलों की गेंद बनाकर खेले थे, उन पर यह मस्ती कभी न छाई थी, सौंदर्य का उपभोग करना बेचारे क्या जानें।

सूबेदार साहब आगे बढ़ गये थे। इन लोगों को ठहरा हुआ देखकर लौट आये और बोले—क्यों बेटा, ठहर क्यों गये?

गजेन्द्र ने हाथ जोड़कर कहा—आप लोग मुझे माफ कीजिए, मैं शिकार खेलने न जा सकूंगा। फूलों की यह बहार देखकर मुझ पर मस्ती-सी छा गई है, मेरी आत्मा स्वर्ग के संगीत का मजा ले रही है। अहा, यह मेरा ही दिल है जो फूल बनकर चमक रहा है। मुझ में भी वही लाली है, वही सौंदर्य है, वही रस है। मेरे हृदय पर केवल अज्ञान का पर्दा पड़ा हुआ है। किसका शिकार करें? जंगल के मासूम जानवरों का? हमीं तो ज़ानवर हैं, हमीं तो चिड़ियां हैं, यह हमारी ही कल्पनाओं का दर्पण है जिसमें भौतिक संसार की झलक दिखाई पड़ रही है। क्या अपना ही खून करें? नहीं, आप लोग शिकार करने जायं, मुझे इस मस्ती और बहार में डूबकर इसका आनन्द उठाने दें। बल्कि मैं तो प्रार्थना करूंगा कि आप भी शिकार से दूर रहें। जिन्दगी खुशियों का खजाना है। उसका खून न कीजिए। प्रकृति के दृश्यों से अपने मानस-चक्षुओं को तृप्त कीजिए। प्रकृति के एक-एक कण में, एक-एक फूल में, एक-एक पत्ती में इसी आनन्द की किरणें चमक रही हैं। खून करके आनन्द के इस अक्षय स्रोत को अपवित्र न कीजिए।

इस दार्शनिक भाषण ने सभी को प्रभावित कर दिया। सूबेदार साहब ने चुन्नू से धीमे से कहा—उम्र तो कुछ नहीं है लेकिन कितना ज्ञान भरा हुआ है! चुन्नू ने भी अपनी श्रद्धा को व्यक्त किया—विद्या से ही आत्मा जाग जाती है, शिकार खेलना है बुरा।

सूबेदार साहब ने ज्ञानियों की तरह कहा—हां, बुरा तो है, चलो लौट चलें। जब हरेक चीज में उसी का प्रकाश है, तो शिकारी कौन और शिकार कौन, अब कभी शिकार न खेलूंगा।

फिर वह गजेन्द्र से बोले—भइया, तुम्हारे उपदेश ने हमारी आंखें खोल दीं। कसम खाते हैं, अब कभी शिकार न खेलेंगे।

गजेन्द्र पर मस्ती छाई हुई थी, उसी नशे की हालत में बोला—ईश्वर को लाख-लाख धन्यवाद है कि उसने आप लोगों को यह सद्बुद्धि दी। मुझे खुद शिकार का कितना शौक था, बतला नहीं सकता। अनगिनत जंगली सूअर, हिरन, तेंदुए, नीलगायें, मगर मारे होंगे, एक बार चीते को मार डाला। मगर आज ज्ञान की मदिरा

का वह नशा हुआ कि दुनिया का कहीं अस्तित्व ही नहीं रहा।

## 2

होली जलने का मुहूर्त नौ बजे रात को था। आठ ही बजे से गांव के औरत-मर्द, बूढ़े-बच्चे गाते-बजाते कबीरें उड़ाते होली की तरफ चले। सूबेदार साहब भी बाल-बच्चों को लिए मेहमान के साथ होली जलाने चले।

गजेन्द्र ने अभी तक किसी बड़े गांव की होली न देखी थी। उसके शहर में तो हर मुहल्ले में लकड़ी के मोटे-मोटे दो-चार कुन्दे जला दिये जाते थे, जो कई-कई दिन तक जलते रहते थे। यहां की होली एक लम्बे-चौड़े मैदान में किसी पहाड़ की ऊंची चोटी की तरह आसमान से बातें कर रही थी। ज्यों ही पंडित जी ने मंत्र पढ़कर नये साल का स्वागत किया, आतिशबाजी छूटने लगी। छोटे-बड़े सभी पटाखे, छछूंदरें, हवाइयां छोड़ने लगे। गजेन्द्र के सिर पर से कई छछूंदरें सनसनाती हुई निकल गईं। हरेक पटाखे पर बेचारा दो-दो, चार-चार कदम पीछे हट जाता था और दिल में इस उजड्ड देहातियों को कोसता था। यह क्या बेहूदगी है, बारूद कहीं कपड़े में लग जाय, कोई और दुर्घटना हो जाय तो सारी शरारत निकल जाए। रोज ही तो ऐसी वारदातें होती रहती हैं, मगर इन गंवारों को क्या खबर। यहां तो दादा ने जो कुछ किया वही करेंगे। चाहे उसमें कुछ तुक हो या न हो!

अचानक नजदीक से एक बम गोले के छूटने की गगन भेदी आवाज हुई कि जैसे बिजली कड़की हो। गजेन्द्र सिंह चौंककर कोई दो फीट ऊंचे उछल गए। अपनी जिन्दगी में वह शायद कभी इतना न कूदे थे। दिल धक-धक करने लगा, गोया तोप के निशाने के सामने खड़े हों। फौरन दोनों कान उंगलियों से बन्द कर लिए और दस कदम और पीछे हट गए।

चुन्नू ने कहा—जीजाजी, आप क्या छोड़ेंगे, क्या लाऊं?

मुन्नू बोला—हवाइयां छोड़िए जीजाजी, बहुत अच्छी हैं। आसमान में निकल जाती हैं।

चुन्नू—हवाइयां बच्चे छोड़ते हैं कि यह छोड़ेंगे? आप बमगोला छोड़िए भाई साहब।

गजेन्द्र—भाई, मुझे इन चीजों का शौक नहीं। मुझे तो ताज्जुब हो रहा है बूढ़े भी

कितनी दिलचस्पी से आतिशबाजी छुड़ा रहे हैं।

मुन्नू—दो-चार महताबियां तो जरूर छोड़िए।

गजेन्द्र को महताबियां निरापद जान पड़ीं। उनकी लाल, हरी, सुनहरी चमक के सामने उनके गोरे चेहरे और खूबसूरत बालों और रेशमी कुर्ते की मोहकता कितनी बढ़ जायगी। कोई खतरे की बात भी नहीं। मजे से हाथ में लिए खड़े हैं, गुल टप-टप नीचे गिर रहा है और सबकी निगाहें उनकी तरफ लगी हुई हैं। उनकी दार्शनिक बुद्धि भी आत्मप्रदर्शन की लालसा से मुक्त न थी। फौरन महताबी ले ली, उदासीनता की एक अजब शान के साथ। मगर पहली ही महताबी छोड़ना शुरू की थी कि दूसरा बमगोला छूटा। आसमान कांप उठा। गजेन्द्र को ऐसा मालूम हुआ कि जैसे कान के पर्दे फट गये या सिर पर कोई हथौड़ा-सा गिर पड़ा। महताबी हाथ से छूटकर गिर पड़ी और छाती धड़कने लगी। अभी इस धमाके से सम्हलने न पाये थे कि दूसरा धमाका हुआ। जैसे आसमान फट पड़ा। सारे वायुमण्डल में कम्पन-सा आ गया, चिड़ियां घोंसलों से निकल-निकल शोर मचाती हुई भागीं, जानवर रस्सियां तुड़ा-तुड़ाकर भागे और गजेन्द्र भी सिर पर पांव रखकर भागे, सरपट, और सीधे घर पर आकर दम लिया। चुन्नू और मुन्नू दोनों घबड़ा गए। सूबेदार साहब के होश उड़ गए। तीनों आदमी बगटुट दौड़े हुए गजेन्द्र के पीछे चले। दूसरों ने जो उन्हें भागते देखा तो समझे शायद कोई वारदात हो गई। सबके सब उनके पीछे हो लिए। गांव में एक प्रतिष्ठित अतिथि का आना मामूली बात न थी। सब एक-दूसरे से पूछ रहे थे—मेहमान को हो क्या गया? माजरा क्या है? क्यों यह लोग दौड़े जा रहे हैं।

एक पल में सैकड़ों आदमी सूबेदार साहब के दरवाजे पर हाल-चाल पूछने के लिए जमा हो गए। गांव का दामाद कुरूप होने पर भी दर्शनीय और बदहाल होते हुए भी सबका प्रिय होता है।

सूबेदार ने सहमी हुई आवाज में पूछा—तुम वहां से क्यों भाग आए, भइया।

गजेन्द्र को क्या मालूम था कि उसके चले आने से यह तहलका मच जाएगा। मगर उसके हाजिर दिमाग ने जवाब सोच लिया था और जवाब भी ऐसा कि गांव वालों पर उसकी अलौकिक दृष्टि की धाक जमा दे।

बोला—कोई खास बात न थी, दिल में कुछ ऐसा ही आया कि यहां से भाग जाना चाहिए।

'नहीं, कोई बात जरूर थी।'

'आप पूछकर क्या करेंगे? मैं उसे जाहिर करके आपके आनन्द में विघ्न नहीं

डालना चाहता।'

'जब तक बतला न दोगे बेटा, हमें तसल्ली नहीं होगी। सारा गांव घबराया हुआ है।'

गजेन्द्र ने फिर सूफियों का-सा चेहरा बनाया, आंखें बन्द कर लीं, जम्हाइयां लीं और आसमान की तरफ देखकर बोले—बात यह है कि ज्यों ही मैंने महताबी हाथ में ली, मुझे मालूम हुआ जैसे किसी ने उसे मेरे हाथ से छीनकर फेंक दिया। मैंने कभी आतिशबाजियां नहीं छोड़ी, हमेशा उनको बुरा-भला कहता रहा हूं। आज मैंने वह काम किया जो मेरी अन्तरात्मा के खिलाफ था। बस, गजब ही तो हो गया। मुझे ऐसा मालूम हुआ जैसे मेरी आत्मा मुझे धिक्कार रही है। शर्म से मेरी गर्दन झुक गई और मैं इसी हालत में वहां से भागा। अब आप लोग मुझे माफ करें, मैं आपके जशन में शरीक न हो सकूंगा।

सूबेदार साहब ने इस तरह गर्दन हिलाई कि जैसे उनके सिवा वहां कोई इस अध्यात्म का रहस्य नहीं समझ सकता। उनकी आंखें कह रही थीं—आती हैं तुम लोगों की समझ में यह बातें? तुम भला क्या समझोगे, हम भी कुछ-कुछ ही समझते हैं।

होली तो नियत समय पर जलाई गई थी मगर आतिशबाजियां नदी में डाल दी गई। शरीर लड़कों ने कुछ इसलिए छिपाकर रख लीं कि गजेन्द्र चले जाएंगे तो मजे से छुड़ाएंगे।

श्यामदुलारी ने एकान्त में कहा—तुम तो वहां से खूब भागे!

गजेन्द्र अकड़ कर बोले—भागता क्यों, भागने की तो कोई बात न थी।

'मेरी तो जान निकल गई कि न मालूम क्या हो गया। तुम्हारे ही साथ मैं भी दौड़ी आई। टोकरी-भर आतिशबाजी पानी में फेंक दी गई।'

'यह तो रुपये को आग में फूंकना है।'

'होली में भी न छोड़ें तो कब छोड़ें। त्यौहार इसीलिए तो आते हैं।'

'त्यौहार में गाओ-बजाओ, अच्छी-अच्छी चीजें पकाओ-खाओ, खैरात करो, यार-दोस्तों से मिलो, सबसे मुहब्बत से पेश आओ, बारूद उड़ाने का नाम त्यौहार नहीं है।'

रात को बारह बज गये थे। किसी ने दरवाजे पर धक्का मारा, गजेन्द्र ने चौंककर पूछा—यह धक्का किसने मारा?

श्यामा ने लापरवाही से कहा—बिल्ली-विल्ली होगी।

कई आदमियों के फट-फट करने की आवाजें आईं, फिर किवाड़ पर धक्का पड़ा।

गजेन्द्र को कंपकंपी छूट गई, लालटेन लेकर दराज से झांका तो चेहरे का रंग उड़ गया—चार-पांच आदमी कुर्ते पहने, पगड़ियां बांधे, दाढ़ियां लगाये, कंधे पर बन्दूकें रखे, किवाड़ को तोड़ डालने की जबर्दस्त कोशिश में लगे हुए थे। गजेन्द्र कान लगाकर बातें सुनने लगा—

'दोनों सो गये हैं, किवाड़ तोड़ डालो, माल अलमारी में है।'

'और अगर दोनों जाग गए?'

'औरत क्या कर सकती है, मर्द को चारपाई से बांध देंगे।'

'सुनते हैं गजेन्द्र सिंह कोई बड़ा पहलवान है।'

'कैसा ही पहलवान हो, चार हथियारबन्द आदमियों के सामने क्या कर सकता है।'

गजेन्द्र के काटो तो बदन में खून नहीं! श्यामदुलारी से बोले—यह डाकू मालूम होते हैं। अब क्या होगा, मेरे तो हाथ-पांव कांप रहे हैं!

'चोर-चोर पुकारो, जाग हो जाएगी, आप भाग जाएंगे। नहीं, मैं चिलाती हूं। चोर का दिल आधा।'

'ना-ना,कहीं ऐसा गजब न करना। इन सबों के पास बन्दूकें हैं। गांव में इतना सन्नाटा क्यों है? घर के आदमी क्या हुए?'

'भइया और मुन्नू दादा खलिहान में सोने गए हैं, काका दरवाजे पर पड़े होंगे, उनके कानों पर तोप छूटे तब भी न जागेंगे।'

'इस कमरे में कोई दूसरी खिड़की भी तो नहीं है कि बाहर आवाज पहुंचे। मकान है या कैदखाने!'

'मैं तो चिल्लाती हूं।'

'अरे नहीं भाई, क्यों जान देने पर तुली हो। मैं तो सोचता हूं, हम दोनों चुपचाप लेट जाएं और आंखें बन्द कर लें। बदमाशों को जो कुछ ले जाना हो ले जाएं, जान तो बचे। देखो किवाड़ हिल रहे हैं। कहीं टूट न जाएं। हे ईश्वर, कहां जाएं, इस मुसीबत में तुम्हारा ही भरोसा है। क्या जानता था कि यह आफत आने वाली है, नहीं आता ही क्यों? बस चुप्पी ही साध लो। अगर हिलाएं-विलाएं तो भी सांस मत लेना।'

'मुझसे तो चुप्पी साधकर पड़ा न रहा जाएगा।'

'जेवर उतारकर रख क्यों नहीं देतीं, शैतान जेवर ही तो लेंगे।'

'जेवर तो न उतारूंगी चाहे कुछ ही क्यों न हो जाय।'

'क्यों जान देने पर तुली हुई हो?'

खुशी से तो जेवर न उतारूंगी, जबर्दस्ती और बात है।'

खामोश, सुनो सब क्या बातें कर रहे हैं।'

बाहर से आवाज़ आई—किवाड़ खोल दो नहीं तो हम किवाड़ तोड़ कर अन्दर आ जाएंगे।

गजेन्द्र ने श्यामदुलारी की मिन्नत की—मेरी बात मानो श्यामा, जेवर उतारकर रख दो, मैं वादा करता हूं बहुत जल्द नये जेवर बनवा दूंगा।

बाहर से आवाज आई—क्यों, शामतें आईं हैं! बस, एक मिनट की मुहलत और देते हैं, अगर किवाड़ न खोले तो खैरियत नहीं।

गजेन्द्र ने श्यामदुलारी से पूछा—खोल दूं?

'हां, बुला लो, तुम्हारे भाई-बन्द हैं न? वह दरवाजे को बाहर से ढकेलते हैं, तुम अन्दर से बाहर को ठेलो।'

'और जो दरवाजा मेरे ऊपर गिर पड़े? पांच-पांच जवान हैं!'

'वह कोने में लाठी रखी है, लेकर खड़े हो जाओ।'

'तुम पागल हो गई हो।'

'चुन्नी दादा होते तो पांचों को गिराते।'

'मैं लट्ठबाज नहीं हूं।'

'तो आओ मुंह ढांपकर लेट जाओ, मैं उन सबों से समझ लूंगी।'

'तुम्हें तो औरत समझकर छोड़ देंगे, माथे मेरे जाएगी।'

'मैं तो चिल्लाती हूं।'

'तुम मेरी जान लेकर छोड़ोगी!'

'मुझसे तो अब सब्र नहीं होता, मैं किवाड़ खोले देती हूं।'

उसने दरवाजा खोल दिया। पांचों चोर कमरे में भड़भड़ाकर घुस आए। एक ने अपने साथी से कहा—मैं इस लौंडे को पकड़े हुए हूं, तुम औरत के सारे गहने उतार लो।

दूसरा बोला—इसने तो आंखें बन्द कर लीं। अरे, तुम आंखें क्यों नहीं खोलते जी?

तीसरा—यार, औरत तो हसीन है!

चौथा—सुनती है ओ मेहररिया, जेवर दे दे नहीं गला घोंट दूंगा।

गजेन्द्र दिल में बिगड़ रहे थे, यह चुड़ैल जेवर क्यों नहीं उतार देती।

श्यामदुलारी ने कहा—गला घोंट दो, चाहे गोली मार दो जेवर न उतारूंगी।

पहला—इसे उठा ले चलो। यों न मानेगी, मन्दिर खाली है।

दूसरा—बस, यही मुनासिब है, क्यों रे छोकरी, हमारे साथ चलेगी?

श्यामदुलारी—तुम्हारे मुंह में कालिख लगा दूंगी।

तीसरा—न चलेगी तो इस लौंडे को ले जाकर बेच डालेंगे।

श्याम—एक-एक के हथकड़ी लगवा दूंगी।

चौथा—क्यों इतना बिगड़ती है महारानी, जरा हमारे साथ चली क्यों नहीं चलती। क्या हम इस लौंडे से भी गये-गुजरे हैं। क्या रह जाएगा, अगर हम तुझे जबर्दस्ती उठा ले जाएंगे। यों सीधी तरह नहीं मानती हो। तुम जैसी हसीन औरत पर जुल्म करने को जी नहीं चाहता।

पांचवां—या तो सारे जेवर उतारकर दे दो या हमारे साथ चालो।

श्यामदुलारी—काका आ आएंगे तो एक-एक की खाल उधेड़ डालेंगे।

पहला—यह यों न मानेगी, इस लौंडे को उठा ले चलो। तब आप ही पैरों पड़ेगी।

दो आदमियों ने एक चादर से गजेन्द्र के हाथ-पांव बांधे। गजेन्द्र मुर्दे की तरह पड़े हुए थे, सांस तक न आती थी, दिल में झुंझला रहे थे—हाय कितनी बेवफा औरत है, जेवर न देगी चाहे यह सब मुझे जान से मार डालें। अच्छा, जिन्दा बचूंगा तो देखूंगा। बात तक तो पूछूं नहीं।

डाकुओं ने गजेन्द्र को उठा लिया और लेकर आंगन में जा पहुंचे तो श्यामदुलारी दरवाजे पर खड़ी होकर बोली—इन्हें छोड़ दो तो मैं तुम्हारे साथ चलने को तैयार हूं।

पहला—पहले ही क्यों न राजी हो गई थी। चलेगी न?

श्यामदुलारी—चलूंगी। कहती तो हूं।

तीसरा—अच्छा तो चल। हम इसे छोड़ देते हैं।

दोनों चोरों ने गजेन्द्र को लाकर चारपाई पर लिटा दिया और श्यामदुलारी को लेकर चल दिए। कमरे में सन्नाटा छा गया। गजेन्द्र ने डरते-डरते आंखें खोलीं कोई नजर न आया। उठकर दरवाजे से झांका। सहन में भी कोई न था। तीर की तरह निकलकर सदर दरवाजे पर आए लेकिन बाहर निकलने का हौसला न हुआ। चाहा कि सूबेदार साहब को जगाएं, मुंह से आवाज न निकली।

उसी वक्त कहकहे की आवाज आई। पांच औरतें चुहल करती हुई श्यामदुलारी के कमरे में आईं। गजेन्द्र का वहां पता न था।

एक—कहां चले गए?

श्यामदुलारी—बाहर चले गए होंगे।

दूसरी—बहुत शर्मिन्दा होंगे।

तीसरी—डरके मारे उनकी सांस तक बन्द हो गई थी।

गजेन्द्र ने बोलचाल सुनी तो जान में जान आई। समझे शायद घर में जाग हो गई। लपककर कमरे के दरवाजे पर आए और बोले—जरा देखिए श्यामा कहां है, मेरी तो नींद ही न खुली। जल्द किसी को दौड़ाइए।

यकायक उन्हीं औरतों के बीच में श्यामा को खड़े हंसते देखकर हैरत में आ गए।

पांचों सहेलियों ने हंसना और तालियां पीटना शुरू कर दिया।

एक ने कहा—वाह जीजा जी, देख ली आपकी बहादुरी।

श्यामदुलारी—तुम सब की सब शैतान हो।

तीसरी—बीवी तो चोरों के साथ चली गई और आपने सांस तक न ली!

गजेन्द्र समझ गए, बड़ा धोखा खाया। मगर जबान के शेर थे, फौरन बिगड़ी बात बना ली, बोले—तो क्या करता, तुम्हारा स्वांग बिगाड़ देता! मैं भी इस तमाशे का मजा ले रहा था। अगर सबों को पकड़कर मूंछें उखाड़ लेता तो तुम कितनी शर्मिन्दा होतीं। मैं इतना बेरहम नहीं हूं।

सब की सब गजेन्द्र का मुंह देखती रह गईं।

—'वारदात' से

# सैलानी बंदर

जीवनदास नाम का एक गरीब मदारी अपने बन्दर मन्नू को नचाकर अपनी जीविका चलाया करता था। वह और उसकी स्त्री बुधिया दोनों मन्नू को बहुत प्यार करते थे। उनके कोई सन्तान न थी, मन्नू ही उनके स्नेह और प्रेम का पात्र था। दोनों उसे अपने साथ खाना खिलाते और अपने साथ सुलाते थे। उनकी दृष्टि में मन्नू से अधिक प्रिय कोई वस्तु न थी। जीवनदास उसके लिए एक गेंद लाया था। मन्नू आंगन में गेंद खेला करता था। उसके भोजन करने को एक मिट्टी का प्याला था, ओढ़ने को कम्बल का एक टुकड़ा, सोने को एक बोरिया, और उचकने के लिए छप्पर में एक रस्सी। मन्नू इन वस्तुओं पर जान देता था। जब तक उसके प्याले में कोई चीज न रख दी जाय वह भोजन न करता था। अपना टाट और कम्बल का टुकड़ा उसे शाल और गद्दे से भी प्यारा था। उसके दिन बड़े सुख से बीतते थे। वह प्रात:काल रोटियां खाकर मदारी के साथ तमाशा करने जाता था। वह नकलें करने में इतना निपुण था कि दर्शकवृन्द तमाशा देखकर मुग्ध हो जाते थे। लकड़ी हाथ में लेकर वृद्धों की भांति चलता, आसन मारकर पूजा करता, तिलक-मुद्रा लगाता, फिर पोथी बगल में दबाकर पाठ करने चलता। ढोल बजाकर गाने की नकल इतनी मनोहर थी कि दर्शक लोट-पोट हो जाते थे। तमाशा खतम हो जाने पर वह सबको सलाम करता था, लोगों के पैर पकड़कर पैसे वसूल करता था। मन्नू का कटोरा पैसों से भर जाता था। इसके उपरान्त कोई मन्नू को एक अमरूद खिला देता, कोई उसके सामने मिठाई फेंक देता। लड़कों का तो उसे देखने से जी ही न भरता था। वे अपने-अपने घर से दौड़-दौड़कर रोटियां लाते और उसे खिलाते थे। मुहल्ले के लोगों के लिए भी मन्नू मनोरंजन की एक सामग्री था। जब वह घर पर रहता तो एक न एक आदमी आकर उससे खेलता रहता। खोंचेवाले फेरी करते हुए उसे कुछ न कुछ दे देते थे। जो बिना दिए निकल जाने की चेष्टा करता उससे भी मन्नू पैर पकड़ कर वसूल कर लिया करता था, क्योंकि घर पर वह खुला रहता था। मन्नू को अगर चिढ़ थी तो कुत्तों से। उसके मारे उधर से कोई कुत्ता न निकलने पाता था और यदि कोई आ जाता, तो मन्नू उसे अवश्य ही दो-चार कनेठियां और झाँपड लगाता था। उसके सर्वप्रिय होने का यह एक और कारण था। दिन को कभी-कभी बुधिया धूप में लेट

जाती, तो मन्नू उसके सिर की जुएं निकालता और वह उसे गाना सुनाती। वह जहां कहीं जाती थी वहीं मन्नू उसके पीछे-पीछे जाता था। माता और पुत्र में भी इससे अधिक प्रेम न हो सकता था।

## 2

एक दिन मन्नू के जी में आया कि चलकर कहीं फल खाना चाहिए। फल खाने को मिलते तो थे पर वृक्षों पर चढ़कर डालियों पर उचकने, कुछ खाने और कुछ गिराने में कुछ और ही मजा था। बन्दर विनोदशील होते ही हैं, और मन्नू में इसकी मात्रा कुछ अधिक थी भी। कभी पकड़-धकड़ और मारपीट की नौबत न आई थी। पेड़ों पर चढ़कर फल खाना उसको स्वाभाविक जान पड़ता था। यह न जानता था कि वहां प्राकृतिक वस्तुओं पर भी किसी न किसी की छाप लगी हुई है, जल, वायु और प्रकाश पर भी लोगों ने अधिकार जमा रक्खा है, फिर बाग-बगीचों का तो कहना ही क्या। दोपहर को जब जीवनदास तमाशा दिखाकर लौटा, तो मन्नू लंबा हुआ। वह यों भी मुहल्ले में चला जाया करता था, इसलिए किसी को संदेह न हुआ कि वह कहीं चला गया। उधर वह घूमता-घामता खपरैलों पर उछलता-कूदता एक बगीचे में जा पहुंचा। देखा तो फलों से पेड़ लदे हुए हैं। आंवले, कटहल, लीची, आम, पपीते वगैरह लटकते देखकर उसका चित्त प्रसन्न हो गया। मानो वे वृक्ष से अपनी ओर बुला रहे थे कि खाओ, जहां तक खाया जाय, यहां किसी की रोक-टोक नहीं है। तुरन्त एक छलांग मारकर चहारदीवारी पर चढ़ गया। दूसरी छलांग में पेड़ों पर जा पहुंचा कुछ आम खाये, कुछ लीचियां खाईं। खुश हो-होकर गुठलियां इधर-उधर फेंकना शुरू किया। फिर सबसे ऊंची डाल पर जा पहुंचा और डालियों को हिलाने लगा। पके आम जमीन पर बिछ गए। खड़खड़ाहट हुई तो माली दोहपर की नींद से चौंका और मन्नू को देखते ही उसे पत्थरों से मारने लगा। पर या तो पत्थर उसके पास तक पहुंचते ही न थे या वह सिर और शरीर हिलाकर पत्थरों को बचा जाता था। बीच-बीच में बागबान को दांत निकालकर डराता भी था। कभी मुंह बनाकर उसे काटने की धमकी भी देता था। माली बंदरघुड़कियों से डरकर भागता था, और फिर पत्थर लेकर आ जाता था। यह कौतुक देखकर मुहल्ले के बालक जमा हो गए, और शोर मचाने लगे—

ओ बंदरवा लोयलाय, बाल उखाड़ूं टोयटाय।
ओ बंदर तेरा मुंह है लाल, पिचके-पिचके तेरे गाल।

मर गई नानी बंदर की,
टूटी टांग मुछन्दर की।

मन्नू को इस शोर-गुल में बड़ा आनन्द आ रहा था। वह आधे फल खा-खाकर नीचे गिराता था और लड़के लपक-लपककर चुन लेते और तालियां बजा-बजाकर कहते थे—

बंदर मामू और,
कहां तुम्हारा ठौर।

माली ने जब देखा कि यह विप्लव शांत होने में नहीं आता, तो जाकर अपने स्वामी को खबर दी। वह हजरत पुलिस विभाग के कर्मचारी थे। सुनते ही जामे से बाहर हो गए। बंदर की इतनी मजाल कि मेरे बगीचे में आकर ऊधम मचावे। बंगले का किराया मैं देता हूं, कुछ बंदर नहीं देता। यहां कितने ही असहयोगियों को लदवा दिया, अखबारवाले मेरे नाम से कांपते हैं, बंदर की क्या हस्ती है! तुरन्त बन्दूक उठाई, और बगीचे में आ पहुंचे। देखा मन्नू एक पेड़ को जोर-जोर से हिला रहा था। लाल हो गए, और उसी तरफ बन्दूक तानी। बन्दूक देखते ही मन्नू के होश उड़ गए। उस पर आज तक किसी ने बन्दूक नहीं तानी थी। पर उसने बन्दूक की आवाज सुनी थी, चिड़ियों को मारे जाते देखा था और न देखा होता तो भी बन्दूक से उसे स्वाभाविक भय होता। पशु बुद्धि अपने शत्रुओं से स्वत: सशंक हो जाती है। मन्नू के पांव मानो सुन्न हो गए। वह उछलकर किसी दूसरे वृक्ष पर भी न जा सका। उसी डाल पर दुबककर बैठ गया। साहब को उसकी यह कला पसन्द आई, दया आ गई। माली को भेजा, जाकर बन्दर को पकड़ ला। माली दिल में तो डरा, पर साहब के गुस्से को जानता था, चुपके से वृक्ष पर चढ़ गया और हजरत बंदर को एक रस्सी में बांध लाया। मन्नू साहब को बरामदे में एक खम्भे से बांध दिया गया। उसकी स्वच्छन्दता का अन्त हो गया। संध्या तक वहीं पड़ा हुआ करुण स्वर में कूं-कूं करता रहा। सांझ हो गई तो एक नौकर उसके सामने एक मुट्ठी चने डाल गया। अब मन्नू को अपनी स्थिति के परिवर्तन का ज्ञान हुआ। न कम्बल, न टाट, जमीन पर पड़ा बिसूर रहा था चने उसने छुए भी नहीं।

पछता रहा था कि कहां से फल खाने निकला। मदारी का प्रेम याद आया। बेचारा मुझे खोजता फिरता होगा। मदारिन प्याले में रोटी और दूध लिए मुझे मन्नू, मन्नू पुकार रही होगी। हा विपत्ति! तूने मुझे कहां लाकर छोड़ा। रात-भर वह जागता और बार-बार खम्भे के चक्कर लगाता रहा। साहब का कुत्ता टामी बार-बार डराता और भूंकता था। मन्नू को उस पर ऐसा क्रोध आता था कि पाऊं तो मारे चपतों के चौंधिया दूं, पर कुत्ता निकट न आता, दूर ही से गरजकर रह जाता था।

रात गुजरी, तो साहब ने आकर मन्नू को दो-तीन ठोकरें जमायीं। सुअर! रात-भर चिल्ला-चिलाकर नींद हराम कर दी। आंख तक न लगी! बचा, आज भी तुमने गुल मचाया, तो गोली मार दूंगा। यह कहकर वह तो चले गए, अब नटखट लड़कों की बारी आई। कुछ घर के और कुछ बाहर के लड़के जमा हो गए। कोई मन्नू को मुंह चिढ़ाता, कोई उस पर पत्थर फेंकता और कोई उसको मिठाई दिखाकर ललचाता था। कोई उसका रक्षक न था, किसी को उस पर दया न आती थी। आत्मरक्षा की जितनी क्रियाएं उसे मालूम थीं, सब करके हार गया। प्रणाम किया, पूजा-पाठ किया लेकिन इसका उपहार यही मिला कि लड़कों ने उसे और भी दिक करना शुरू किया। आज किसी ने उसके सामने चने भी न डाले और यदि डाले भी होते तो वह खा न सकता। शोक ने भोजन की इच्छा न रक्खी थी।

संध्या समय मदारी पता लगाता हुआ साहब के घर पहुंचा। मन्नू उसे देखते ही ऐसा अधीर हुआ, मानो जंजीर तोड़ डालेगा, खंभे को गिरा देगा। मदारी ने जाकर मन्नू को गले से लगा लिया और साहब से बोला—'हुजूर, भूल-चूक तो आदमी से भी हो जाती है, यह तो पशु है। मुझे चाहे जो सजा दीजिए पर इसे छोड़ दीजिए। सरकार, यही मेरी रोटियों का सहारा है। इसके बिना हम दो प्राणी भूखों मर जाएंगे। इसे हमने लड़के की तरह पाला है, जब से यह भागा है, मदारिन ने दाना-पानी छोड़ दिया है। इतनी दया कीजिए सरकार, आपका अकबाल सदा रोशन रहे, इससे भी बड़ा ओहदा मिले, कलम चाक हो, मुद्दई बेबाक हो। आप हैं सपूत, सदा रहें मजबूत। आपके बैरी को दाबे भूत।' मगर साहब ने दया का पाठ न पढ़ा था। घुड़ककर बोले— चुप रह पाजी, टें-टें करके दिमाग चाट गया। बचा, बन्दर छोड़कर बाग का सत्यानाश करा डाला, अब खुशामद करने चले हो। जाकर देख तो, इसने कितने फल खराब कर दिये। अगर इसे ले जाना चाहता है तो दस रुपया लाकर मेरी नजर कर नहीं तो चुपके से अपनी राह पकड़। यह या तो यहीं बंधे-बंधे मर जाएगा, या कोई इतने दाम देकर इसे ले जाएगा।

मदारी निराश होकर चला गया। दस रुपये कहां से लाता? बुधिया से जाकर हाल कहा। बुधिया को अपनी तरस पैदा करने की शक्ति पर ज्यादा भरोसा था। बोली—'बस, देख ली तुम्हारी करतूत! जाकर लाठी-सी मारी होगी। हाकिमों से बड़े दांव-पेंच की बातें की जाती हैं, तब कहीं जाकर वे पसीजते हैं। चलो मेरे साथ, देखो छुड़ा लाती हूं कि नहीं।' यह कहकर उसने मन्नू का सब सामान एक गठरी में बांधा और मदारी के साथ साहब के पास आई, मन्नू अब की इतने जोर से उछला कि खंभा हिल उठा, बुधिया ने कहा— 'सरकार, हम आपके द्वार पर भीख मांगने आये हैं, यह बन्दर हमको दान दे दीजिए।'

साहब—हम दान देना पाप समझते हैं।

मदारिन—हम देस-देस घूमते हैं। आपका जस गावेंगे।

साहब—हमें जस की चाह या परवाह नहीं है।

मदारिन—भगवान आपको इसका फल देंगे।

साहब—मैं नहीं जानता भगवान कौन बला है।

मदारिन—महाराज, क्षमा की बड़ी महिमा है।

साहब—हमारे यहां सबसे बड़ी महिमा दण्ड की है।

मदारिन—हुजूर, आप हाकिम हैं। हाकिमों का काम है, न्याय करना। फलों के पीछे दो आदमियों की जान न लीजिए। न्याय ही से हाकिम की बड़ाई होती है।

साहब—हमारी बड़ाई क्षमा और न्याय से नहीं है और न न्याय करना हमारा काम है, हमारा काम है मौज करना।

बुधिया की एक भी युक्ति इस अहंकार-मूर्ति के सामने न चली। अन्त को निराश होकर वह बोली—हुजूर इतना हुक्म तो दे दें कि ये चीजें बंदर के पास रख दूं। इन पर यह जान देता है।

साहब-मेरे यहां यह कूड़ा-करकट रखने की जगह नहीं है। आखिर बुधिया हताश होकर चली गई।

## 3

टामी ने देखा, मन्नू कुछ बोलता नहीं, तो शेर हो गया, भूंकता-भूंकता। मन्नू के पास चला आया। मन्नू ने लपककर उसके दोनों कान पकड़ लिए और इतने तमाचे लगाये कि उसे छठी का दूध याद आ गया। उसकी चिल्लाहट सुनकर साहब कमरे से बाहर निकल आए और मन्नू के कई ठोकरें लगाई। नौकर

को आज्ञा दी कि इस बदमाश को तीन दिन तक कुछ खाने को मत दो।

संयोग से उसी दिन एक सर्कस कंपनी का मैनेजर साहब से तमाशा करने की आज्ञा लेने आया। उसने मन्नू को बंधे, रोनी सूरत बनाये बैठे देखा, तो पास आकर उसे पुचकारा। मन्नू उछलकर उसकी टांगों से लिपट गया, और उसे सलाम करने लगा। मैनेजर समझ गया कि यह पालतू जानवर है। उसे अपने तमाशे के लिए एक बन्दर की जरूरत थी। साहब से बातचीत की, उसका उचित मूल्य दिया, और अपने साथ ले गया। किन्तु मन्नू को शीघ्र ही विदित हो गया कि यहां मैं और भी बुरा फंसा। मैनेजर ने उसे बन्दरों के रखवाले को सौंप दिया। रखवाला बड़ा निष्ठुर और क्रूर प्रकृति का प्राणी था। उसके अधीन और भी कई बन्दर थे। सभी उसके हाथों कष्ट भोग रहे थे। वह उनके भोजन की सामग्री खुद खा जाता था। अन्य बंदरों ने मन्नू का सहर्ष स्वागत नहीं किया। उसके आने से उनमें बड़ा कोलाहल मचा। अगर रखवाले ने उसे अलग न कर दिया होता तो वे सब उसे नोचकर खा जाते। मन्नू को अब नई विद्या सीखनी पड़ी। पैरगाड़ी पर चढ़ना, दौड़ते घोड़े की पीठ पर दो टांगों से खड़े हो जाना, पतली रस्सी पर चलना इत्यादि बड़ी ही कष्टप्रद साधनाएं थीं। मन्नू को ये सब कौशल सीखने में बहुत मार खानी पड़ती। जरा भी चूकता तो पीठ पर डंडा पड़ जाता। उससे अधिक कष्ट की बात यह थी कि उसे दिन-भर एक कठघरे में बंद रक्खा जाता था, जिसमें कोई उसे देख न ले। मदारी के यहां तमाशा ही दिखाना पड़ता था किन्तु उस तमाशे और इस तमाशे में बड़ा अन्तर था। कहां वे मदारी की मीठी-मीठी बातें, उसका दुलार और प्यार और कहां यह कारावास और डंडों की मार! ये काम सीखने में उसे इसलिए और भी देर लगती थी कि वह अभी तक जीवनदास के पास भाग जाने के विचार को भूला न था। नित्य इसी ताक में रहता कि मौका पाऊं और निकल जाऊं, लेकिन वहां जानवरों पर बड़ी कड़ी निगाह रक्खी जाती थी। बाहर की हवा तक न मिलती थी, भागने की तो बात ही क्या! काम लेने वाले सब थे मगर भोजन की खबर लेने वाला कोई भी न था। साहब की कैद से तो मन्नू जल्द ही छूट गया था, लेकिन इस कैद में तीन महीने बीत गये। शरीर घुल गया, नित्य चिन्ता घेरे रहती थी, पर भागने का कोई ठीक-ठिकाना न था। जी चाहे या न चाहे, उसे काम अवश्य करना पड़ता था। स्वामी को पैसों से काम था, वह जिये चाहे मरे।

संयोगवश एक दिन सर्कस के पंडाल में आग लग गई, सर्कस के नौकर-चाकर सब जुआरी थे। दिन-भर जुआ खेलते, शराब पीते और लड़ाई-झगडा करते थे।

इन्हीं झंझटों में एकाएक गैस की नली फट गई। हाहाकार मच गया। दर्शक-वृन्द जान लेकर भागे। कंपनी के कर्मचारी अपनी चीजें निकालने लगे। पशुओं की किसी को खबर न रही। सर्कस में बड़े-बड़े भयंकर जीव-जन्तु तमाशा करते थे। दो शेर, कई चीते, एक हाथी, एक रीछ था। कुत्तों, घोड़ों तथा बन्दरों की संख्या तो इससे कहीं अधिक थी। कंपनी धन कमाने के लिए अपने नौकरों की जान को कोई चीज नहीं समझती थी। ये सब के सब जीव इस समय तमाशे के लिए खोले गये थे। आग लगते ही वे चिल्ला-चिल्लाकर भागे। मन्नू भी भाग खड़ा हुआ। पीछे फिरकर भी न देखा कि पंडाल जला या बचा।

मन्नू कूदता-फांदता सीधे उसी घर पहुंचा, जहां जीवनदास रहता था, लेकिन द्वार बन्द था। खरपैल पर चढ़कर वह घर में घुस गया, मगर किसी आदमी का चिन्ह नहीं मिला। वह स्थान, जहां वह सोता था, और जिसे बुधिया गोबर से लीपकर साफ रक्खा करती थी, अब घास-पात से ढका हुआ था वह लकड़ी जिस पर चढ़कर वह कूदा करता था, दीमकों ने खा ली थी। मुहल्लेवाले उसे देखते ही पहचान गए। शोर मच गया—मन्नू आया, मन्नू आया।

मन्नू उस दिन से रोज संध्या के समय उसी घर में आ जाता, और अपने पुराने स्थान पर लेट रहता। वह दिन-भर मुहल्ले में घूमा करता था, कोई कुछ दे देता, तो खा लेता था, मगर किसी की कोई चीज नहीं छूता था। उसे अब भी आशा थी कि मेरा स्वामी यहां मुझसे अवश्य मिलेगा। रातों को उसके कराहने की करुण ध्वनि सुनाई देती थी। उसकी दीनता पर देखनेवालों की आंखों से आंसू निकल पड़ते थे।

इस प्रकार कई महीने बीत गये। एक दिन मन्नू गली में बैठा हुआ था, इतने में लड़कों का शोर सुनाई दिया। उसने देखा, एक बुढ़िया नंगे सिर, नंगे बदन, एक चीथड़ा कमर में लपेटे सिर के बाल छिटकाए, भूतनियों की तरह चली आ रही है, और कई लड़के उसके पीछे पत्थर फेंकते पगली नानी! पगली नानी! की हांक लगाते, तालियां बजाते चले जा रहे हैं। वह रह-रहकर रुक जाती है और लड़कों से कहती है— 'मैं पगली नहीं हूं, मुझे पगली क्यों कहते हो?' आखिर बुढ़िया जमीन पर बैठ गई, और बोली—'बताओ, मुझे पगली क्यों कहते हो?' उसे लड़कों पर लेशमात्र भी क्रोध न आता था। वह न रोती थी, न हंसती। पत्थर लग भी जाते तो चुप हो जाती थी।

एक लड़के ने कहा—तू कपड़े क्यों नहीं पहनती? तू पागल नहीं तो और क्या है?

बुढ़िया—कपड़े जाड़े में सर्दी से बचने के लिए पहने जाते हैं। आजकल तो गर्मी है।

लड़का—तुझे शर्म नहीं आती?

बुढ़िया—शर्म किसे कहते हैं बेटा, इतने साधू-संन्यासी नंगे रहते हैं, उनको पत्थर से क्यों नहीं मारते?

लड़का—वे तो मर्द हैं।

बुढ़िया—क्या शर्म औरतों ही के लिए है, मर्दों को शर्म नहीं आनी चाहिए?

लड़का—तुझे जो कोई जो कुछ दे देता है, उसे तू खा लेती है। तू पागल नहीं तो और क्या है?

बुढ़िया—इसमें पागलपन की क्या बात है बेटा? भूख लगती है, पेट भर लेती हूं।

लड़का—तुझे कुछ विचार नहीं है? किसी के हाथ की चीज खाते घिन नहीं आती?

बुढ़िया—घिन किसे कहते हैं बेटा, मैं भूल गई।

लड़का—सभी को घिन आती है, क्या बता दूं, घिन किसे कहते हैं।

दूसरा लड़का—तू पैसे क्यों हाथ से फेंक देती है? कोई कपड़े देता है तो क्यों छोड़कर चल देती है? पगली नहीं तो और क्या है?

बुढ़िया—पैसे, कपड़े लेकर क्या करूं बेटा?

लड़का—और लोग क्या करते हैं? पैसे-रुपये का लालच सभी को होता है।

बुढ़िया—लालच किसे कहते हैं बेटा, मैं भूल गई।

लड़का—इसी से तो तुझे पगली नानी कहते हैं। तुझे न लोभ है, न घिन है, न विचार है, न लाज है। ऐसों ही को पागल कहते हैं।

बुढ़िया—तो यही कहो, मैं पगली हूं।

लड़का—तुझे क्रोध क्यों नहीं आता?

बुढ़िया—क्या जाने बेटा। मुझे तो क्रोध नहीं आता। क्या किसी को क्रोध भी आता है? मैं तो भूल गई।

कई लड़कों ने इस पर 'पगली, पगली' का शोर मचाया और बुढ़िया उसी तरह शांत भाव से आगे चली। जब वह निकट आई तो मन्नू उसे पहचान गया। यह तो मेरी बुधिया है। वह दौड़कर उसके पैरों से लिपट गया। बुढ़िया ने चौंककर मन्नू को देखा, पहचान गई। उसने उसे छाती से लगा लिया।

# 4

मन्नू को गोद में लेते ही बुधिया को अनुभव हुआ कि मैं नग्न हूं। मारे शर्म के वह खड़ी न रह सकी। बैठकर एक लड़के से बोली—बेटा, मुझे कुछ पहनने को दोगे?

लड़का—तुझे तो लाज ही नहीं आती न?

बुढ़िया—नहीं बेटा, अब तो आ रही है। मुझे न जाने क्या हो गया था।

लड़कों ने फिर 'पगली, पगली' का शोर मचाया। तो उसने पत्थर फेंककर लड़कों को मारना शुरू किया। उनके पीछे दौड़ी।

एक लड़के ने पूछा—अभी तो तुझे क्रोध नहीं आता था। अब क्यों आ रहा है?

बुढ़िया—क्या जाने क्यों, अब क्रोध आ रहा है। फिर किसी ने पगली कहा तो बन्दर से कटवा दूंगी।

एक लड़का दौड़कर एक फटा हुआ कपड़ा ले आया। बुधिया ने वह कपड़ा पहन लिया। बाल समेट लिये। उसके मुख पर जो एक अमानुषी आभा थी, उसकी जगह चिन्ता का पीलापन दिखाई देने लगा। वह रो-रोकर मन्नू से कहने लगी—बेटा, तुम कहां चले गए थे। इतने दिन हो गए हमारी सुध न ली। तुम्हारा मदारी तुम्हारे ही वियोग में परलोक सिधारा, मैं भिक्षा मांगकर अपना पेट पालने लगी, घर-द्वार तहस-नहस हो गया। तुम थे तो खाने की, पहनने की, गहने की, घर की इच्छा थी, तुम्हारे जाते सब इच्छाएं लुप्त हो गईं। अकेली भूख तो सताती थी, पर संसार में और किसी की चिन्ता न थी। तुम्हारा मदारी मरा पर मेरी आंखों में आंसू न आए। वह खाट पर पड़ा कराहता था और मेरा कलेजा ऐसा पत्थर हो गया था कि उसकी दवा-दारू की कौन कहे, उसके पास खड़ी तक न होती थी। सोचती थी—यह मेरा कौन है। अब आज वे सब बातें और अपनी वह दशा याद आती है, तो यही कहना पड़ता है कि मैं सचमुच पगली हो गई थी, और लड़कों का मुझे पगली नानी कहकर चिढ़ाना ठीक ही था।

यह कहकर बुधिया मन्नू को लिये हुए शहर के बाहर एक बाग में गई, जहां वह एक पेड़ के नीचे रहती थी। वहां थोड़ी-सी पुआल बिछी हुई थी। इसके सिवा मनुष्य के बसेरे का और कोई चिन्ह न था।

आज से मनू बुधिया के पास रहने लगा। वह सबेरे घर से निकल जाता और नकलें करके, भीख मांगकर बुधिया के खाने-भर को नाज या रोटियां ले आता था।

पुत्र भी अगर होता तो वह इतने प्रेम से माता की सेवा न करता। उसकी नकलों से खुश होकर लोग उसे पैसे भी देते थे। उन पैसों से बुधिया खाने की चीजें बाजार से लाती थी।

लोग बुधिया के प्रति बंदर का वह प्रेम देखकर चकित हो जाते और कहते थे कि यह बंदर नहीं, कोई देवता है।

'माधुरी', फरवरी, 1924

# नबी का नीति-निर्वाह

हजरत मुहम्मद को इलहाम हुए थोड़े ही दिन हुए थे, दस-पांच पड़ोसियों और निकट सम्बन्धियों के सिवा अभी और कोई उनके दीन पर ईमान न लाया था। यहां तक कि उनकी लड़की जैनब और दामाद अबुलआस भी, जिनका विवाह इलहाम के पहले ही हो चुका था, अभी तक नये धर्म में दीक्षित न हुए थे। जैनब कई बार अपने मैके गई थी और अपने पिता के ज्ञानोपदेश सुने थे। वह दिल से इसलाम पर श्रद्धा रखती थी, लेकिन अबुलआस के कारण दीक्षा लेने का साहस न कर सकती थी। अबुलआस विचार-स्वातन्त्र्य का समर्थक था। वह कुशल व्यापारी था। मक्के से खजूर, मेवे आदि जिन्सें लेकर बन्दरगाहों को चालान किया करता था। बहुत ही ईमानदार, लेन-देन का खरा, श्रमशील मनुष्य था, जिसे इहलोक से इतनी फुर्सत न थी कि परलोक की चिन्ता करे। जैनब के सामने कठिन समस्या थी, आत्मा धर्म की ओर थी, हृदय पति की ओर, न धर्म को छोड़ सकती थी, न पति को। घर के अन्य प्राणी मूर्तिपूजक थे और इस नये सम्प्रदाय के शत्रु। जैनब अपनी लगन को छुपाती रहती, यहां तक कि पति से भी अपनी व्यथा न कह सकती। वे धार्मिक सहिष्णुता के दिन न थे। बात-बात पर खून की नदियां बहती थीं। खानदान के खानदान मिट जाते थे। अरब की अलौकिक वीरता पारस्परिक कलहों में व्यक्त होती थी। राजनैतिक संगठन का नाम न था। खून का बदला खून, धनहानि का बदला खून, अपमान का बदला खून—मानव रक्त ही से सभी झगड़ों का निबटारा होता था। ऐसी अवस्था में अपने धर्मानुराग को प्रकट करना अबुलआस के शक्तिशाली परिवार को मुहम्मद और उनके गिने-गिनाये अनुयायियों से टकराना था। उधर प्रेम का बन्धन पैरों को जकड़े हुए था। नये धर्म में प्रविष्ट होना अपने प्राण-प्रिय पति से सदा के लिए बिछुड़ जाना था। कुरश जाति के लोग ऐसे मिश्रित विवाहों को परिवार के लिए कलंक समझते थे। माया और धर्म की दुविधा में पड़ी हुई जैनब कुढ़ती रहती थी।

## 2

धर्म का अनुराग एक दुर्लभ वस्तु है, किन्तु जब उसका वेग उठता है तब बड़े प्रचण्ड रूप से उठता है। दोपहर का समय था। धूप इतनी तेज थी कि उसकी ओर ताकते हुए आंखों से चिनगारियां निकलती थीं। हजरत मुहम्मद अपने मकान में चिन्तामग्न बैठे हुए थे। निराशा चारों ओर अंधकार के रूप में दिखाई देती थी। खुदैजा भी पास ही बैठी हुई एक फटा कुर्ता सी रही थी। धन-सम्पत्ति सब कुछ इस लगन के भेंट हो चुकी थी। विधर्मियों का दुराग्रंह दिनोंदिन बढ़ता जाता था। इसलाम के अनुयायियों को भांति-भांति की यातनाएं दी जा रही थीं। स्वयं हजरत को घर से निकलना मुश्किल था। खौफ होता था कि कहीं लोग उन पर ईंट-पत्थर न फेंकने लगें। खबर आती थी कि आज अमुक मुसलमान का घर लूटा गया, आज फलां को लोगों नो आहत किया। हजरत ये खबरें सुन-सुनकर विकल हो जाते थे और बार-बार खुदा से धैर्य और क्षमा की याचना करते थे।

हजरत ने फरमाया—मुझे ये लोग अब यहां न रहने देंगे। मैं खुद सब कुछ झेल सकता हूं पर अपने दोस्तों की तकलीफ नहीं देखी जाती।

खुदैजा—हमारे चले जाने से तो इन बेचारों को और भी कोई शरण न रहेगी। अभी कम से कम आपके पास आकर रो तो लेते हैं। मुसीबत में रोने का सहारा कम नहीं होता।

हज़रत—तो मैं अकेले थोड़े ही जाना चाहता हूं। मैं अपने सब दोस्तों को साथ लेकर जाने का इरादा रखता हूं। अभी हम लोग यहां बिखरे हुए हैं। कोई किसी की मदद को नहीं पहुंच सकता। हम सब एक ही जगह एक कुटुम्ब की तरह रहेंगे तो किसी को हमारे ऊपर हमला करने की हिम्मत न होगी। हम अपनी मिली हुई शक्ति से बालू का ढेर तो हो ही सकते हैं जिस पर चढ़ने का किसी को साहस न होगा।

सहसा जैनब घर में दाखिल हुई। उसके साथ न कोई आदमी था न कोई आदमजाद, ऐसा मालूम होता था कि कहीं से भगी चली आ रही है। खुदैजा ने उसे गले लगाकर कहा—क्या हुआ जैनब, खैरियत तो है?

जैनब ने अपने अन्तर्द्वन्द्व की कथा सुनाई और पिता से दीक्षा की प्रार्थना की। हजरत मुहम्मद आंखों में आंसू भरकर बोले—जैनब, मेरे लिए इससे ज्यादा खुशी की और कोई बात नहीं हो सकती। लेकिन डरता हूं कि तुम्हारा क्या हाल होगा।

जैनब—या हजरत, मैंने खुदा की राह में सब कुछ त्याग देने का निश्चय किया है। दुनिया के लिए अपनी आकबत को नहीं खोना चाहती।

हजरत—जैनब, खुदा की राह में कांटे हैं।

जैनब—लगन को काटों की परवाह नहीं होती।

हजरत—ससुराल से नाता टूट जायेगा।

जैनब—खुदा से तो नाता जुड़ जायेगा।

हजरत—और अबुलआस?

जैनब की आंखों में आंसू डबडबा आये। कातर स्वर में बोली—अब्बाजान, इसी बेड़ी ने इतने दिनों मुझे बांध रक्खा था, नहीं तो मैं कब की आपकी शरण में आ चुकी होती। मैं जानती हूं, उनसे जुदा होकर जीती न रहूंगी और शायद उनको भी मेरा वियोग दुस्सह होगा, पर मुझे विश्वास है कि एक दिन जरूर आयेगा जब वे खुदा पर ईमान लायेंगे और मुझे फिर उनकी सेवा का अवसर मिलेगा।

हजरत—बेटी, अबुलआस ईमानदार है, दयाशील है, सत्यवक्ता है, किन्तु उसका अहंकार शायद अन्त तक उसे ईश्वर से विमुख रखे है। वह तकदीर को नहीं मानता, आत्मा को नहीं मानता, स्वर्ग और नरक को नहीं मानता। कहता है, 'सृष्टि-संचालन के लिए खुदा की जरूरत ही क्या है? हम उससे क्यों डरें? विवेक और बुद्धि की हिदायत हमारे लिए काफी है?' ऐसा आदमी खुदा पर ईमान नहीं ला सकता। अधर्म को जीतना आसान है पर जब वह दर्शन का रूप धारण कर लेता है तो अजेय हो जाता है।

जैनब ने निश्चयात्मक भाव से कहा— हजरत, आत्मा का उपकार जिसमें हो मुझे वही चाहिए। मैं किसी इन्सान को अपने और खुदा के बीच में न रहने दूंगी।

हजरत—खुदा तुझ पर दया करे बेटी। तेरी बातों ने दिल खुश कर दिया। यह कहकर उन्होंने जैनब को प्रेम से गले लगा लिया।

## 3

दूसरे दिन जैनब को जामा मसजिद में यथा विधि कलमा पढ़ाया गया। कुरैशियों ने जब यह खबर पाई तब वे जल उठे। गजब खुदा का। इसलाम ने तो बड़े-बड़े घरों पर हाथ साफ करना शुरू किया। अगर यही हाल रहा तो धीरे-धीरे उसकी शक्ति इतनी बढ़ जायगी कि उसका सामना करना कठिन हो जायगा। लोग

अबुलआस के घर पर जमा हुए। अबूसिफियान ने, जो इसलाम के शत्रुओं से सबसे प्रतिष्ठित व्यक्ति था (और जो बाद को इसलाम पर ईमान लाया), अबुलआस से कहा—तुम्हें अपनी बीवी को तलाक देना पड़ेगा।

अबुल०—हर्गिज नहीं।

अबूसि०—तो क्या तुम भी मुसलमान हो जाओगे?

अबु०—हर्गिज नहीं।

अबूसि०—तो उसे मुहम्मद ही के घर रहना पड़ेगा।

अबु०—हर्गिज नहीं, आप मुझे आज्ञा दीजिए कि उसे अपने घर लाऊ।

अबूसि०—हर्गिज नहीं।

अबु०—क्या यह नहीं हो सकता कि मेरे घर में रह कर वह अपने मतानुसार खुदा की बन्दगी करे?

अबूसि०—हर्गिज नहीं।

अबु०—मेरी कौम मेरे साथ इतनी भी सहानुभूति न करेगी?

अबूसि०—हर्गिज नहीं।

अबु०—तो फिर आप लोग मुझे अपने समाज से पतित कर दीजिए। मुझे पतित होना मंजूर है, आप लोग चाहें जो सजा दें,वह सब मंजूर है। पर मैं अपनी बीवी को तलाक नहीं दे सकता। मैं किसी की धार्मिक स्वाधीनता का अपहरण नहीं करना चाहता, वह भी अपनी बीवी की।

अबूसि०—कुरैश में क्या और लड़कियां नहीं हैं?

अबु०—जैनब की-सी कोई नहीं।

अबूसि०—हम ऐसी लड़कियां बता सकते हैं जो चांद को लज्जित कर दें।

अबु०—मैं सौन्दर्य का उपासक नहीं।

अबूसि०—ऐसी लड़कियां दे सकता हूं जो गृह-प्रबन्ध में निपुण हों, बातें ऐसी करें जो मुंह से फूल झरें, भोजन ऐसा बनाये कि बीमार को भी रुचि हो, और सीने-पिरोने में इतनी कुशल कि पुराने कपड़े को नया कर दें।

अबु०—मैं इन गुणों में किसी का भी उपासक नहीं। मैं प्रेम और केवल प्रेम का भक्त हूं और मुझे विश्वास है, कि जैनब का-सा प्रेम मुझे सारी दुनिया में नहीं मिल सकता।

अबूसि०—प्रेम होता तो तुम्हें छोड़कर दगा न करती।

अबु०—मैं नहीं चाहता कि प्रेम के लिए कोई अपने आत्मस्वातन्त्र्य का त्याग करे।

अबूसि०—इसका मतलब यह है कि तुम समाज में समाज के विरोधी बनकर रहना चाहते हो। अपनी आंखों की कसम, समाज अपने ऊपर यह अत्याचार न होने देगा, मैं समझाये जाता हूं, न मानोगे तो रोओगे।

## 4

अबूसिफियान और उनकी टोली के लोग तो धमकियां देकर उधर गये इधर अबुलआस ने लकड़ी सम्हाली और ससुराल जा पहुंचे। शाम हो गई थी। हजरत अपने मुरीदों के साथ मगरिब की नमाज पढ़ रहे थे। अबुलआस ने उन्हें सलाम किया और जब तक नमाज होती रही, गौर से देखते रहे। आदमियों की कतारों का एक साथ उठना-बैठना और सिजदे करना देखकर उनके दिल पर गहरा प्रभाव पड़ रहा था। वह अज्ञात भाव से संगत के साथ बैठते, झुकते और खड़े हो जाते थे। वहां का एक-एक परमाणु इस समय ईश्वरमय हो रहा था। एक क्षण के लिए अबुलआस भी उसी भक्ति-प्रवाह में आ गये।

जब नमाज खत्म हो गई तब अबुलआस ने हजरत से कहा—मैं जैनब को विदा करने आया हूं।

हजरत ने विस्मित होकर कहा—तुम्हें मालूम नहीं कि वह खुदा और रसूल पर ईमान ला चुकी है?

अबु०—जी हां, मालूम है।

हज०—इस्लाम ऐसे सम्बन्धों का निषेध करता है।

अबु०—क्या इसका यह मतलब है कि जैनब ने मुझे तलाक दे दिया?

हज०—अगर यही मतलब हो तो?

अबु०—तो कुछ नहीं, जैनब को खुदा और रसूल की बन्दगी मुबारिक हो। मैं एक बार उससे मिलकर घर चला जाऊंगा और फिर कभी आपको अपनी सूरत न दिखाऊंगा। लेकिन उस दशा में अगर कुरैश जाति आपसे लड़ने के लिए तैयार हो जाय तो इसका इलजाम मुझ पर न होगा। हां, अगर जैनब मेरे साथ जायगी तो कुरैश के क्रोध का भाजन मैं हूंगा। आप और आपके मुरीदों पर कोई आफत न आयेगी।

हज०—तुम दबाव में आकर जैनब को खुदा की तरफ से फेरने का तो यत्न न करोगे?

अबु॰—मैं किसी के धर्म में विघ्न डालना लज्जाजनक समझता हूं।

हज॰—तुम्हें लोग जैनब को तलाक देने पर तो मजबूर न करेंगे?

अबु॰—मैं जैनब को तलाक देने के पहले जिन्दगी को तलाक दे दूंगा।

हजरत को अबुलआस की बातों से इत्मीनान हो गया। आस को हरम में जैनब से मिलने का अवसर मिला। आस ने पूछा—जैनब, मैं तुम्हें साथ ले चलने आया हूं। धर्म के बदलने से कहीं तुम्हारा मन तो नहीं बदल गया?

जैनब रोती हुई पति के पैरों पर गिर पड़ी और बोली—स्वामी, धर्म बार-बार मिलता है, हृदय केवल एक बार। मैं आपकी हूं। चाहे यहां रहूं, चाहे वहां। लेकिन समाज मुझे आपकी सेवा में रहने देगा?

अबु॰—यदि समाज न रहने देगा तो मैं समाज ही से निकल जाऊंगा। दुनिया में रहने के लिए बहुत स्थान है। रहा मैं, तुम खूब जानती हो कि किसी के धर्म में विघ्न डालना मेरे सिद्धान्त के प्रतिकूल है।

जैनब चली तो खुदैजा ने उसे बदख्शां के लालों का एक बहुमूल्य हार विदाई में दिया।

## 5

इसलाम पर विधर्मियों के अत्याचार दिन-दिन बढ़ने लगे। अवहेलना की दशा से निकलकर उसने भय के क्षेत्र में प्रवेश किया। शत्रुओं ने उसे समूल नाश करने की आयोजना करना शुरू की। दूर-दूर के कबीलों से मदद मांगी गई। इसलाम में इतनी शक्ति न थी कि शस्त्रबल से शत्रुओं को दबा सके। हजरत मुहम्मद ने अन्त को मक्का छोड़कर मदीने की राह ली। उनके कितने ही भक्तों ने उनके साथ हिजरत की। मदीने में पहुंचकर मुसलमानों में एक नई शक्ति, एक नई स्फूर्ति का उदय हुआ। वे नि:शंक होकर धर्म का पालन करने लगे। अब पड़ोसियों से दबने और छिपने की जरूरत न थी। आत्मविश्वास बढ़ा। इधर भी विधर्मियों का सामना करने की तैयारियां होने लगीं।

एक दिन अबुलआस ने आकर स्त्री से कहा—जैनब, हमारे नेताओं ने इसलाम पर जेहाद करने की घोषणा कर दी।

जैनब ने घबराकर कहा—अब तो वे लोग यहां से चले गये फिर जेहाद की क्या जरूरत?

अबु॰—मक्का से चले गये, अरब से तो नहीं चले गये, उनकी ज्यादतियां बढ़ती जा रही हैं। जिहाद के सिवा और कोई उपाय नहीं। मेरा उस जिहाद में शरीक होना बहुत जरूरी है।

जैन॰—अगर तुम्हारा दिल तुम्हें मजबूर कर रहा है तो शौक से जाओ लेकिन मुझे भी साथ लेते चलो।

अबु॰—अपने साथ?

जैन॰—हां, मैं वहां आहत मुसलमानों की सेवा-सुश्रूषा करूंगी।

अबु॰—शौक से चलो।

## 6

घोर संग्राम हुआ। दोनों दलों ने खूब दिल के अरमान निकाले। भाई भाई से, मित्र मित्र से, बाप बेटे से लड़ा। सिद्ध हो गया कि धर्म का बन्धन रक्त और वीर्य के बन्धन से सुदृढ़ है।

दोनों दल वाले वीर थे। अंतर यह था कि मुसलमानों में नया धर्मानुराग था, मृत्यु के पश्चात् स्वर्ग की आशा थी, दिलों में आत्मविश्वास था जो नवजात सम्प्रदायों का लक्षण है। विधर्मियों में बलिदान का यह भाव लुप्त था।

कई दिन तक लड़ाई होती रही। मुसलमानों की संख्या बहुत कम थी, पर अन्त में उनके धर्मोत्साह ने मैदान मार लिया। विधर्मियों में अधिकांश काम आये, कुछ घायल हुए और कुछ कैद कर लिये गये। अबुलआस भी इन्हीं कैदियों में थे।

जैनब को ज्योंही यह मालूम हुआ उसने हजरत मुहम्मद की सेवा में अबुलआस का फदिया (मुक्तिधन) भेजा। यह वही बहुमूल्य हार था, जो खुदैजा ने उसे दिया था। वह अपने पिता को उस धर्म-संकट में नहीं डालना चाहती थी जो मुक्तिधन के अभाव की दशा में उन पर पड़ता। हजरत ने यह हार देखा तो खुदैजा की याद ताजी हो गई। मधुर स्मृतियों से चित्त चंचल हो उठा। अगर खुदैजा जीवित होती तो उसकी सिफारिश का असर उन पर इससे ज्यादा न होता जितना इस हार से हुआ, मानो स्वयं खुदैजा इस हार के रूप में आई थी। अबुलआस के प्रति हृदय कोमल हो गया। उसे सजा दी गई, यह हार ले लिया गया तो खुदैजा की आत्मा को कितना दुख होगा। उन्होंने कैदियों का फैसला करने के लिए एक पंचायत नियुक्त कर दी थी। यद्यपि पंचों में सभी हजरत के इष्ट-मित्र थे, पर इसलाम की शिक्षा

उनके दिलों में पुरानी आदतें, पुरानी चेष्टाएं न मिटा सकी थीं। उनमें अधिकांश ऐसे थे जिनको अबुलआस से पारिवारिक द्वेष था, जो उनसे किसी पुराने खून का बदला लेना चाहते थे। इसलाम ने उन में क्षमा और अहिंसा के भावों को अंकुरित न किया हो, पर साम्यवाद को उनके रोम-रोम में प्रविष्ट कर दिया था। वे धर्म के विषय में किसी के साथ रू-रियायत न कर सकते थे, चाहे वह हजरत का निकट सम्बन्धी ही क्यों न हो। अबुलआस सिर झुकाये पंचों के सामने खड़े थे और कैदी पेश होते थे। उनके मुक्तिधन का मुलाहिजा होता था और वे छोड़ दिये जाते थे। अबुलआस को कोई पूछता ही न था, यद्यपि वह हार एक तश्तरी में पंचों के सम्मुख रक्खा हुआ था। हजरत के मन में बार-बार प्रबल इच्छा होती थी कि सहाबियों से कहें यह हार कितना बहुमूल्य है। पर धर्म का बन्धन, जिसे उन्होंने स्वयं प्रतिष्ठित किया था, मुंह से एक शब्द भी न निकलने देता था। यहां तक कि समस्त बन्दीजन मुक्त हो गये, अबुलआस अकेला सिर झुकाये खड़ा रहा—हजरत मुहम्मद के दामाद के साथ इतना लिहाज भी न किया गया कि बैठने की आज्ञा तो दे दी जाती। सहसा जैद ने अबुलआस की ओर कटाक्ष करके कहा—देखा, खुदा इसलाम की कितनी हिमायत करता है। तुम्हारे पास हमसे पंचगुनी सेना थी, पर खुदा ने तुम्हारा मुंह काला किया। देखा या अब भी आंखें नहीं खुलीं?

अबुलआस ने विरक्त भाव से उत्तर दिया—जब आप लोग यह मानते हैं कि खुदा सबका मालिक है तब वह अपने एक बन्दे को दूसरे की गर्दन काटने में मदद न देगा। मुसलमानों ने इसलिए विजय पायी कि गलत या सही उन्हें अटल विश्वास है कि मृत्यु के बाद हम स्वर्ग में जायेंगे। खुदा को आप नाहक बदनाम करते हैं।

जैद—तुम्हारा मुक्ति-धन काफी नहीं है।

अबुलआस—मैं इस हार को अपनी जान से ज्यादा कीमती समझता हूं। मेरे घर में इससे बहुमूल्य और कोई वस्तु नहीं है।

जैद—तुम्हारे घर में जैनब हैं जिन पर ऐसे सैकड़ों हार कुर्बान किये जा सकते हैं।

अबु—तो आपकी मंशा है कि मेरी बीवी मेरा फदिया हो। इससे तो यह कहीं बेहतर है कि मैं कत्ल कर दिया जाता। अच्छा, अगर मैं वह फदिया न दूं तो?

जैद—तो तुम्हें आजीवन यहां गुलामों की तरह रहना पड़ेगा। तुम हमारे रसूल के दामाद हो, इस रिश्ते से हम तुम्हारा लिहाज करेंगे, पर तुम गुलाम ही

समझे जाओगे।

हजरत मुहम्मद निकट बैठे हुए ये बातें सुन रहे थे। वे जानते थे जैनब और आस एक-दूसरे पर जान देते हैं। उनका वियोग दोनों ही के लिए घातक होगा। दोनों घुल-घुलकर मर जायंगे। सहाबियों को एक बार पंच चुन लेने के बाद उनके फैसले में दखल देना नीति-विरुद्ध था। इससे इसलाम की मर्यादा भंग होती थी। कठिन आत्मवेदना हुई। यहां बैठे न रह सके। उठकर अन्दर चले गये। उन्हें ऐसा मालूम हो रहा था कि जैनब की गर्दन पर तलवार फेरी जा रही है। जैनब की दीन, करुणापूर्ण मूर्ति आंखों के सामने खड़ी मालूम होती थी। पर मर्यादा, निर्दय, निष्ठुर मर्यादा यह बलिदान मांग रही थी।

अबुलआस के सामने भी विषम समस्या थी। इधर गुलामी का अपमान था, उधर वियोग की दारुण वेदना थी।

अन्त में उन्होंने निश्चय किया, यह वेदना सहूंगा, अपमान न सहूंगा। प्रेम को गौरव पर समर्पित कर दूंगा। बोले—मुझे आपका फैसला मंजूर है। जैनब मेरा फदिया होगी।

## 7

निश्चय किया गया कि जैद अबुलआस के साथ जायं और आबादी से बाहर ठहरें। आस घर जाकर तुरन्त जैनब को वहां भेज दें। आस पर इतना विश्वास था कि वे अपना वचन पूरा करेंगे।

आस घर पहुंचे तो जैनब उनसे गले मिलने दौड़ी। आस हट गये और कातर स्वर से बोले—नहीं जैनब, मैं तुमसे गले न मिलूंगा। मैं तुम्हें अपने फदिये के रूप में दे आया। अब मेरा तुमसे कोई सम्बन्ध नहीं है। यह तुम्हारा हार है, ले लो, और फौरन यहां से चलने की तैयारी करो। जैद तुम्हें लेने को आये हैं।

जैनब पर वज्र-सा गिर पड़ा। पैर बंध गये, वहीं चित्र की भांति खड़ी रह गयी। वज्र ने रक्त को जला दिया, आंसुओं को सुखा दिया, चेतना ही न रही, रोती और बिलखती क्या। एक क्षण के बाद उसने एक बार माथा ठोका—निर्दय तकदीर के सामने सिर झुका दिया। चलने को तैयार हो गयी। घोर नैराश्य इतना दुखदायी नहीं होता जितना हम समझते हैं। उसमें एक रसहीन शान्ति होती है। जहां सुख की आशा नहीं वहां दुख का कष्ट कहां!

मदीने में रसूल की बेटी की जितनी इज्जत होनी चाहिए उतनी होती थी। वह पितागृह की स्वामिनी थी। धन था, मान था, गौरव था, धर्म था, प्रेम न था। आंख में सब कुछ था, केवल पुतली न थी। पति के वियोग में रोया करती थी। जिन्दा थी, मगर जिन्दा दरगोर। तीन साल तीन युगों की भांति बीते। घण्टे, दिन और वर्ष साधारण व्यवहारों के लिए हैं प्रेम के यहां समय का माप कुछ और ही है।

उधर अबुलआस द्विगुण उत्साह के साथ धनोपार्जन में लीन हुआ, महीनों घर न आता, हंसना-बोलना सब भूल गया। धन ही उसके जीवन का एक मात्र आधार था; उसके प्रणय-वंचित हृदय को किसी विस्मृतिकारक वस्तु की चाह थी। नैराश्य और चिन्ता बहुधा शराब से शान्त होती है, प्रेम उन्माद से। अबुलआस को धनोन्माद हो गया। धन के आवरण में छिपा हुआ वियोग-दुख था, माया के पर्दे में छिपा हुआ प्रेम-वैराग्य।

जाड़ों के दिन थे। नाड़ियों में रुधिर जमा जाता था। अबुलआस मक्का से माल लादकर एक काफिले के साथ चला। रकफों का एक दल भी साथ था। कुरैशियों ने मुसलमानों के कई काफिले लूट लिये थे। अबुलआस को संशय था कि मुसलमानों का आक्रमण होगा, इसलिए उन्होंने मदीने की राह छोड़ एक दूसरा रास्ता अख्तियार किया। पर दुदैव, मुसलानों को टोह मिल ही गयी। जैद ने सत्तर चुने हुए आदमियों के साथ काफिले पर धावा कर दिया। धन के भक्त धर्म के सेवकों से क्या बाजी ले जाते। सत्तर ने सात सौ को मार भगाया। कुछ मरे, अधिकांश भागे, कुछ कैद हो गये। मुसलमानों को अतुल धन हाथ लगा। कैदी घाते में मिले। अबुलआस फिर कैद हो गया।

## 8

कैदियों के भाग्य-निर्णय के लिए नीति के अनुसार पंचायत चुनी गयी। जैनब को यह खबर मिली तो आशाएं जाग उठीं; आशा मरती नहीं केवल सो जाती है। पिंजरे में बन्द पक्षी की भांति तड़फड़ाने लगी, पर क्या करे, किससे कहे, अबकी तो फदिये का भी कोई ठिकाना न था। या खुदा क्या होगा?

पंचों ने अबकी हजरत मुहम्मद ही को अपना प्रधान बनाया। हजरत ने इनकार किया, पर अन्त में उनके आग्रह से विवश हो गये।

अबुलआस सिर झुकाये बैठे हुए थे। हजरत ने एक बार उन पर करुणा-सूचक दृष्टि डाली, फिर सिर झुका लिया।

पंचायत शुरू हुई। अन्य कैदियों के घरों से मुक्तिधन आ गया था। वे मुक्त किये गये। अबुलआस के घर से मुक्तिधन न आया था। हजरत ने हुक्म दिया—इनका सारा माल और असबाब जब्त कर लिया जाय और ये उस वक्त तक बन्दी रहें जब तक इन्हें कोई छुड़ाने न आये। उनके अंतिम शब्द ये थे : अबुलआस, इसलाम की रणनीति के अनुसार तुम गुलाम हो। तुम्हें बाजार में बेचकर रुपया मुसलमानों में तकसीम होना चाहिए था। पर तुम ईमानदार आदमी हो, इसलिए तुम्हारे साथ इतनी रिआयत की गयी।

जैनब दरवाजे के पास आड़ में बैठी हुई थी। हजरत का यह फैसला सुनकर रो पड़ी, तब घर से बाहर निकल आयी और अबुलआस का हाथ पकड़कर बोली—अगर मेरा शौहर गुलाम है तो मैं उसकी लौंडी हूं। हम दोनों साथ बिकेंगे या साथ कैद होंगे।

हजरत—जैनब, मुझे लज्जित मत करो, मैं वही कर रहा हूं जो मेरा कर्तव्य है; न्याय पर बैठने वाले मनुष्य को प्रेम और द्वेष दोनों ही से मुक्त होना चाहिए। यद्यपि इस नीति का संस्कार मैंने ही किया है, पर अब मैं उसका स्वामी नहीं, दास हूं। अबुलआस से मुझे जितना प्रेम है यह खुदा के सिवा और कोई नहीं जान सकता। यह हुक्म देते हुए मुझे जितना मानसिक और आत्मिक कष्ट हो रहा है उसका अनुमान हर एक पिता कर सकता है। पर खुदा का रसूल न्याय और नीति को अपने व्यक्तिगत भावों से कलंकित नहीं कर सकता।

सहाबियों ने हजरत की न्याय-व्याख्या सुनी तो मुग्ध हो गये। अबू जफर ने अर्ज की—हजरत, आपने अपना फैसला सुना दिया, लेकिन हम सब इस विषय में सहमत हैं कि अबुलआस जैसे प्रतिष्ठित व्यक्ति के लिए यह दण्ड न्यायोचित होते हुए भी अति कठोर है और हम सर्वसम्मति से उसे मुक्त करते हैं और उसका लूटा हुआ धन लौटा देने की आज्ञा मांगते हैं।

अबुलआस हजरत मुहम्मद की न्यायपरायणता पर चकित हो गये। न्याय का इतना ऊंचा आदर्श! मर्यादा का इतना महत्व! आह, नीति पर अपना सन्तान-प्रेम तक न्यौछावर कर दिया! महात्मा, तुम धन्य हो। ऐसे ही ममता-हीन सत्पुरुषों

से संसार का कल्याण होता है। ऐसे ही नीतिपालकों के हाथों जातियां बनती हैं, सभ्यताएं परिष्कृत होती हैं।

मक्के आकर अबुलआस ने अपना हिसाब-किताब साफ किया, लोगों के माल लौटाये, ऋण चुकाये, और घर-बार त्यागकर हजरत मुहम्मद की सेवा में पहुंच गये।

जैनब की मुराद पूरी हुई।

— 'सरस्वती', मार्च, 1924

# मंदिर और मस्जिद

चौधरी इतरतअली 'कड़े' के बड़े जागीरदार थे। उनके बुजुर्गों ने शाही जमाने में अंग्रेजी सरकार की बड़ी-बड़ी खिदमत की थीं। उनके बदले में यह जागीर मिली थी। अपने सुप्रबन्ध से उन्होंने अपनी मिल्कियत और भी बढ़ा ली थी और अब इस इलाके में उनसे ज्यादा धनी-मानी कोई आदमी न था। अंग्रेज हुक्काम जब इलाके में दौरा करने जाते तो चौधरी साहब की मिजाजपुर्सी के लिए जरूर आते थे। मगर चौधरी साहब खुद किसी हाकिम को सलाम करने न जाते, चाहे वह कमिश्नर ही क्यों न हो। उन्होंने कचहरियों में न जाने का व्रत-सा कर लिया था। किसी इजलास-दरबार में भी न जाते थे। किसी हाकिम के सामने हाथ बांधकर खड़ा होना और उसकी हर एक बात पर 'जी हुजूर' करना अपनी शान के खिलाफ समझते थे। वह यथासाध्य किसी मामले-मुकदमे में न पड़ते थे, चाहे अपना नुकसान ही क्यों न होता हो। यह काम सोलहों आने मुखतारों के हाथ में था, वे एक के सौ करें या सौ का एक। फारसी और अरबी के आलिम थे, शरा के बड़े पाबंद, सूद को हराम समझते, पांचों वक्त की नमाज अदा करते, तीसों रोजे रखते और नित्य कुरान की तलावत (पाठ) करते थे। मगर धार्मिक संकीर्णता कहीं छू तक नहीं गयी थी। प्रात:काल गंगा-स्नान करना उनका नित्य का नियम था। पानी बरसे, पाला पड़े, पर पांच बजे वह कोस-भर चलकर गंगा तट पर अवश्य पहुंच जाते। लौटते वक्त अपनी चांदी की सुराही गंगाजल से भर लेते और हमेशा गंगाजल पीते। गंगाजल के सिवा वह और कोई पानी पीते ही न थे। शायद कोई योगी-यती भी गंगाजल पर इतनी श्रद्धा न रखता होगा। उनका सारा घर, भीतर से बाहर तक, सातवें दिन गऊ के गोबर से लीपा जाता था। इतना ही नहीं, उनके यहां बगीचे में एक पण्डित बारहों मास दुर्गा पाठ भी किया करते थे। साधु-संन्यासियों का आदर-सत्कार तो उनके यहां जितनी उदारता और भक्ति से किया जाता था, उस पर राजों को भी आश्चर्य होता था। यों कहिए कि सदाव्रत चलता था। उधर मुसलमान फकीरों का खाना बावर्चीखाने में पकता था और कोई सौ-सवा सौ आदमी नित्य एक दस्तरखान पर खाते थे। इतना दान-पुण्य करने पर भी उन पर किसी महाजन का एक कौड़ी का भी कर्ज न था। नीयत की कुछ

ऐसी बरकत थी कि दिन-दिन उन्नति ही होती थी। उनकी रियासत में आम हुक्म था कि मुर्दों को जलाने के लिए, किसी यज्ञ या भोज के लिए, शादी-ब्याह के लिए सरकारी जंगल से जितनी लकड़ी चाहे काट लो, चौधरी साहब से पूछने की जरूरत न थी। हिंदू असामियों की बारात में उनकी ओर से कोई न कोई जरूर शरीक होता था। नवेद के रुपये बंधे हुए थे, लड़कियों के विवाह में कन्यादान के रुपये मुकर्रर थे, उनको हाथी, घोड़े, तंबू, शामियाने, पालकी-नालकी, फर्श-जाजिमें, पंखे-चंवर, चांदी के महफिली सामान उनके यहां से बिना किसी दिक्कत के मिल जाते थे, मांगने-भर की देर रहती थी। इस दानी, उदार, यशस्वी आदमी के लिए प्रजा भी प्राण देने को तैयार रहती थी।

## 2

चौधरी साहब के पास एक राजपूत चपरासी था भजनसिंह। पूरे छः फुट का जवान था, चौड़ा सीना, बाने का लठैत, सैकड़ों के बीच से मारकर निकल आने वाला। उसे भय तो छू भी नहीं गया था। चौधरी साहब को उस पर असीम विश्वास था, यहां तक कि हज करने गये तो उसे भी साथ लेते गये थे। उनके दुश्मनों की कमी न थी, आस-पास के सभी जमींदार उनकी शक्ति और कीर्ति से जलते थे। चौधरी साहब के खौफ के मारे वे अपने असामियों पर मनमाना अत्याचार न कर सकते थे, क्योंकि वह निर्बलों का पक्ष लेने के लिए सदा तैयार रहते थे। लेकिन भजनसिंह साथ हो, तो उन्हें दुश्मन के द्वार पर भी सोने में कोई शंका न थी। कई बार ऐसा हुआ कि दुश्मनों ने उन्हें घेर लिया और भजनसिंह अकेला जान पर खेलकर उन्हें बेदाग निकाल लाया। ऐसा आग में कूद पड़ने वाला आदमी भी किसी ने कम देखा होगा। वह कहीं बाहर जाता तो जब तक खैरियत से घर न पहुंच जाय, चौधरी साहब को शंका बनी रहती थी कि कहीं किसी से लड़ न बैठा हो। बस, पालतू भेड़े की-सी दशा थी, जो जंजीर से छूटते ही किसी न किसी से टक्कर लेने दौड़ता है। तीनों लोक में चौधरी साहब के सिवा उसकी निगाहों में और कोई था ही नहीं। बादशाह कहो, मालिक कहो, देवता कहो, जो कुछ थे चौधरी साहब थे।

मुसलमान लोग चौधरी साहब से जला करते थे। उनका ख्याल था कि वह अपने दीन से फिर गये हैं। ऐसा विचित्र जीवन-सिद्धांत उनकी समझ में क्योंकर

आता। मुसलमान, सच्चा मुसलमान है तो गंगाजल क्यों पिये, साधुओं का आदर-सत्कार क्यों करे, दुर्गापाठ क्यों करावे? मुल्लाओं में उनके खिलाफ हंडिया पकती रहती थी और हिन्दुओं को जक देने की तैयारियां होती रहती थीं। आखिर यह राय तय पायी कि ठीक जन्माष्टमी के दिन ठाकुरद्वारे पर हमला किया जाय और हिन्दुओं का सिर नीचा कर दिया जाय, दिखा दिया जाय कि चौधरी साहब के बल पर फूले-फूले फिरना तुम्हारी भूल है। चौधरी साहब कर ही क्या लेंगे। अगर उन्होंने हिन्दुओं की हिमायत की, तो उनकी भी खबर ली जायगी, सारा हिन्दूपन निकल जायगा।

## 3

अंधेरी रात थी, कड़े के बड़े ठाकुरद्वारे में कृष्ण का जन्मोत्सव मनाया जा रहा था। एक वृद्ध महात्मा पोपले मुंह से तंबूरो पर ध्रु पद अलाप रहे थे और भक्तजन ढोल-मजीरे लिये बैठे थे कि इनका गाना बंद हो, तो हम अपनी कीर्तन शुरू करें। भंडारी प्रसाद बना रहा था। सैकड़ों आदमी तमाशा देखने के लिए जमा थे।

सहसा मुसलमानों का एक दल लाठियां लिये हुए आ पहुंचा, और मंदिर पर पत्थर बरसाना शुरू किया। शोर मच गया—पत्थर कहां से आते हैं! ये पत्थर कौन फेंक रहा है! कुछ लोग मंदिर के बाहर निकलकर देखने लगे। मुसलमान लोग तो घात में बैठे ही थे, लाठियां जमानी शुरू कीं। हिन्दुओं के हाथ में उस समय ढोल-मजीरे के सिवा और क्या था। कोई मंदिर में आ छिपा, कोई किसी दूसरी तरफ भागा। चारों तरफ शोर मच गया।

चौधरी साहब को भी खबर हुई। भजनसिंह से बोले—ठाकुर, देखो तो क्या शोर-गुल है? जाकर बदमाशों को समझा दो और न माने तो दो-चार हाथ चला भी देना मगर खून-खच्चर न होने पाये।

ठाकुर यह शोर-गुल सुन-सुनकर दांत पीस रहे थे, दिल पर पत्थर की सिल रक्खे बैठे हुए थे। यह आदेश सुना तो मुंहमांगी मुराद पायी। शत्रु-भंजन डंडा कंधे पर रक्खा और लपके हुए मंदिर पहुंचे। वहां मुसलमानों ने घोर उपद्रव मचा रक्खा था। कई आदमियों का पीछा करते हुए मंदिर में घुस गये थे, और शीशे के सामान तोड़-फोड़ रहे थे।

ठाकुर की आंखों में खून उतर आया, सिर पर खून सवार हो गया। ललकारते हुए मंदिर में घुस गया और बदमाशों को पीटना शुरू किया. एक तरफ तो वह अकेला और दूसरी तरफ पचासों आदमी! लेकिन वाह रे शेर! अकेले सबके छक्के छुड़ा दिये, कई आदमियों को मार गिराया। गुस्से में उसे इस वक्त कुछ न सूझता था, किसी के मरने-जीने की परवा न थी। मालूम नहीं, उसमें इतनी शक्ति कहां से आ गयी थी। उसे ऐसा जान पड़ता था कि कोई दैवी शक्ति मेरी मदद कर रही है। कृष्ण भगवान् स्वयं उसकी रक्षा करते हुए मालूम होते थे। धर्म-संग्राम में मनुष्यों से अलौकिक काम हो जाते हैं।

उधर ठाकुर के चले आने के बाद चौधरी साहब को भय हुआ कि कहीं ठाकुर किसी का खून न कर डाले, उसके पीछे खुद भी मंदिर में आ पहुंचे। देखा तो कुहराम मचा हुआ है। बदमाश लोग अपनी जान ले-लेकर बेतहाशा भागे जा रहे हैं, कोई पड़ा कराह रहा है, कोई हाय-हाय कर रहा है। ठाकुर को पुकारना ही चाहते थे कि सहसा एक आदमी भागा हुआ आया और उनके सामने आता-आता जमीन पर गिर पड़ा। चौधरी साहब ने उसे पहचान लिया और दुनिया आंखों में अंधेरी हो गयी। यह उनका इकलौता दामाद और उनकी जायदाद का वारिस शाहिद हुसेन था!

चौधरी ने दौड़कर शाहिद को संभाला और जोर से बोले—ठाकुर, इधर आओ—लालटेन ... लालटेन! आह, यह तो मेरा शाहिद है!

ठाकुर के हाथ-पांव फूल गये। लालटेन लेकर बाहर निकले। शाहिद हुसेन ही थे। उनका सिर कट गया था और रक्त उछलता हुआ निकल रहा था।

चौधरी ने सिर पीटते हुए कहा—ठाकुर, तुमने तो मेरा चिराग ही गुल कर दिया।

ठाकुर ने थरथर कांपते हुए कहा—मालिक, भगवान् जानते हैं मैंने पहचाना नहीं।

चौधरी—नहीं, मैं तुम्हारे ऊपर इलजाम नहीं रखता। भगवान् के मंदिर में किसी को घुसने का अख्तियार नहीं है। अफसोस यही है कि खानदान का निशान मिट गया, और तुम्हारे हाथों! तुमने मेरे लिए हमेशा अपनी जान हथेली पर रक्खी, और खुदा ने तुम्हारे ही हाथों मेरा सत्यानाश करा दिया।

चौधरी साहब रोते जाते थे और ये बातें कहते जाते थे। ठाकुर ग्लानि और पश्चात्ताप से गड़ा जाता था। अगर उसका अपना लड़का मारा गया होता, तो उसे इतना दुःख न होता। आह! मेरे हाथों मेरे मालिक का सर्वनाश हुआ। जिसके

पसीने की जगह वह खून बहाने को तैयार रहता था, जो उसका स्वामी ही नहीं, इष्ट था, जिसके जरा-से इशारे पर वह आग में कूद सकता था, उसी के वंश की उसने जड़ काट दी! वह उसकी आस्तीन का सांप निकला! रूंधे हुए कंठ से बोला—सरकार, मुझसे बढ़कर अभागा और कौन होगा। मेरे मुंह में कालिख लग गयी।

यह कहते-कहते ठाकुर ने कमर से छुरा निकाल लिया। वह अपनी छाती में छुरा घोंपकर कालिमा को रक्त से धोना ही चाहते थे कि चौधरी साहब ने लपककर छुरा उनके हाथों से छीन लिया और बोले—क्या करते हो, होश संभालो। ये तकदीर के करिश्मे हैं, इसमें तुम्हारा कोई कसूर नहीं, खुदा को जो मंजूर था, वह हुआ। मैं अगर खुद शैतान के बहकावे में आकर मन्दिर में घुसता और देवता की तौहीन करता, और तुम मुझे पहचानकर भी कत्ल कर देते तो मैं अपना खून माफ कर देता। किसी के दीन की तौहीन करने से बड़ा और कोई गुनाह नहीं है। गो इस वक्त मेरा कलेजा फटा जाता है, और यह सदमा मेरी जान ही लेकर छोड़ेगा, पर खुदा गवाह है कि मुझे तुमसे जरा भी मलाल नहीं है। तुम्हारी जगह मैं होता, तो मैं भी यही करता, चाहे मेरे मालिक का बेटा ही क्यों न होता। घरवाले मुझे तानों से छेदेंगे, लड़की रो-रोकर मुझसे खून का बदला मांगेगी, सारे मुसलमान मेरे खून के प्यासे हो जाएंगे, मैं काफिर और बेदीन कहा जाऊंगा, शायद कोई दीन का पक्का नौजवान मुझे कत्ल करने पर भी तैयार हो जाय, लेकिन मैं हक से मुंह न मोड़ूंगा। अंधेरी रात है, इसी दम यहां से भाग जाओ, और मेरे इलाके में किसी छावनी में छिप जाओ। वह देखो, कई मुसलमान चले आ रहे हैं—मेरे घरवाले भी हैं—भागो, भागो!

## 4

साल-भर भजनसिंह चौधरी साहब के इलाके में छिपा रहा। एक ओर मुसलमान लोग उसकी टोह में लगे रहते थे, दूसरी ओर पुलिस। लेकिन चौधरी उसे हमेशा छिपाते रहते थे। अपने समाज के ताने सहे, अपने घरवालों का तिरस्कार सहा, पुलिस के वार सहे, मुल्लाओं की धमकियां सहीं, पर भजनसिंह की खबर किसी को कानों-कान न होने दी। ऐसे वफादार स्वामिभक्त सेवक को वह जीते जी निर्दय कानून के पंजे में न देना चाहते थे। उनके इलाके की छावनियों में

कई बार तलाशियां हुई, मुल्लाओं ने घर के नौकरों, मामाओं, लौंडियों को मिलाया, लेकिन चौधरी ने ठाकुर को अपने एहसानों की भांति छिपाये रक्खा।

लेकिन ठाकुर को अपने प्राणों की रक्षा के लिए चौधरी साहब को संकट में पड़े देखकर असह्य वेदना होती थी। उसके जी में बार-बार आता था, चलकर मालिक से कह दूं—मुझे पुलिस के हवाले कर दीजिए। लेकिन चौधरी साहब बार-बार उसे छिपे रहने की ताकीद करते रहते थे।

जाड़ों के दिन थे। चौधरी साहब अपने इलाके का दौरा कर रहे थे। अब वह मकान पर बहुत कम रहते थे। घरवालों के शब्द-बाणों से बचने का यही उपाय था। रात को खाना खाकर लेटे ही थे कि भजनसिंह आकर सामने खड़ा हो गया। उसकी सूरत इतनी बदल गई थी कि चौधरी साहब देखकर चौंक पड़े। ठाकुर ने कहा—सरकार अच्छी तरह हैं?

चौधरी—हां, खुदा का फजल है। तुम तो बिल्कुल पहचाने ही नहीं जाते। इस वक्त कहां से आ रहे हो?

ठाकुर—मालिक, अब तो छिपकर नहीं रहा जाता। हुक्म हो तो जाकर अदालत में हाजिर हो जाऊं। जो भाग्य में लिखा होगा, वह होगा। मेरे कारन आपको इतनी हैरानी हो रही है, यह मुझसे नहीं देखा जाता।

चौधरी—नहीं ठाकुर, मेरे जीते जी नहीं। तुम्हें जान-बूझकर भाड़ के मुंह में नहीं डाल सकता। पुलिस अपनी मर्जी के माफिक शहादतें बना लेगी, और मुफ्त में तुम्हें जान से हाथ धोना पड़ेगा। तुमने मेरे लिए बड़े-बड़े खतरे सहे हैं। अगर मैं तुम्हारे लिए इतना भी न कर सकूं, तो मुझसे कुछ मत कहना।

ठाकुर—कहीं किसी ने सरकार ...

चौधरी—इसका बिल्कुल गम न करो। जब तक खुदा को मंजूर न होगा, कोई मेरा बाल भी बांका नहीं कर सकता। तुम अब जाओ, यहां ठहरना खतरनाक है।

ठाकुर—सुनता हूं, लोगों ने आपसे मिलना-जुलना छोड़ दिया है।

चौधरी—दुश्मनों का दूर रहना ही अच्छा।

लेकिन ठाकुर के दिल में जो बात जम गई थी, वह न निकली। इस मुलाकात ने उसका इरादा और भी पक्का कर दिया। इन्हें मेरे कारन यों मारे-मारे फिरना पड़ रहा है। यहां इनका कौन अपना बैठा हुआ है? जो चाहे आकर हमला कर सकता है। मेरी इस जिंदगानी को धिक्कार!

प्रातःकाल ठाकुर जिला हाकिम के बंगले पर पहुंचा। साहब ने पूछा—तुम अब तक चौधरी के कहने से छिपा था?

ठाकुर—नहीं हजूर, अपनी जान के खौफ से।

## 5

चौधरी साहब ने यह खबर सुनी, तो सन्नाटे में आ गए। अब क्या हो? अगर मुकदमे की पैरवी न की गई तो ठाकुर का बचना मुश्किल है। पैरवी करते हैं, तो इसलामी दुनिया में तहलका पड़ जाता है। चारों तरफ से फतवे निकलने लगेंगे। उधर मुसलमानों ने ठान ली कि इसे फांसी दिलाकर ही छोड़ेंगे। आपस में चंदा किया गया। मुल्लाओं ने मसजिद में चंदे की अपील की, द्वार-द्वार झोली बांधकर घूमे। इस पर कौमी मुकदमे का रंग चढ़ाया गया। मुसलमान वकीलों को नाम लूटने का मौका मिला। आसपास के जिलों से लोग जिहाद में शरीक होने के लिए आने लगे।

चौधरी साहब ने भी पैरवी करने का निश्चय किया, चाहे कितनी ही आफतें क्यों न सिर पर आ पड़ें। ठाकुर उन्हें इंसाफ की निगाह में बेकसूर मालूम होता था और बेकसूर की रक्षा करने में उन्हें किसी का खौफ न था, घर से निकल खड़े हुए और शहर में जाकर डेरा जमा दिया।

छः महीने तक चौधरी साहब ने जान लड़ाकर मुकदमे की पैरवी की। पानी की तरह रुपये बहाये, आंधी की तरह दौड़े। वह सब किया जो जिन्दगी में कभी न किया था, और न पीछे कभी किया। अहलकारों की खुशामदें कीं, वकीलों के नाज उठाये, हाकिमों को नजरें दी और ठाकुर को छुड़ा लिया। सारे इलाके में धूम मच गई। जिसने सुना, दंग रह गया। इसे कहते हैं शराफत! अपने नौकर को फांसी से उतार लिया।

लेकिन साम्प्रदायिक द्वेष ने इस सत्कार्य को और ही आंखों से देखा—मुसलमान झल्लाये, हिन्दुओं ने बगलें बजाईं। मुसलमान समझे इनकी रही-सही मुसलमानी भी गायब हो गई। हिन्दुओं ने खयाल किया, अब इनकी शुद्धि कर लेनी चाहिए, इसका मौका आ गया। मुल्लाओं ने जोर-जोर से तबलीग की हांक लगानी शुरू की, हिन्दुओं ने भी संगठन का झंडा उठाया। मुसलमानों की मुसलमानी जाग उठी और हिन्दुओं का हिन्दुत्व। ठाकुर के कदम भी इस रेले में उखड़ गये। मनचले थे

ही, हिन्दुओं के मुखिया बन बैठे। जिन्दगी में कभी एक लोटा जल तक शिव को न चढ़ाया था, अब देवी-देवताओं के नाम पर लठ चलाने के लिए उद्यत हो गए। शुद्धि करने को कोई मुसलमान न मिला, तो दो-एक चमारों ही की शुद्धि करा डाली। चौधरी साहब के दूसरे नौकरों पर भी असर पड़ा; जो मुसलमान कभी मसजिद के सामने खड़े न होते थे, वे पांचों वक्त की नमाज अदा करने लगे, जो हिन्दू कभी मन्दिरों में झांकते न थे, वे दोनों वक्त सन्ध्या करने लगे।

बस्ती में हिन्दुओं की संख्या अधिक थी। उस पर ठाकुर भजनसिंह बने उनके मुखिया, जिनकी लाठी का लोहा सब मानते थे। पहले मुसलमान, संख्या में कम होने पर भी, उन पर गालिब रहते थे, क्योंकि वे संगठित न थे, लेकिन अब वे संगठित हो गये थे, भला मुट्ठी-भर मुसलमान उनके सामने क्या ठहरते।

एक साल और गुजर गया। फिर जन्माष्टमी का उत्सव आया। हिन्दुओं को अभी तक अपनी हार भूली न थी। गुप्त रूप से बराबर तैयारियां होती रहती थीं। आज प्रातःकाल ही से भक्त लोग मन्दिर में जमा होने लगे। सबके हाथों में लाठियां थीं, कितने ही आदमियों ने कमर में छुरे छिपा लिए थे। छेड़कर लड़ने की राय पक्की हो गई थी। पहले कभी इस उत्सव में जुलूस न निकला था। आज धूम-धाम से जुलूस भी निकलने की ठहरी।

दीपक जल चुके थे। मसजिदों में शाम की नमाज होने लगी थी। जुलूस निकला। हाथी, घोड़े, झंडे-झंडियां, बाजे-गाजे, सब साथ थे। आगे-आगे भजनसिंह अपने अखाड़े के पट्ठों को लिए अकड़ते चले जाते थे।

जामा मसजिद सामने दिखाई दी। पट्ठों ने लाठियां संभालीं, सब लोग सतर्क हो गये। जो लोग इधर-उधर बिखरे हुए थे, आकर सिमट गये। आपस में कुछ काना-फूसी हुई। बाजे और जोर से बजने लगे। जयजयकार की ध्वनि और जोर से उठने लगी। जुलूस मसजिद के सामने आ पहुंचा।

सहसा एक मुसलमान ने मसजिद से निकलकर कहा—नमाज का वक्त है, बाजे बन्द कर दो।

भजनसिंह—बाजे न बन्द होंगे।

मुसलमान—बन्द करने पड़ेंगे।

भजनसिंह—तुम अपनी नमाज क्यों नहीं बन्द कर देते?

मुसलमान—चौधरी साहब के बल पर मत फूलना। अबकी होश ठंडे हो जायंगे।

भजनसिंह—चौधरी साहब के बल पर तुम फूलो, यहां अपने ही बल का भरोसा है। यह धर्म का मामला है।

इतने में कुछ और मुसलमान निकल आए, और बाजे बन्द करने का आग्रह करने लगे, इधर और जोर से बाजे बजने लगे। बात बढ़ गई। एक मौलवी ने भजनसिंह को काफिर कह दिया। ठाकुर ने उसकी दाढ़ी पकड़ ली। फिर क्या था। सूरमा लोग निकल पड़े, मार-पीट शुरू हो गई। ठाकुर हल्ला मारकर मसजिद में घुस गये, और मसजिद के अन्दर मार-पीट होने लगी। यह नहीं कहा जा सकता कि मैदान किसके हाथ रहा। हिन्दू कहते थे, हमने खदेड़-खदेड़कर मारा, मुसलमान कहते थे, हमने वह मार मारी कि फिर सामने नहीं आएंगे। पर इन विवादों के बीच में एक बात सब मानते थे, और वह थी ठाकुर भजनसिंह की अलौकिक वीरता। मुसलमानों का कहना था कि ठाकुर न होता तो हम किसी को जिन्दा न छोड़ते। हिन्दू कहते थे कि ठाकुर सचमुच महावीर का अवतार है। इसकी लाठियों ने उन सबों के छक्के छुड़ा दिए।

उत्सव समाप्त हो चुका था। चौधरी साहब दीवानखाने में बैठे हुए हुक्का पी रहे थे। उनका मुख लाल था, त्यौरियां चढ़ी हुई थीं और आंखों से चिनगारियां-सी निकल रही थीं। 'खुदा का घर' नापाक किया गया। यह खयाल रह-रहकर उनके कलेजे को मसोसता था।

खुदा का घर नापाक किया गया! जालिमों को लड़ने के लिए क्या नीचे मैदान में जगह काफी न थी! खुदा के पाक घर में यह खून-खच्चर! मसजिद की यह बेहुरमती! मन्दिर भी खुदा का घर है और मसजिद भी। मुसलमान किसी मन्दिर को नापाक करने के लिए सजा के लायक हैं, क्या हिन्दू मसजिद को नापाक करने के लिए उसी सजा के लायक नहीं?

और यह हरकत ठाकुर ने की! इसी कसूर के लिए तो उसने मेरे दामाद को कत्ल किया था। मुझे मालूम होता है कि उसके हाथों ऐसा फेल होगा, तो उसे फांसी पर चढ़ने देता। क्यों उसके लिए इतना हैरान, इतना बदनाम, इतना जेरबार होता। ठाकुर मेरा वफादार नौकर है। उसने बारहा मेरी जान बचाई है। मेरे पसीने की जगह खून बहाने को तैयार रहता है। लेकिन आज उसने खुदा के घर को नापाक किया है, और उसे इसकी सजा मिलनी चाहिए। इसकी सजा क्या है? जहन्नुम! जहन्नुम की आग के सिवा इसकी और कोई सजा नहीं है। जिसने खुदा के घर को नापाक किया, उसने खुदा की तौहीन की। खुदा की तौहीन!

सहसा ठाकुर भजनसिंह आकर खड़े हो गए।

चौधरी साहब ने ठाकुर को क्रोधोन्मत्त आंखों से देखकर कहा—तुम मसजिद में घुसे थे?

भजनसिंह—सरकार, मौलवी लोग हम लोगों पर टूट पड़े।

चौधरी—मेरी बात का जवाब दो जी-तुम मसजिद में घुसे थे?

भजनसिंह—जब उन लोगों ने मसजिद के भीतर से हमारे ऊपर पत्थर फेंकना शुरू किया तब हम लोग उन्हें पकड़ने के लिए मसजिद में घुस गए।

चौधरी—जानते हो मसजिद खुदा का घर है?

भजनसिंह—जानता हूं हुजूर, क्या इतना भी नहीं जानता।

चौधरी—मसजिद खुदा का वैसा ही पाक घर है, जैसे मंदिर।

भजनसिंह ने इसका कुछ जवाब न दिया।

चौधरी—अगर कोई मुसलमान मन्दिर को नापाक करने के लिए गर्दनजदनी है तो हिन्दू भी मसजिद को नापाक करने के लिए गर्दनजदनी है।

भजनसिंह इसका भी कुछ जवाब न दे सका। उसने चौधरी साहब को कभी इतने गुस्से में न देखा था।

चौधरी—तुमने मेरे दामाद को कत्ल किया, और मैंने तुम्हारी पैरवी की। जानते हो क्यों? इसलिए कि मैं अपने दामाद को उस सजा के लायक समझता था जो तुमने उसे दी। अगर तुमने मेरे बेटे को, या मुझी को उस कसूर के लिए मार डाला होता तो मैं तुमसे खून का बदला न मांगता। वही कसूर आज तुमने किया है। अगर किसी मुसलमान ने मसजिद में तुम्हें जहन्नुम में पहुंचा दिया होता तो मुझे सच्ची खुशी होती। लेकिन तुम बेहयाओं की तरह वहां से बचकर निकल आये। क्या तुम समझते हो खुदा तुम्हें इस फेल की सज़ा न देगा? खुदा का हुक्म है कि जो उसकी तौहीन करे, उसकी गर्दन मार देनी चाहिए। यह हर एक मुसलमान का फर्ज है। चोर अगर सजा न पावे तो क्या वह चोर नहीं है? तुम मानते हो या नहीं कि तुमने खुदा की तौहीन की?

ठाकुर इस अपराध से इनकार न कर सके। चौधरी साहब के सत्संग ने हठधर्मी को दूर कर दिया था। बोले—हां साहब, यह कसूर तो हो गया।

चौधरी—इसकी जो सजा तुम दे चुके हो, वह सजा खुद लेने के लिए तैयार हो?

ठाकुर—मैंने जान-बूझकर तो दूल्हा मियां को नहीं मारा था।

चौधरी—तुमने न मारा होता, तो मैं अपने हाथों से मारता, समझ गए! अब मैं तुमसे खुदा की तौहीन का बदला लूंगा। बोलो, मेरे हाथों चाहते हो या अदालत के

हाथों। अदालत से कुछ दिनों के लिए सजा पा जाओगे। मैं कत्ता कत्ल करूंगा। तुम मेरे दोस्त हो, मुझे तुमसे मुतलक कीना नहीं है। मेरे दिल को कितना रंज है, यह खुदा के सिवा और कोई नहीं जान सकता। लेकिन मैं तुम्हें कत्ल करूंगा। मेरे दीन का यह हुक्म है।

यह कहते हुए चौधरी साहब तलवार लेकर ठाकुर के सामने खड़े हो गये। विचित्र दृश्य था। एक बूढ़ा आदमी, सिर के बाल पके, कमर झुकी, तलवार लिए एक देव के सामने खड़ा था। ठाकुर लाठी के एक ही वार से उनका काम तमाम कर सकता था। लेकिन उसने सिर झुका दिया। चौधरी के प्रति उसके रोम-रोम में श्रद्धा थी। चौधरी साहब अपने दीन के इतने पक्के हैं, इसकी उसने कभी कल्पना तक न की थी। उसे शायद धोखा हो गया था कि यह दिल से हिन्दू हैं। जिस स्वामी ने उसे फांसी से उतार लिया, उसके प्रति हिंसा या प्रतिकार का भाव उसके मन में क्यों कर आता? वह दिलेर था, और दिलेरों की भांति निष्कपट था। उसे इस समय क्रोध न था, पश्चात्ताप था। मरने का भय न था, दुख था।

चौधरी साहब ठाकुर के सामने खड़े थे। दीन कहता था—मारो। सज्जनता कहती थी—छोड़ो। दीन और धर्म में संघर्ष हो रहा था।

ठाकुर ने चौधरी का असमंजस देखा। गद्गद कंठ से बोला—मालिक ,आपकी दया मुझ पर हाथ न उठाने देगी। अपने पाले हुए सेवक को आप मार नहीं सकते। लेकिन यह सिर आपका है, आपने इसे बचाया था, आप इसे ले सकते हैं, यह मेरे पास आपकी अमानत थी। वह अमानत आपको मिल जाएगी। सबेरे मेरे घर किसी को भेजकर मंगवा लीजिएगा। यहां दूंगा, तो उपद्रव खड़ा हो जाएगा। घर पर कौन जानेगा, किसने मारा। जो भूल-चूक हुई हो, क्षमा कीजिएगा।

यह कहता हुआ ठाकुर वहां से चला गया।

—'माधुरी', अप्रैल, 1925

# प्रेम-सूत्र

संसार में कुछ ऐसे मनुष्य भी होते हैं जिन्हें दूसरों के मुख से अपनी स्त्री की सौंदर्य-प्रशंसा सुनकर उतना ही आनन्द होता है जितनी अपनी कीर्ति की चर्चा सुनकर। पश्चिमी सभ्यता के प्रसार के साथ ऐसे प्राणियों की संख्या बढ़ती जा रही है। पशुपतिनाथ वर्मा इन्हीं लोगों में थे। जब लोग उनकी परम सुन्दरी स्त्री की तारीफ करते हुए कहते—ओहो! कितनी अनुपम रूप-राशि है, कितनी अलौकिक सौन्दर्य है, तब वर्माजी मारे खुशी और गर्व के फूल उठते थे।

संध्या का समय था। मोटर तैयार खड़ी थी। वर्माजी सैर करने जा रहे थे, किन्तु प्रभा जाने को उत्सुक नहीं मालूम होती थी। वह एक कुर्सी पर बैठी हुई कोई उपन्यास पढ़ रही थी।

वर्मा जी ने कहा—तुम तो अभी तक बैठी पढ़ रही हो।

'मेरा तो इस समय जाने को जी नहीं चाहता।'

'नहीं प्रिये, इस समय तुम्हारा न चलना सितम हो जाएगा। मैं चाहता हूं कि तुम्हारी इस मधुर छवि को घर से बाहर भी तो लोग देखें।'

'जी नहीं, मुझे यह लालसा नहीं है। मेरे रूप की शोभा केवल तुम्हारे लिए है और तुम्हीं को दिखाना चाहती हूं।'

'नहीं, मैं इतना स्वार्थान्ध नहीं हूं। जब तुम सैर करने निकलो, मैं लोगों से यह सुनना चाहता हूं कि कितनी मनोहर छवि है! पशुपति कितना भाग्यशाली पुरुष है!'

'तुम चाहो, मैं नहीं चाहती। तो इसी बात पर आज मैं कहीं नहीं जाऊंगी। तुम भी मत जाओ, हम दोनों अपने ही बाग में टहलेंगे। तुम हौज के किनारे हरी घास पर लेट जाना, मैं तुम्हें वीणा बजाकर सुनाऊंगी। तुम्हारे लिए फूलों का हार बनाऊंगी चांदनी में तुम्हारे साथ आंख-मिचौनी खेलूंगी।'

'नहीं-नहीं, प्रभा, आज हमें अवश्य चलना पड़ेगा। तुम कृष्णा से आज मिलने का वादा कर आई हो। वह बैठी हमारा रास्ता देख रही होगी। हमारे न जाने से उसे कितना दुःख होगा!'

हाय! वही कृष्णा! बार-बार वही कृष्णा! पति के मुख से नित्य यह नाम चिनगारी

की भांति उड़कर प्रभा को जलाकर भस्म कर देता था।

प्रभा को अब मालूम हुआ कि आज ये बाहर जाने के लिए क्यों इतने उत्सुक हैं! इसीलिए आज इन्होंने मुझसे केशों को संवारने के लिए इतना आग्रह किया था। वह सारी तैयारी उसी कुलटा कृष्णा से मिलने के लिए थी!

उसने दृढ स्वर में कहा—तुम्हें जाना हो जाओ, मैं न जाऊंगी।

वर्माजी ने कहा—अच्छी बात है, मैं ही चला जाऊंगा।

## 2

पशुपति के जाने के बाद प्रभा को ऐसा जान पड़ा कि वह बाटिका उसे काटने दौड़ रही है। ईर्ष्या की ज्वाला से उसका कोमल शरीर-हृदय भस्म होने लगा। वे वहां कृष्णा के साथ बैठे विहार कर रहे होंगे—उसी नागिन के-से केशवाली कृष्णा के साथ, जिसकी आंखों में घातक विष भरा हुआ है! मर्दों की बुद्धि क्यों इतनी स्थूल होती है? इन्हें कृष्णा की चटक-मटक ने क्यों इतना मोहित कर लिया है? उसके मुख से मेरे पैर का तलवा कहीं सुन्दर है। हां, मैं एक बच्चे की मां हूं और वह नव यौवना है! जरा देखना चाहिए, उनमें क्या बातें हो रही हैं।

यह सोचकर वह अपनी सास के पास आकर बोली—अम्मा, इस समय अकेले जी घबराता है, चलिए कहीं घूम आवें।

सास बहू पर प्राण देती थी। चलने पर राजी हो गई। गाड़ी तैयार करा के दोनों घूमने चलीं। प्रभा का श्रृंगार देखकर भ्रम हो सकता था कि वह बहुत प्रसन्न है, किन्तु उसके अन्तस्तल में एक भीषण ज्वाला दहक रही थी, उसे छिपाने के लिए वह मीठे स्वर में एक गीत गाती जा रही थी।

गाड़ी एक सुरम्य उपवन में उड़ी जा रही थी। सड़क के दोनों ओर विशाल वृक्षों की सुखद छाया पड़ रही थी। गाड़ी के कीमती घोड़े गर्व से पूंछ और सिर उठाये टप-टप करते जा रहे थे। अहा! वह सामने कृष्णा का बंगला आ गया, जिसके चारों ओर गुलाब की बेल लगी हुई थी। उसके फूल इस समय निर्दय कांटों की भांति प्रभा के हृदय में चुभने लगे। उसने उड़ती हुई निगाह से बंगले की ओर ताका। पशुपति का पता न था, हां कृष्णा और उसकी बहन माया बगीचे में विचर रही थीं। गाड़ी बंगले के सामने से निकल ही चुकी थी कि दोनों बहनों ने प्रभा को पुकारा और एक क्षण में दोनों बालिकाएं हिरनियों की भांति उछलती-कूदती फाटक की ओर दौड़ीं।

गाड़ी रुक गई।

कृष्णा ने हंसकर सास से कहा—अम्मा जी, आज आप प्रभा को एकाध घण्टे के लिए हमारे पास छोड़ जाइए। आप उधर से लौटें तब इन्हें लेती जाइएगा, यह कहकर दोनों ने प्रभा को गाड़ी से बाहर खींच लिया। सास कैसे इनकार करती। जब गाड़ी चली गई तब दोनों बहनों ने प्रभा को बगीचे में एक बेंच पर ला बिठाया। प्रभा को इन दोनों के साथ बातें करते हुए बड़ी झिझक हो रही थी। वह उनसे हंसकर बोलना चाहती थी, अपनी किसी बात से मन का भाव प्रकट नहीं करना चाहती थी, किन्तु हृदय उनसे खिंचा ही रहा।

कृष्णा ने प्रभा की साड़ी पर एक तीव्र दृष्टि डालकर कहा—बहन, क्या यह साड़ी अभी ली है? इसका गुलाबी रंग तो तुम पर नहीं खिलता। कोई और रंग क्यों नहीं लिया?

प्रभा—उनकी पसन्द है, मैं क्या करती।

दोनों बहनें ठट्ठा मारकर हंस पड़ीं। फिर माया ने कहा—उन महाशय की रुचि का क्या कहना, सारी दुनिया से निराली है। अभी इधर से गये हैं। सिर पर इससे भी अधिक लाल पगड़ी थी।

सहसा पशुपति भी सैर से लौटता हुआ सामने से निकला। प्रभा को दोनों बहनों के साथ देखकर उसके जी में आया कि मोटर रोक ले। वह अकेले इन दोनों से मिलना शिष्टाचार के विरुद्ध समझता था। इसीलिए वह प्रभा को अपने साथ लाना चाहता था। जाते समय वह बहुत साहस करने पर भी मोटर से न उतर सका। प्रभा को वहां देखकर इस सुअवसर से लाभ उठाने की उसकी बड़ी इच्छा हुई। लेकिन दोनों बहनों की हास्य ध्वनि सुनकर वह संकोचवश न उतरा।

थोड़ी देर तक तीनों रमणियां चुपचाप बैठी रहीं। तब कृष्णा बोली—पशुपति बाबू यहां आना चाहते हैं पर शर्म के मारे नहीं आये। मेरा विचार है कि संबंधियों को आपस में इतना संकोच न करना चाहिए। समाज का यह नियम कम से कम मुझे तो बुरा मालूम होता है। तुम्हारा क्या विचार है, प्रभा?

प्रभा ने व्यंग्य भाव से कहा—यह समाज का अन्याय है।

प्रभा इस समय भूमि की ओर ताक रही थी। पर उसकी आंखों से ऐसा तिरस्कार निकल रहा था जिसने दोनों बहनों के परिहास को लज्जा-सूचक मौन में परिणत कर दिया। उसकी आंखों से एक चिनगारी-सी निकली, जिसने दोनों युवतियों के आमोद-प्रमोच्छ और उस कुवृत्ति को जला डाला जो प्रभा के पति-परायण हृदय

को बाणों से वेध रही थी, उस हृदय को जिसमें अपने पति के सिवा और किसी को जगह न थी।

माया ने जब देखा कि प्रभा इस वक्त क्रोध से भरी बैठी हैं, तब बेंच से उठ खड़ी हुई और बोली—आओ बहन, जरा टहलें, यहां बैठे रहने से तो टहलना ही अच्छा है।

प्रभा ज्यों की त्यों बैठी रही। पर वे दोनों बहनें बाग में टहलने लगीं। उस वक्त प्रभा का ध्यान उन दोनों के वस्त्राभूषण की ओर गया। माया बंगाल की गुलाबी रेशम की एक महीन साड़ी पहने हुए थी जिसमें न जाने कितनी चुन्नटें पड़ी हुई थीं। उसके हाथ में एक रेशमी छतरी थी जिसे उसने सूर्य की अमित किरणों से बचने के लिए खोल लिया था। कृष्णा के वस्त्र भी वैसे ही थे। हां, उसकी साड़ी पीले रंग की थी और उसके घूघर वाले बाल साड़ी के नीचे से निकल कर माथे और गालों पर लहरा रहे थे।

प्रभा ने एक ही निगाह से ताड़ लिया कि इन दोनों युवतियों में किसी को उसके पति से प्रेम नहीं है। केवल आमोद लिप्सा के वशीभूत होकर यह स्वयं बदनाम होंगी और उसके सरल हृदय पति को भी बदनाम कर देंगी। उसने ठान लिया कि मैं अपने भ्रमर को इन विषाक्त पुष्पों से बचाऊंगी और चाहे जो कुछ हो उसे इनके ऊपर मंडराने न दूंगी, क्योंकि यहां केवल रूप और बास है, रस का नाम नहीं।

प्रभा अपने घर लौटते ही उस कमरे में गई, उसकी लड़की शान्ति अपनी दाई की गोद में खेल रही थी। अपनी नन्ही जीती-जागती गुड़िया की सूरत देखते ही प्रभा की आंखें सजल हो गईं। उसने मातृस्नेह से विभोर होकर बालिका को गोद में उठा लिया, मानो किसी भयंकर पशु से उसकी रक्षा कर रही है। उस दुस्सह वेदना की दशा में उसके मुंह से यह शब्द निकल गए-बच्ची, तेरे बाप को लोग तुझसे छीनना चाहते हैं!हाय, तू क्या अनाथ हो जाएगी? नहीं-नहीं, अगर मेरा, बस चलेगा तो मैं इन निर्बल हाथों से उन्हें बचाऊंगी।

आज से प्रभा विषादमय भावनाओं में मग्न रहने लगी। आने वाली विपत्ति की कल्पना करके कभी-कभी भयातुर होकर चिल्ला पड़ती, उसकी आंखों में उस विपत्ति की तस्वीर खिंच जाती जो उसकी ओर कदम बढ़ाये चली आती थी, पर उस बालिका की तोतली बातें और उसकी आंखों की नि:शंक ज्योति प्रभा के विकल हृदय को शान्त कर देती। वह लड़की को गोद में उठा लेती और वह मधुर हास्य-

छवि जो बालिका के पतले-पतले गुलाबी ओठों पर खेलती होती, प्रभा की सारी शंकाओं और बाधाओं को छिन्न-भिन्न कर देती। उन विश्वासमय नेत्रों में आशा का प्रकाश उसे आश्वस्त कर देता।

हा! अभागिनी प्रभा, तू क्या जानती है क्या होनेवाला है?

## 3

ग्रीष्मकाल की चांदनी रात थी। सप्तमी का चांद प्रकृति पर अपना मन्द शीतल प्रकाश डाल रहा था। पशुपति मौलसिरी की एक डाली हाथ से पकड़े और तने से चिपटा हुआ माया के कमरे की ओर टकटकी लगाये ताक रहा था। कमरे का द्वार खुला हुआ था और शान्त निशा में रेशमी साड़ियों की सरसराहट के साथ दो रमणियों की मधुर हास्य-ध्वनि मिलकर पशुपति के कानों तक पहुंचते-पहुंचते आकाश में विलीन हो जाती थी। एकाएक दोनों बहनें कमरे से निकलीं और उसी ओर चलीं जहां पशुपति खड़ा था। जब दोनों उस वृक्ष के पास पहुंची तब पशुपति की परछाईं देखकर कृष्णा चौंक पड़ी और बोली—हैं बहन! यह क्या है?

पशुपति वृक्ष के नीचे से आकर सामने खड़ा हो गया। कृष्णा उन्हें पहचान गई और कठोर स्वर में बोली—आप यहां क्या करते हैं? बतलाइए, यहां आपका क्या काम है? बोलिए जल्दी।

पशुपति की सिट्टी-पिट्टी गुम हो गई। इस अवसर के लिए उसने जो प्रेम-वाक्य रटे थे वे सब विस्मृत हो गये। सशंक होकर बोला—कुछ नहीं प्रिये, आज सन्ध्या समय जब मैं आपके मकान के सामने से आ रहा था तब मैंने आपको अपनी बहन से कहते सुना कि आज रात को आप इस वृक्ष के नीचे बैठकर चांदनी का आनन्द उठाएंगी। मैं भी आपसे कुछ कहने के लिए ... आपके चरणों पर अपना ...समर्पित करने के लिए ...

यह सुनते ही कृष्णा की आंखों से चंचल ज्वाला-सी निकली और उसके ओठों पर व्यंग्यपूर्ण हास्य की झलक दिखाई दी। बोली—महाशय, आप तो आज एक विचित्र अभिनय करने लगे, कृपा करके पैरों पर से तो उठिए और जो कुछ कहना चाहते हों, जल्द कह डालिए और जितने आंसू गिराने हों एक सेकेण्ड में गिरा दीजिए, मैं रुक-रुककर और घिघिया-घिघियाकर बातें करनेवालों को पसन्द नहीं करती। हां,

और जरा बातें और रोना साथ-साथ न हों। कहिए क्या कहना चाहते हैं ... आप न कहेंगे? लीजिए समय बीत गया, मैं जाती हूं।

कृष्णा वहां से चल दी। माया भी उसके साथ ही चली गई। पशुपति एक क्षण तक वहां खड़ा रहा फिर वह भी उनके पीछे-पीछे चला। मानो वह सुई है जो चुम्बक के आकर्षण से आप ही आप खिंचा चला जाता है।

सहसा कृष्णा रुक गई और बोली—सुनिए पशुपति बाबू, आज संध्या समय प्रभा की बातों से मालूम हो गया कि उन्हें आपका और मेरा मिलना-जुलना बिल्कुल नहीं भाता ...

पशुपति—प्रभा की तो आप चर्चा ही छोड़ दीजिए।

कृष्णा—क्यों छोड़ दूं? क्या वह आपकी स्त्री नहीं है? आप इस समय उसे घर में अकेली छोड़कर मुझसे क्या कहने के लिए आये हैं? यही कि उसकी चर्चा न करूं?

पशुपति—जी नहीं, यह कहने के लिए कि अब यह विरहाग्नि नहीं सही जाती।

कृष्णा ने ठट्ठा मारकर कहा—आप तो इस कला में बहुत निपुण जान पड़ते हैं। प्रेम! समर्पण! विरहाग्नि! यह शब्द आपने कहां सीखे!

पशुपति—कृष्णा, मुझे तुमसे इतना प्रेम है कि मैं पागल हो गया हूं।

कृष्णा—तुम्हें प्रभा से क्यों प्रेम नहीं है?

पशुपति—मैं तो तुम्हारा उपासक हूं।

कृष्णा—लेकिन यह क्यों भूल जाते हो कि तुम प्रभा के स्वामी हो?

पशुपति—तुम्हारा तो दास हूं।

कृष्णा—मैं ऐसी बातें नहीं सुनना चाहती।

पशुपति—तुम्हें मेरी एक-एक बात सुननी पड़ेगी। तुम जो चाहो वह करने को मैं तैयार हूं।

कृष्णा—अगर यह बातें कहीं वह सुन लें तो?

पशुपति—सुन ले तो सुन ले। मैं हर बात के लिए तैयार हूं। मैं फिर कहता हूं, कि अगर तुम्हारी मुझ पर कृपादृष्टि न हुई तो मैं मर जाऊंगा।

कृष्णा—तुम्हें यह बात करते समय अपनी पत्नी का ध्यान नहीं आता?

पशुपति—मैं उसका पति नहीं होना चाहता। मैं तो तुम्हारा दास होने के लिए बनाया गया हूं। वह सुगन्ध जो इस समय तुम्हारी गुलाबी साड़ी से निकल रही है, मेरी जान है। तुम्हारे ये छोटे-छोटे पांव मेरे प्राण हैं। तुम्हारी हंसी, तुम्हारी छवि, तुम्हारा एक-एक अंग मेरे प्राण हैं। मैं केवल तुम्हारे लिए पैदा हुआ हूं।

कृष्णा—भई, अब तो सुनते-सुनते कान भर गए। यह व्याख्यान और यह गद्य-काव्य सुनने के लिए मेरे पास समय नहीं है। आओ माया, मुझे तो सर्दी लग रही है। चलकर अन्दर बैठे।

यह निष्ठुर शब्द सुनकर पशुपति की आंखों के सामने अंधेरा छा गया। मगर अब भी उसका मन यही चाहता था कि कृष्णा के पैरों पर गिर पड़े और इससे भी करुण शब्दों में अपने प्रेम-कथा सुनाए। किन्तु दोनों बहनें इतनी देर में अपने कमरे में पहुंच चुकी थीं और द्वार बन्द कर लिया था। पशुपति के लिए निराश घर लौट आने के सिवा कोई चारा न रह गया।

कृष्णा अपने कमरे में जाकर थकी हुई-सी एक कुर्सी पर बैठ गई और सोचने लगी—कहीं प्रभा सुन ले तो बात का बतंगड़ हो जाय, सारे शहर में इसकी चर्चा होने लगे और हमें कहीं मुंह दिखाने को जगह न रहे। और यह सब एक जरा-सी दिल्लगी के कारण! पर पशुपति का प्रेम सच्चा हैं, इसमें सन्देह नहीं। वह जो कुछ कहता है, अन्तःकरण से कहता है। अगर मैं इस वक्त जरा-सा संकेत कर दूं तो वह प्रभा को भी छोड़ देगा। अपने आपे में नहीं है। जो कुछ कहूं वह करने को तैयार है। लेकिन नहीं, प्रभा, डरो मत, मैं तुम्हारा सर्वनाश न करूंगी। तुम मुझसे बहुत नीचे हो। यह मेरे अनुपम सौन्दर्य के लिए गौरव की बात नहीं कि तुम जैसी रूप-विहीना से बाजी मार ले जाऊं। अभागे पशुपति, तुम्हारे भाग्य में जो कुछ लिखा था वह हो चुका। तुम्हारे ऊपर मुझे दया आती है, पर क्या किया जाय!

## 4

एक खत पहले हाथ पड़ चुका था। यह दूसरा पत्र था, जो प्रभा को पतिदेव के कोट की जेब में मिला। कैसा पत्र था? आह! इसे पढ़ते ही प्रभा की देह में एक ज्वाला-सी उठने लगी। तो यों कहिए कि ये अब कृष्णा के हो चुके, अब इसमें कोई सन्देह नहीं रहा। अब मेरे जीने को धिक्कार है! जब जीवन में कोई सुख ही नहीं रहा, तो क्यों न इस बोझ को उतार कर फेंक दूं। वही पशुपति, जिसे कविता से लेशमात्र भी रुचि न थी, अब कवि हो गया था और कृष्णा को छन्दों में पत्र लिखता था। प्रभा ने अपने स्वामी को उधर से हटाने के लिए वह सब कुछ किया जो उससे हो सकता था, पर प्रेम का प्रवाह उसके रोके न रुका और आज उस प्रवाह में उसके जीवन की नौका निराधार बही चली जा रही है।

इसमें सन्देह नहीं कि प्रभा को अपने पति से सच्चा प्रेम था, लेकिन आत्मसमर्पण की तुष्टि आत्मसमर्पण से ही होती है। वह उपेक्षा और निष्ठुरता को सहन नहीं कर सकता। प्रभा के मन में विद्रोह का भाव जाग्रत् होने लगा। उसका आत्माभिमान जाता रहा। उसके मन में न जाने कितने भीषण संकल्प होते, किन्तु अपनी असमर्थता और दीनता पर आप ही आप रोने लगती। आह! उसका सर्वस्व उससे छीन लिया गया और अब संसार में उसका कोई मित्र नहीं, कोई साथी नहीं!

पशुपति आजकल नित्य बनाव-संवार में मग्न रहता, नित्य नये-नये सूट बदलता। उसे आइने के सामने अपने बालों को संवारते देखकर प्रभा की आंखों से आंसू बहने लगते। यह सारी तैयारी उसी दुष्ट के लिए हो रही है। यह चिन्ता जहरीले सांप की भांति उसे डस लेती थी, वह अब अपने पति की प्रत्येक बात, प्रत्येक गति को सूक्ष्म दृष्टि से देखती। कितनी ही बातें जिन पर वह पहले ध्यान भी न देती थी, अब उसे रहस्य से भरी हुई जान पड़तीं। वह रात को न सोती, कभी पशुपति की जेब टटोलती, कभी उसकी मेज पर रक्खे हुए पत्रों को पढ़ती! इसी टोह में वह रात-दिन पड़ी रहती।

वह सोचने लगी—मैं क्या प्रेम-वंचिता बनी बैठी रहूं? क्या मैं प्राणेश्वरी नहीं बन सकती? जीवन अमर नहीं है और यौवन भी थोड़े ही दिनों का मेहमान होता हैं। क्या इसे परित्यक्ता बनकर ही काटना होगा! आह निर्दयी, तूने मुझे धोखा दिया। मुझसे आंखें फेर लीं। पर सबसे बड़ा अनर्थ यह किया कि मुझे जीवन का कलुषित मार्ग दिखा दिया। मैं भी विश्वासघात करके तुझे धोखा देकर क्या कलुषित प्रेम का आनन्द नहीं उठा सकती? अश्रुधारा से सींचकर ही सही, पर क्या अपने लिए कोई बाटिका नहीं लगा सकती? वह सामने के मकान में घुंघराले बालोंवाला युवक रहता है और जब मौका पाता है, मेरी ओर सचेष्ट नेत्रों से देखता है। क्या केवल एक प्रेम-कटाक्ष से मैं उसके हृदय पर अधिकार नहीं प्राप्त कर सकती? अगर मैं इस भांति निष्ठुरता का बदला लूं तो क्या अनुचित होगा? आखिर मैंने अपना जीवन अपने पति को किस लिए सौंपा था? इसीलिए तो कि सुख से जीवन व्यतीत करूं। चाहूं और चाही जाऊं और इस प्रेम-साम्राज्य की अधीश्वरी बनी रहूं। मगर आह! वे सारी अभिलाषाएं धूल में मिल गईं। अब मेरे लिए क्या रह गया है? आज यदि मैं मर जाऊं तो कौन रोयेगा? नहीं, घी के चिराग जलाए जाएंगे। कृष्णा हंसकर कहेगी—अब बस हम हैं और तुम। हमारे बीच में कोई बाधा, कोई कंटक नहीं है।

आखिर प्रभा इन कलुषित भावनाओं के प्रवाह में बह चली। उसके हृदय में रातों को, निद्रा और आशाविहीन रातों को बड़े प्रबल वेग से यह तूफान उठने लगा। प्रेम

तो अब किसी अन्य पुरुष के साथ कर ही न सकती थी, यह व्यापार तो जीवन में केवल एक ही बार होता है। लेकिन वह प्राणेश्वरी अवश्य बन सकती थी और इसके लिए एक मधुर मुस्कान, एक बांकी निगाह काफी थी। और जब वह किसी की प्रेमिका हो जायेगी तो यह विचार कि मैंने पति से उसकी बेवफाई का बदला ले लिया कितना आनन्दप्रद होगा! तब वह उसके मुख की ओर कितने गर्व, कितने संतोष, कितने उल्लास से देखेगी।

सन्ध्या का समय था। पशुपति सैर करने गया था। प्रभा कोठे पर चढ़ गई और सामने वाले मकान की ओर देखा। धुंघराले बालोंवाला युवक उसके कोठे की ओर ताक रहा था। प्रभा ने आज पहली बार उस युवक की ओर मुस्करा कर देखा। युवक भी मुस्कराया और अपनी गर्दन झुकाकर मानो यह संकेत किया कि आपकी प्रेम दृष्टि का भिखारी हूं। प्रभा ने गर्व से भरी हुई दृष्टि इधर-उधर दौड़ाई, मानो वह पशुपति से कहना चाहती थी—तुम उस कुलटा के पैरों पड़ते हो और समझते हो कि मेरे हृदय को चोट नहीं लगती। लो तुम भी देखो और अपने हृदय पर चोट न लगने दो, तुम उसे प्यार करो, मैं भी इससे हंसूं-बोलूं। क्यों? यह अच्छा नहीं लगता? इस दृश्य को शान्त चित्त से नहीं देख सकते? क्यों रक्त खौलने लगता है? मैं वही तो कर रही हूं जो तुम कर रहे हो!

आह! यदि पशुपति को ज्ञात हो जाता कि मेरी निष्ठुरता ने इस सती के हृदय की कितनी कायापलट कर दी है तो क्या उसे अपने कृत्य पर पश्चात्ताप न होता, क्या वह अपने किये पर लज्जित न होता!

प्रभा ने उस युवक से इशारे में कहा—आज हम और तुम पूर्व वाले मैदान में मिलेंगे और कोठे के नीचे उतर आई।

प्रभा के हृदय में इस समय एक वही उत्सुकता थी जिसमें प्रतिकार का आनन्द मिश्रित था। वह अपने कमरे में जाकर अपने चुने हुए आभूषण पहनने लगी। एक क्षण में वह एक फालसई रंग की रेशमी साड़ी पहने कमरे से निकली और बाहर जाना ही चाहती थी कि शान्ता ने पुकारा—अम्मा जी, आप कहां जा रही हैं, मैं भी आपके साथ चलूंगी।

प्रभा ने झट बालिका को गोद में उठा लिया और उसे छाती से लगाते ही उसके विचारों ने पलटा खाया। उन बाल नेत्रों में उसके प्रति कितना असीम विश्वास, कितना सरल स्नेह, कितना पवित्र प्रेम झलक रहा था। उसे उस समय माता का कर्तव्य याद आया। क्या उसकी प्रेमाकांक्षा उसके वात्सल्य भाव को कुचल देगी? क्या वह प्रतिकार की प्रबल इच्छा पर अपने मातृ-कर्तव्य को बलिदान कर देगी? क्या वह

अपने क्षणिक सुख के लिए उस बालिका का भविष्य, उसका जीवन धूल में मिला देगी? प्रभा की आंखों से आंसू की दो बूंदें गिर पड़ीं। उसने कहा—नहीं, कदापि नहीं, मैं अपनी प्यारी बच्ची के लिए सब कुछ सह सकती हूं।

## 5

एक महीना गुजर गया। प्रभा अपनी चिन्ताओं को भूल जाने की चेष्टा करती रहती थी, पर पशुपति नित्य किसी न किसी बहाने से कृष्णा की चर्चा किया करता। कभी-कभी हंसकर कहता—प्रभा, अगर तुम्हारी अनुमति हो तो मैं कृष्णा से विवाह कर लूं। प्रभा इसके जवाब में रोने के सिवा और क्या कर सकती थी?

आखिर एक दिन पशुपति ने उसे विनयपूर्ण शब्दों में कहा-क्या कहूं प्रभा, उस रमणी की छवि मेरी आंखों से नहीं उतरती। उसने मुझे कहीं का नहीं रक्खा। यह कहकर उसने कई बार अपना माथा ठोका। प्रभा का हृदय करुणा से द्रवित हो गया। उसकी दशा उस रोगी की-सी थी जो यह जानता हो कि मौत उसके सिर पर खेल रही है, फिर भी उसकी जीवन-लालसा दिन-दिन बढ़ती जाती हो। प्रभा इन सारी बातों पर भी अपने पति से प्रेम करती थी और स्त्री-सुलभ स्वभाव के अनुसार कोई बहाना खोजती थी कि उसके अपराधों को भूल जाय और उसे क्षमा कर दे।

एक दिन पशुपति बड़ी रात गये घर आया और रात-भर नींद में 'कृष्णा! कृष्णा!' कहकर बर्राता रहा। प्रभा ने अपने प्रियतम का यह आर्तनाद सुना और सारी रात चुपके-चुपके रोया की ... बस रोया की!

प्रात:काल वह पशुपति के लिए दूध का प्याला लिये खड़ी थी कि वह उसके पैरों पर गिर पड़ा और बोला—प्रभा, मेरी तुमसे एक विनय है, तुम्हीं मेरी रक्षा कर सकती हो, नहीं, मैं मर जाऊंगा। मैं जानता हूं कि यह सुनकर तुम्हें बहुत कष्ट होगा, लेकिन मुझ पर दया करो। मैं तुम्हारी इस कृपा को कभी न भूलूंगा। मुझ पर दया करो।

प्रभा कांपने लगी। पशुपति क्या कहना चाहता है, यह उसका दिल साफ बता रहा था। फिर भी वह भयभीत होकर पीछे हट गई और दूध का प्याला मेज पर रखकर अपने पीले मुख को कांपते हुए हाथों से छिपा लिया। पशुपति ने

फिर भी सब कुछ कह ही डाला। लालसाग्नि अब अदर न रह सकती थी, उसकी ज्वाला बाहर निकल ही पड़ी। तात्पर्य यह था कि पशुपति ने कृष्णा के साथ विवाह करना निश्चय कर लिया था। वह उसे दूसरे घर में रक्खेगा और प्रभा के यहां दो रात और एक रात उसके यहां रहेगा।

ये बातें सुनकर प्रभा रोई नहीं, वरन स्तम्भित होकर खड़ी रह गई। उसे ऐसा मालूम हुआ कि उसके गले में कोई चीज अटकी हुई है और वह सांस नहीं ले सकती।

पशुपति ने फिर कहा—प्रभा, तुम नहीं जानतीं कि जितना प्रेम तुमसे मुझे आज है उतना पहले कभी नहीं था। मैं तुमसे अलग नहीं हो सकता। मैं जीवन-पर्यन्त तुम्हें इसी भांति प्यार करता रहूंगा। पर कृष्णा मुझे मार डालेगी। केवल तुम्हीं मेरी रक्षा कर सकती हो। मुझे उसके हाथ मत छोड़ो, प्रिये!

अभागिनी प्रभा! तुझसे पूछ-पूछ कर तेरी गर्दन पर छुरी चलाई जा रही है! तू गर्दन झुका देगी या आत्मगौरव से सिर उठाकर कहेगी—मैं यह नीच प्रस्ताव नहीं सुन सकती।

प्रभा ने इन दो बातों में एक भी न की। वह अचेत होकर भूमि पर गिर पड़ी। जब होश आया, कहने लगी—बहुत अच्छा, जैसी तुम्हारी इच्छा! लेकिन मुझे छोड़ दो, मैं अपनी मां के घर जाऊंगी, मेरी शान्ता मुझे दे दो।

यह कहकर वह रोती हुई वहां से शांता को लेने चली गई और उसे गोद में लेकर कमरे से बाहर निकली। पशुपति लज्जा और ग्लानि से सिर झुकाये उसके पीछे-पीछे आता रहा और कहता रहा—जैसी तुम्हारी इच्छा हो प्रभा, वह करो, और मैं क्या कहूं, किंतु मेरी प्यारी प्रभा, वादा करो कि तुम मुझे क्षमा कर दोगी। किन्तु प्रभा ने उसको कुछ जवाब न दिया और बराबर द्वार की ओर चलती रही। तब पशुपति ने आगे बढ़कर उसे पकड़ लिया और उसके मुरझाये हुए पर अश्रुसिंचित कपोलों को चूम-चूमकर कहने लगा—प्रिये, मुझे भूल न जाना, तुम्हारी याद मेरे हृदय में सदैव बनी रहेगी। अपनी अंगूठी मुझे देती जाओ, मैं उसे तुम्हारी निशानी समझ कर रक्खूंगा और उसे हृदय से लगाकर इस दाह को शीतल करूंगा। ईश्वर के लिए प्रभा, मुझे छोड़ना मत, मुझसे नाराज न होना ... एक सप्ताह के लिए अपनी माता के पास जाकर रहो। फिर मैं तुम्हें जाकर लाऊंगा।

प्रभा ने पशुपति के कर-पाश से अपने को छुड़ा लिया और अपनी लड़की का हाथ पकड़े हुए गाड़ी की ओर चली। उसने पशुपति को न कोई उत्तर दिया और न यह सुना कि वह क्या कर रहा है।

## 6

अम्मां, आप क्यों हंस रही हैं?'

'कुछ तो नहीं बेटी।'

'वह पीले-पीले पुराने कागज तुम्हारे हाथ में क्या हैं?'

'ये उस ऋण के पुर्जे हैं जो वापस नहीं मिला।'

'ये तो पुराने खत मालूम होते हैं?'

'नहीं बेटी।'

बात यह थी कि प्रभा अपनी चौदह वर्ष की युवती पुत्री के सामने सत्य का पर्दा नहीं खोलना चाहती थी। हां, वे कागज वास्तव में एक ऐसे कर्ज के पुर्जे थे जो वापस नहीं मिला। ये वही पुराने पत्र थे जो आज एक किताब में रक्खे हुए मिले थे और ऐसे फूल की पंखुड़ियों की भांति दिखाई देते थे जिनका रंग और गंध किताब में रक्खे-रक्खे उड़ गई हो, तथापि वे सुख के दिनों को याद दिला रहे थे और इस कारण प्रभा की दृष्टि में वे बहुमूल्य थे।

शांता समझ गई कि अम्मां कोई ऐसा काम कर रही है जिसकी खबर मुझे नहीं करना चाहती और इस बात से प्रसन्न होकर कि मेरी दुखी माता आज अपना शोक भूल गई है और जितनी देर तक वह इस आनन्द में मग्न रहे उतना ही अच्छा है, एक बहाने से बाहर चली गई। प्रभा जब कमरे में अकेली रह गई तब उसने उन पत्रों को फिर पढ़ना शुरू किया।

आह! इन चौदह वर्षों में क्या कुछ नहीं हो गया! इस समय उस विरहिणी के हृदय में कितनी ही पूर्व स्मृतियां जाग्रत् हो गईं, जिन्होंने हर्ष और शोक के स्रोत एक साथ ही खोल दिए।

प्रभा के चले जाने के बाद पशुपति ने बहुत चाहा कि कृष्णा से उसका विवाह हो जाय पर वह राजी न हुई। इसी नैराश्य और क्रोध की दशा में पशुपति एक कम्पनी का एजेण्ट होकर योरोप चला गया। तब फिर उसे प्रभा की याद आई। कुछ दिनों तक उसके पास से क्षमाप्रार्थना-पूर्ण पत्र आते रहे, जिनमें वह बहुत जल्द घर आकर प्रभा से मिलने के वादे करता रहा और प्रेम के इस नये प्रवाह में पुरानी कटुताओं को जलमग्न कर देने के आशामय स्वप्न देखता रहा। पति-परायणा प्रभा के संतप्त हृदय में फिर आशा की हरियाली लहराने लगी, मुरझाई हुई आशा-लताएं फिर पल्लवित होने लगीं! किन्तु यह भी भाग्य की एक क्रीडा

ही थी। थोड़े ही दिनों में रसिक पशुपति एक नये प्रेम-जाल में फंस गया और तब से उसके पत्र आने बन्द हो गये। इस वक्त प्रभा के हाथ में वही पत्र थे जो उसके पति ने योरोप से उस समय भेजे थे जब नैराश्य का घाव हरा था। कितनी चिकनी-चुपड़ी बातें थीं। कैसे-कैसे दिल खुश करने वाले वादे थे! इसके बाद ही मालूम हुआ कि पशुपति ने एक अंग्रेज लड़की से विवाह कर लिया है। प्रभा पर वज्र-सा गिर पड़ा—उसके हृदय के टुकड़े हो गये—सारी आशाओं पर पानी फिर गया। उसका निर्बल शरीर इस आघात को सहन न कर सका। उसे ज्वर आने लगा और किसी को उसके जीवन की आशा न रही। वह स्वयं मृत्यु की अभिलाषिणी थी और मालूम भी होता था कि मौत किसी सर्प की भांति उसकी देह से लिपट गई है। लेकिन बुलाने से मौत भी नहीं आती। ज्वर शान्त हो गया और प्रभा फिर वही आशाविहीन जीवन व्यतीत करने लगी।

## 7

एक दिन प्रभा ने सुना कि पशुपति योरोप से लौट आया है और वह योरोपीय स्त्री उसके साथ नहीं है। बल्कि उसके लौटने का कारण वही स्त्री हुई है। वह औरत बारह साल तक उसकी सहयोगिनी रही पर एक दिन एक अंग्रेज युवक के साथ भाग गई। इस भीषण और अत्यन्त कठोर आघात ने पशुपति की कमर तोड़ दी। वह नौकरी छोड़कर घर चला आया। अब उसकी सूरत इतनी बदल गई थी कि उसके मित्र लोग उससे बाजार में मिलते तो उसे पहचान न सकते थे—मालूम होता था, कोई बूढ़ा कमर झुकाये चला जाता है। उसके बाल तक सफेद हो गये।

घर आकर पशुपति ने एक दिन शान्ता को बुला भेजा। इस तरह शांता उसके घर आने-जाने लगी। वह अपने पिता की दशा देखकर मन ही मन कुढ़ती थी।

इसी बीच में शान्ता के विवाह के सन्देश आने लगे, लेकिन प्रभा को अपने वैवाहिक जीवन में जो अनुभव हुआ था वह उसे इन सन्देशों को लौटाने पर मजबूर करता था। वह सोचती, कहीं इस लड़की की भी वही गति न हो जो मेरी हुई है। उसे ऐसा मालूम होता था कि यदि शान्ता का विवाह हो गया तो इस अन्तिम अवस्था में भी मुझे चैन न मिलेगा और मरने के बाद भी मैं पुत्री का शोक लेकर जाऊंगी। लेकिन अन्त में एक ऐसे अच्छे घराने से

सन्देश आया कि प्रभा उसे 'नाही' न कर सकी। घर बहुत ही सम्पन्न था, वर भी बहुत ही सुयोग्य। प्रभा को स्वीकार ही करना पड़ा। लेकिन पिता की अनुमति भी आवश्यक थी। प्रभा ने इस विषय में पशुपति को एक पत्र लिखा और शान्ता के ही हाथ भेज दिया। जब शान्ता पत्र लेकर चली गई तब प्रभा भोजन बनाने चली गई। भांति-भांति की अमंगल कल्पनाएं उसके मन में आने लगीं और चूल्हे से निकलते हुए धुएं में उसे एक चित्र-सा दिखाई दिया कि शान्ता के पतले-पतले होंठ सूखे हुए हैं और वह कांप रही है और जिस तरह प्रभा पतिगृह से आकर माता की गोद में गिर गई थी उसी तरह शान्ता भी आकर माता की गोद में गिर पड़ी है।

## 8

पशुपति ने प्रभा का पत्र पढ़ा तो उसे चुप-सी लग गई। उसने अपना सिगरेट जलाया और जोर-जोर से कश खींचने लगा।

फिर वह उठ खड़ा हुआ और कमरे में टहलने लगा। कभी मूंछों को दांतों से काटता कभी खिचड़ी दाढ़ी को नीचे की ओर खींचता।

सहसा वह शान्ता के पास आकर खड़ा हो गया और कांपते हुए स्वर में बोला—बेटी, जिस घर को तेरी मां स्वीकार करती हैं उसे मैं कैसे 'नाही' कर सकता हूं। उन्होंने बहुत सोच-समझकर हामी भरी होगी। ईश्वर करे तुम सदा सौभाग्यवती रहो। मुझे दुख है तो इतना ही कि जब तू अपने घर चली जायगी तब तेरी माता अकेली रह जायगी। कोई उसके आंसू पोंछने वाला न रहेगा। कोई ऐसा उपाय सोच कि तेरी माता का क्लेश दुर हो और मैं भी इस तरह मारा-मारा न फिरूं। ऐसा उपाय तू ही निकाल सकती है। सम्भव है लज्जा और संकोच के कारण मैं अपने हृदय की बात तुझसे कभी न कह सकता, लेकिन अब तू जा रही है और मुझे संकोच का त्याग करने के सिवा और कोई उपाय नहीं है। तेरी मां तुझे प्यार करती है और तेरा अनुरोध कभी न टालेगी। मेरी दशा जो तू अपनी आंखों से देख रही है यही उनसे कह देना। जा, तेरा सौभाग्य अमर हो।

शान्ता रोती हुई पिता की छाती से लिपट गई और यह समय से पहले बूढ़ा हो जाने वाला मनुष्य अपनी दुर्वासनाओं का दण्ड भोगने के बाद पश्चात्ताप और ग्लानि

के आंसू बहा-बहाकर शान्ता की केशराशि को भिगोने लगा।

पतिपरायणा प्रभा क्या शान्ता का अनुरोध टाल सकती थी? इस प्रेम-सूत्र ने दोनों भग्न-हृदयों को सदैव के लिए मिला दिया।

— 'सरस्वती', जनवरी, 1926

# तांगेवाले की बड़

लेखक को इलाहाबाद में एक बार ताँगे में लम्बा सफर करने का संयोग हुआ। तांगे वाले मियां जम्मन बड़े बातूनी थे। उनकी उम्र पचास के करीब थी, उनकी बड़ से रास्ता इस आसानी से तय हुआ कि कुछ मालूम ही न हुआ। मैं पाठकों के मनोरंजन के लिए उनकी जीवन और बड़ पेश करता हूं।

## 1

जुम्मन—कहिए बाबूजी, तांगा ... वह तो इस तरफ देखते ही नहीं, शायद इक्का लेंगे। मुबारक। कम खर्च बालानशीन, मगर कमर रह जायगी बाबूजी, सड़क खराब है, इक्के में तकलीफ होगी। अखबार में पढ़ा होगा, कल चार इक्के इसी सड़क पर उलट गये। चुंगी (म्युनिस्पिल्टी) सलामत रहे, इक्के बिल्कुल बन्द हो जायेंगे। मोटर, लारी तो सड़क खराब करे और नुकसान हो हम गरीब इक्केवालों का। कुछ दिनों में हवाई जहाज में सवारियां चलेंगी, तब हम इक्केवालों को सड़क मिल जायगी। देखेंगे उस वक्त इन लारियों को कौन पूछता है, आजायबघरों में देखने को मिलें तो मिले। अभी तो उनके दिमाग ही नहीं मिलते। अरे साहब, रास्ता निकलना दुश्वार कर दिया है, गोया कुल सड़क उन्हीं के वास्ते है और हमारे वास्ते पटरी और धूल! अभी ऐंठते हैं, हवाई जहाजों को आने दीजिए। क्यों हुजूर, इन मोटर वाले की आधी आमदनी लेकर सरकार सड़क की मरम्मत में क्यों नहीं खर्च करती? या पेट्रोल पर चौगुना टैक्स लगा दे। यह अपने को टैक्सी कहते हैं, इसके माने तो टैक्स देने वाले हैं। ऐ हुजूर, मेरी बुढ़िया कहती है कि इक्का छोड़ तांगा लिया, मगर अब तांगे में भी कुछ नहीं रहा, मोटर लो। मैंने जवाब दिया कि अपने हाथ-पैर की सवारी रखोगी या दूसरे के। बस हुजूर, वह चुप हो गयी। और सुनिए, कल की बात है, कल्लन ने मोटर चलाया, मियां एक दरख्त से टकरा गये, वहीं शहीद हो गये। एक बेवा और दस बच्चे यतीम छोड़े। हुजूर, मैं गरीब आदमी हूं, अपने बच्चों को

पाल लेता हूं, और क्या चाहिए। आज कुछ कम चालीस साल से इक्केवानी करता हूं, थोडे दिन और रहे वह भी इसी तरह चाबुक लिये कट जायेंगे। फिर हुजूर देखें, तो इक्का, तांगा और घोड़ा गिरे पर भी कुछ-न-कुछ दे ही जायगा। बरअक्स इसके मोटर बन्द हो जाय तो हुजूर उसका लोहा दो रुपये में भी कोई न लेगा। हुजूर घोड़ा घोड़ा ही है, हर हालत में आपको मंजिल तक पहुंचा ही देगा मोटर जब देखिए रास्ते में धरा है, सवारियां पैदल जा रही हैं, या हाथी की लाश खींच रही हैं। हुजूर, घोड़े पर हर तरह का काबू और हर सूरत में नफा। मोटर में कोई आराम थोड़े ही है। तांगे में सवारी भी सो रही है, हम भी सो रहे हैं और घोड़ा भी सो रहा है मगर मंजिल तय हो रही है। मोटर के शोर से तो कान के पर्दे फटते हैं और हांकने वाले को तो जैसे चक्की पीसना पड़ता है।

## 2

ए हुजूर, औरतें भी इक्के-तांगे को बड़ी बेदर्दी से इस्तेमाल करती हैं। कल की बात है, सात-आठ औरतें आईं और पूछने लगीं कि तिरबेनी का क्या लोगे। हुजूर, हमारे निर्ख तो तय हैं, कोई व्हाइटवे की दुकान तो है नहीं कि साल में चार बार सेल हों। निर्ख से हमारी मजदूरी चुका दो और दुआएं लो। यों तो हुजूर मालिक हैं, चाहे एक बार कुछ न दें मगर सरकार, यह औरतें एक रुपये का काम हो तो आठ ही आना देती हैं। हुजूर, हम तो साहब लोगों का काम करते हैं। शरीफ हमेशा शरीफ रहते हैं और हुजूर औरत हर जगह औरत ही रहेगी। एक तो पर्दे के बहाने से हम लोग हटा दिए जाते हैं। इक्के-तांगे में दर्जनों सवारियां और बच्चे बैठ जाते हैं। एक बार इक्के की कमानी टूटी तो उससे एक न दो पूरी तेरह औरतें निकल आईं। मैं गरीब आदमी मर गया। हुजूर, सबको हैरत होती है कि किस तरह ऊपर-नीचे बैठ लेती हैं कि कैंची मारकर बैठती हैं। तांगे में भी जान नहीं बचती। दोनों घुटनों पर एक-एक बच्चा बैठा लेती हैं और उनके ऊपर एक-एक और, और उन्हीं में से एक नन्हे बच्चे को भी ले लेती हैं। इस तरह हुजूर, तांगे के अन्दर सर्कस का-सा नक्शा हो जाता है। इस पर भी पूरी-पूरी मजदूरी यह देना जानतीं नहीं। पहले तो पर्दे का जोर था। मर्दों से बातचीत हुई और मजदूरी मिल गई। जब से नुमाइश हुई, पर्दा उखड़ गया और औरतें बाहर आने-जाने लगीं। हम गरीबों का सरासर नुकसान होता है। हुजूर, हमारा भी अल्लाह मालिक है। साल में मैं भी बराबर हो रहता हूं। सौ सुनार की तो

एक लोहार की भी हो जाती है। पिछले महीने दो घंटे सवारी के बाद आठ आने पैसे देकर बी अन्दर भागीं। मेरी निगाह जो तांगे पर पड़ी तो क्या देखता हूं कि एक सोने का झुमका गिरकर रह गया। मैं चिल्लाया, माई यह क्या, तो उन्होंने कहा अब एक हब्बा और न मिलेगा और दरवाजा बन्द। मैं दो-चार मिनट तक तो तकता रह गया मगर फिर वापस चला आया। मेरी मजदूरी माई के पास रह गई और उनका झुमका मेरे पास।

## 3

कल की बात है, चार स्वराजियों ने मेरा तांगा किया, कटरे से स्टेशन चले, हुकुम मिला कि तेज चलो। रास्ते-भर 'गांधीजी की जय! गांधीजी की जय!' पुकारते गए। कोई साहब बाहर से आ रहे थे और बड़ी भीड़ें और जुलूस थे। कठपुतली की तरह रास्ते-भर उछलते-कूदते गए। स्टेशन पहुंचकर मुश्किल से चार आने दिए। मैंने पूरा किराया मांगा, मगर वहां गांधी जी की जय! गांधी जी की जय के सिवाय क्या था! मैं चिल्लाया, मेरा पेट! मेरा पेट! मेरा तांगा थिएटर का स्टेज था, आप नाचे-कूदे और अब मजदूरी नहीं देते! मगर मैं चिल्लाता ही रहा, वह भीड़ में गायब हो गए। मैं तो समझता हूं कि लोग पागल हो गए हैं, स्वराज मांगते हैं, इन्हीं हरकतों पर स्वराज मिलेगा! ऐ हुजूर, अजब हवा चल रही है। सुधार तो करते नहीं, स्वराज मांगते हैं। अपने करम तो पहले दुरुस्त हो लें। मेरे लड़के को बरगलाया, उसने सब कपड़े इकट्ठे किए और लगा जिद करने कि आग लगा दूंगा। पहले तो मैंने समझाया कि मैं गरीब आदमी हूं, कहां से और कपड़े लाऊंगा, मगर जब वह न माना तो मैंने गिराकर उसको खूब मारा। फिर क्या था,होश ठिकाने हो गए। हुजूर, जब वक्त आएगा तो हमी इक्के-तांगेवाले स्वराज हांककर लाएंगे, मोटर पर स्वराज्य हर्गिज न आएगा। पहले हमको पूरी मजदूरी दो फिर स्वराज मांगो। हुजूर औरतें तो औरतें, हम उनसे न जबान खोल सकते हैं न कुछ कह सकते हैं, वह जो कुछ दे देती हैं, लेना पड़ता है। मगर कोई-कोई नकली शरीफ लोग औरतों के भी कान काटते हैं। सवार होने से पहले हमारे नम्बर देखते हैं, अगर कोई चीज रास्ते में उनकी लापरवाही से गिर जाय तो वह भी हमारे सिर ठोकते हैं और मजा यह कि किराया कम दें तो हम उफ् तक न करें। एक बार का जिक्र सुनिए, एक नकली साहब 'वेल-वेल' करके लाट साहब के दफ्तर गए,

मुझको बाहर छोड़ा और कहा कि एक मिनट में आते हैं, वह दिन है कि आज तक इन्तजार ही कर रहा हूं। अगर यह हजरत कहीं दिखाई दिये तो एक बार तो दिल खोलकर बदला ले लूंगा फिर चाहे जो कुछ हो।

## 4

अब न पहले के-से मेहरबान रहे न पहले की-सी हालत। खुदा जाने शराफत कहां गायब हो गई। मोटर के साथ हवा हुई जाती है। ऐ हुजूर, आप ही जैसे साहब लोग हम इक्केवालों की कद्र करते थे, हमसे भी इज्जत से पेश आते थे। अब वह वक्त है कि हम लोग छोटे आदमी हैं, हर बात पर गाली मिलती है, गुस्सा सहना पड़ता है। कल दो बाबू लोग जा रहे थे, मैंने पूछा, तांगा ... तो एक ने कहा, नहीं, हमको जल्दी है। शायद यह मजाक होगा। आगे चलकर एक साहब पूछते हैं कि टैक्सी कहां मिलेगी? अब कहिए, यह छोटा शहर है, हर जगह जल्द से जल्द हम लोग पहुंचा देते हैं। इस पर भी हमी बतलाएं कि टैक्सी कहां मिलेगी। अन्धेर है अन्धेर! खयाल तो कीजिए, यह नन्ही-सी जान घोड़ों की, हम और हमारे बाल-बच्चे और चौदह आने घंटा। हुजूर, चौदह आने में तो घोड़ी को एक कमची भी लगाने को जी नहीं चाहता। हुजूर हमें तो कोई चौबीस घंटे के वास्ते मोल ले ले।

कोई-कोई साहब हमीं से नियारियापन करते हैं। चालीस साल से हुजूर, यही काम कर रहा हूं। सवारी को देखा और भांप गए कि क्या चाहते हैं। पैसा मिला और हमारी घोड़ी के पर निकल आए। एक साहब ने बड़े तूम-तड़ाक के बाद घंटो के हिसाब से तांगा तय किया और वह भी सरकारी रेट से कम। आप देखें कि चुंगी ही ने रेट मुकर्रर करते वक्त जान निकाल ली है लेकिन कुछ लोग बगैर तिलों के तेल निकालना चाहते हैं। खैर, मैंने भी बेकारी में कम रेट ही मान लिया। फिर जनाब थोड़ी दूर चलकर हमारा तांगा भी जनाजे की चाल चलने लगा। वह कह रहे हैं कि भाई जरा तेज चलो, मैं कहता हूं कि रोजे का दिन है, घोड़ी का दम न टूटे। तब वह फरमाते हैं, हमें क्या तुम्हारा ही घंटा देर में होगा। सरकार मुझे तो इसमें खुशी है कि आप ही सवार रहें और गुलाम आपको फिराता रहे।

## 5

लाट साहब के दफ्तर में एक बड़े बाबू थे। कटरे में रहते थे। खुदा झूठ न बुलवाए उनकी कमर तीन गज से कम न होगी। उनको देखकर इक्के-तांगेवाले आगे हट जाते थे। कितने ही इक्के वह तोड़ चुके थे। इतने भारी होने पर भी इस सफाई से कूदते थे कि खुद कभी चोट न खाई। यह गुलाम ही कि हिम्मत थी कि उनको ले जाता था। खुदा उनको खुश रक्खे, मजदूरी भी अच्छी देते थे। एक बार मैं ईदू का इक्का लिए जा रहा था, बाबू मिल गए और कहा कि दफ्तर तक पहुंचा दोगे? आज देर हो गई है, तुम्हारे घोड़े में सिफ ढांचा ही रह गया है। मैंने जवाब दिया, यह मेरा घोड़ा नहीं है, हुजूर तो डबल मजदूरी देते हैं, हुकुम दें तो दो इक्के एक साथ बांध लूं और फिर चलूं।

## 6

और सुनिए, एक सेठजी ने इक्का भाड़ा किया। सब्जी मंडी से सब्जी वगैरह ली और भगाते हुए स्टेशन आए। इनाम की लालच में मैं घोड़ी पीटता लाया। खुदा जानता है, उस रोज जानवर पर बड़ी मार पड़ी। मेरे हाथ दर्द करने लगे। रेल का वक्त सचमुच बहुत ही तंग था। स्टेशन पर पहुंचे तो मेरे लिए वही चवन्नी। मैं बोला, यह क्या? सेठ जी कहते हैं, तुम्हारा भाड़ा तख्ती दिखाओ। मैंने कहा, देर करें आप और मेरा घोड़ा मुफ्त पीटा जाय। सेठजी जवाब देते हैं कि भई, तुम भी तो जल्दी फरागत पा गए और चोट तुम्हारे तो लगी नहीं। मैंने कहा कि महाराज, इस जानवर पर तो दया कीजिए। तब सेठजी ढीले पड़े और कहा, हां इस गरीब का जरूर लिहाज होना चाहिए और अपनी टोकरी से चार पत्ते गोभी के निकाले और घोड़ी को खिलाकर चल दिए। यह भी शायद मजाक होगा। मगर मैं गरीब मुफ्त मरा। उस वक्त से घोड़ी का हाजमा बदल गया।

अजब वक्त आ गया है, पब्लिक अब दूसरों का तो लिहाज ही नहीं करती। रंग-ढंग, तौर-तरीका, सभी कुछ बदल गए हैं। जब हम अपनी मजदूरी मांगते हैं तो जवाब मिलता है कि तुम्हारी अमलदारी है, खुली सड़क पर लूट लो! अपने जानवरों को सेठजी हलुआ-जलेबी खिलाएगे, मगर हमारी गर्दन मारेंगे। कोई दिन थे, कि हमको किराये के अलावा मालपूए भी मिलते थे।

अब भी, इस गिरे जमाने में भी कभी-कभी शरीफ रईस नजर आ ही जाते हैं। एक बार का जिक्र सुनिए, मेरे तांगे में सवारियां बैठीं। कश्मीरी होटल से निकलकर कुछ थोड़ी-सी चढ़ी थी। कीटगंज पहुंचकर सामनेवाले ने चौरस्ता आने से पहले ही चौदह आने दिये और उतर गए। फिर पिछली एक सवारी ने उतरकर चौदह आने दिए। अब तीसरी उतरती नहीं। मैंने कहा कि हजरत चौराहा आ गया। जवाब नदारद। मैंने कहा कि बाबू इन्हें भी उतार लो। बाबू ने देखा-भाला, मगर वह नशे में चूर हैं, उतारे कौन! बाबू बोले, अब क्या करें। मैंने कहा—क्या करोगे। मामला तो बिलकुल साफ है। थाने जाइए और अगर दस मिनट में कोई वारिस न पैदा हो तो माल आपका।

बस हुजूर, इस पेशे में भी नित नये तमाशे देखने में आते हैं। इन आंखों सब कुछ देखा है हुजूर। पर्दे पड़ते थे, जाजिमें बांधी जाती थीं, घटाटोप लगाये जाते थे, तब जनानी सवारियां बैठती थीं। अब हुजूर अजब हालत है, पर्दा गया हवा के बहाने से। इक्का कुछ सुखों थोड़े ही छोड़ा है। जिसको देखो यही कहता था कि इक्का नहीं तांगा लाओ, आराम को न देखा। अब जान को नहीं देखते और मोटर-मोटर, टैक्सी-टैक्सी पुकारते हैं। हुजूर, हमें क्या, हम तो दो दिन के मेहमान रह गए हैं, खुदा जो दिखायेगा, देख लेंगे।

—'जमाना', सितम्बर, 1926

# शादी की वजह

यह सवाल टेढ़ा है कि लोग शादी क्यों करते हैं? औरत और मर्द को प्रकृत्या एक-दूसरे की जरूरत होती है लेकिन मौजूदा हालात में आम तौर पर शादी की यह सच्ची वजह नहीं होती बल्कि शादी सभ्य जीवन की एक रस्म-सी हो गई है। बहरहाल, मैंने अक्सर शादीशुदा लोगों से इस बारे में पूछा तो लोगों ने इतनी तरह के जवाब दिए कि मैं दंग रह गया। उन जवाबों को पाठकों के मनोरंजन के लिए नीचे लिखा जाता है—

एक साहब का तो बयान है कि मेरी शादी बिल्कुल कमसिनी में हुई और उसकी जिम्मेदारी पूरी तरह मेरे मां-बाप पर है। दूसरे साहब को अपनी खूबसूरती पर बड़ा नाज है। उनका ख्याल है कि उनकी शादी उनके सुन्दर रूप की बदौलत हुई। तीसरे साहब फरमाते हैं कि मेरे पड़ोस में एक मुंशी साहब रहते थे जिनके एक ही लड़की थी। मैंने सहानुभूतिवश खुद ही बातचीत करके शादी कर ली। एक साहब को अपने उत्तराधिकारी के रूप में एक लड़के की जरूरत थी। चुनांचे आपने इसी धुन में शादी कर ली। मगर बदकिस्मती से अब तक उनकी सात लड़कियां हो चुकी हैं और लड़के का कहीं पता नहीं। आप कहते हैं कि मेरा ख्याल है कि यह शरारत मेरी बीवी की है जो मुझे इस तरह कुढ़ाना चाहती है। एक साहब बड़े पैसेवाले हैं और उनको अपनी दौलत खर्च करने का कोई तरीका ही मालूम न था इसलिए उन्होंने अपनी शादी कर ली। एक और साहब कहते हैं कि मेरे आत्मीय और स्वजन हर वक्त मुझे घेरे रहा करते थे इसलिए मैंने शादी कर ली। और इसका नतीजा यह हुआ कि अब मुझे शान्ति है। अब मेरे यहां कोई नहीं आता। एक साहब तमाम उम्र दूसरों की शादी-ब्याह पर व्यवहार और भेंट देते-देते परेशान हो गए तो आपने उनकी वापसी की गरज से आखिरकार खुद अपनी शादी कर ली।

और साहबों से जो मैंने दर्याफ्त किया तो उन्होंने निम्नलिखित कारण बतलाये। यह जवाब उन्हीं के शब्दों में नम्बरवार नीचे दर्ज किए जाते हैं—

1—मेरे ससुर एक दौलतमन्द आदमी थे और उनकी यह इकलौती बेटी थी, इसलिए मेरे पिता ने शादी की।

2—मेरे बाप-दादा सभी शादी करते चले आए हैं इसलिए मुझे भी शादी

करनी पड़ी।

3—मैं हमेशा से खामोश और कम बोलने वाला रहा हूं, इनकार न कर सका।

4—मेरे ससुर ने शुरू में अपने धन-दौलत का बहुत प्रदर्शन किया इसलिए मेरे मां-बाप ने फौरन मेरी शादी मंजूर कर ली।

5—नौकर अच्छे नहीं मिलते थे और अगर मिलते भी थे तो ठहरते नहीं थे। खास तौर पर खाना पकानेवाला अच्छा नहीं मिलता। शादी के बाद इस मुसीबत से छुटकारा मिल गया।

6—मैं अपना जीवन-बीमा कराना चाहता था और खानापूरी के वास्ते विधवा का नाम लिखना जरूरी था।

7—मेरी शादी जिद में हुई। मेरे ससुर शादी के लिए रजामन्द न होते थे मगर मेरे पिता को जिद हो गई। इसलिए मेरी शादी हुई। आखिरकार मेरे ससुर को मेरी शादी करनी ही पड़ी।

8—मेरे ससुरालवाले बड़े ऊंचे खानदान के हैं इसलिए मेरे माता-पिता ने कोशिश करके मेरी शादी की।

9—मेरी शिक्षा की कोई उचित व्यवस्था न थी इसलिए मुझे शादी करनी पड़ी।

10—मेरे और मेरी बीवी के जनम के पहले ही हम दोनों के मां-बाप में शादी की बातचीत पक्की हो गई थी।

11—लोगों के आग्रह से पिता ने शादी कर दी।

12—नस्ल और खानदान चलाने के लिए शादी की।

13—मेरी मां का देहान्त हो गया था और कोई घर को देखनेवाला न था इसलिए मजबूरन शादी करनी पड़ी।

14—मेरी बहनें अकेली थीं, इस वास्ते शादी कर ली।

15—मैं अकेला था, दफ्तर जाते वक्त मकान में ताला लगाना पड़ता था इसलिए शादी कर ली।

16—मेरी मां ने कसम दिलाई थी इसलिए शादी की।

17—मेरी पहली बीवी की औलाद को परवरिश की जरूरत थी, इसलिए शादी की।

18—मेरी मां का ख्याल था कि वह जल्द मरने वाली हैं और मेरी शादी

अपने ही सामने कर देना चाहती थीं, इसलिए मेरी शादी हो गई। लेकिन शादी को दस साल हो रहे हैं भगवान् की दया से मां के आशीष की छाया अभी तक कायम है।

19—तलाक देने को जी चाहता था इसलिए शादी की।

20—मैं मरीज रहता हूं और कोई तीमारदार नहीं है इसलिए मैंने शादी कर ली।

21—केवल संयोग से मेरा विवाह हो गया।

22—जिस साल मेरी शादी हुई उस साल बहुत बड़ी सहालग थी। सबकी शादी होती थी, मेरी भी हो गई।

23—बिला शादी के कोई अपना हाल पूछने वाला न था।

24—मैंने शादी नहीं की है, एक आफत मोल ले ली है।

25—पैसे वाले चचा की अवज्ञा न कर सका।

26—मैं बुड्ढा होने लगा था, अगर अब शादी न करता तो कब करता।

27—लोक हित के खयाल से शादी की।

28—पड़ोसी बुरा समझते थे इसलिए निकाह कर लिया।

29—डाक्टरों ने शादी के लिए मजबूर किया।

30—मेरी कविताओं को कोई दाद न देता था।

31—मेरे दांत गिरने लगे थे और बाल सफेद हो गए थे इसलिए शादी कर ली।

32—फौज में शादीशुदा लोगों को तनख्वाह ज्यादा मिलती थी इसलिए मैंने भी शादी कर ली।

33—कोई मेरा गुस्सा बर्दाश्त न करता था इसलिए मैंने शादी कर ली।

34—बीवी से ज्यादा कोई अपना समर्थक नहीं होता इसलिए मैंने शादी कर ली।

35—मैं खुद हैरान हूं कि शादी क्यों की।

36—शादी भाग्य में लिखी थी इसलिए कर ली।

इसी तरह जितने मुंह उतनी बातें सुनने में आयीं।

— 'जमाना', मार्च, 1927

# मोटेराम जी शास्त्री

पण्डित मोटेराम जी शास्त्री को कौन नहीं जानता! आप अधिकारियों का रुख देखकर काम करते हैं। स्वदेशी आन्दोलन के दिनों में आपने उस आन्दोलन का खूब विरोध किया था। स्वराज्य आन्दोलन के दिनों में भी आपने अधिकारियों से राजभक्ति की सनद हासिल की थी। मगर जब इतनी उछल-कूद पर भी उनकी तकदीर की मीठी नींद न टूटी, और अध्यापन-कार्य से पिण्ड न छूटा, तो अन्त में अपनी एक नई तदबीर सोची। घर जाकर धर्मपत्नी जी से बोले—इन बूढ़े तोतों को रटाते-रटाते मेरी खोपड़ी पच्ची हुई जाती है। इतने दिनों विद्या-दान देने का क्या फल मिला जो और आगे कुछ मिलने की आशा करूं।

धर्मपत्नी ने चिन्तित होकर कहा—भोजनों का भी तो कोई सहारा चाहिए।

मोटेराम—तुम्हें जब देखो, पेट ही की फिक्र पड़ी रहती है। कोई ऐसा विरला ही दिन जाता होगा कि निमन्त्रण न मिलते हों, और चाहे कोई निन्दा ही करे, पर मैं परोसा लिये बिना नहीं आता हूँ। आज ही सब यजमान मरे जाते हैं? मगर जन्मभर पेट ही जिलाया तो क्या किया। संसार का कुछ सुख भी तो भोगना चाहिए। मैंने वैद्य बनने का निश्चय किया है।

स्त्री ने आश्चर्य से कहा—वैद्य बनोगे, कुछ वैद्यकी पढ़ी भी है?

मोटे—वैद्यक पढ़ने से कुछ नहीं होता, संसार में विद्या का इतना महत्व नहीं जितना बुद्धि का। दो-चार सीधे-सादे लटके हैं, बस और कुछ नहीं है। आज ही अपने नाम के आगे भिषगाचार्य बढ़ा लूंगा, कौन पूछने आता है, तुम भिषगाचार्य हो या नहीं। किसी को क्या गरज पड़ी है जो मेरी परीक्षा लेता फिरे। एक मोटा-सा साइनबोर्ड बनवा लूंगा। उस पर शब्द लिखे होंगे—'यहां स्त्री-पुरुषों के गुप्त रोगों की चिकित्सा विशेष रूप से की जाती है।' दो-चार पैसे का हड़-बहेड़ा-आंवला कूट-छानकर रख लूंगा। बस, इस काम के लिए इतना सामान पर्याप्त है। हां, समाचारपत्रों में विज्ञापन दूंगा और नोटिस बंटवाऊंगा। उसमें लंका, मद्रास, रंगून, कराची आदि दूरस्थ स्थानों के सज्जनों की चिट्ठियां दर्ज की जाएंगी। ये मेरे चिकित्सा-कौशल के साक्षी होंगे। जनता को क्या पड़ी है कि वह इस बात का पता

लगाती फिरे कि उन स्थानों में इन नामों के मनुष्य रहते भी हैं, या नहीं। फिर देखो वैद्यकी कैसी चलती है।

स्त्री—लेकिन बिना जाने-बूझे दवा दोगे, तो फायदा क्या करेगी?

मोटे—फायदा न करेगी, मेरी बला से। वैद्य का काम दवा देना है, वह मृत्यु को परास्त करने का ठेका नहीं लेता, और फिर जितने आदमी बीमार पड़ते हैं, सभी तो नहीं मर जाते। मेरा तो यह कहना है कि जिन्हें कोई औषधि नहीं दी जाती, वे विकार शान्त हो जाने पर आप ही अच्छे हो जाते हैं। वैद्यों को बिना मांगे यश मिलता है। पांच रोगियों में एक भी अच्छा हो गया, तो उसका यश मुझे अवश्य ही मिलेगा। शेष चार जो मर गये, वे मेरी निन्दा करने थोड़े ही आवेंगे। मैंने बहुत विचार करके देख लिया, इससे अच्छा कोई काम नहीं है। लेख लिखना मुझे आता ही है, कवित्त बना ही लेता हूं, पत्रों में आयुर्वेद-महत्व पर दो-चार लेख लिख दूंगा, उनमें जहां-तहां दो-चार कवित्त भी जोड़ दूंगा और लिखूंगा भी जरा चटपटी भाषा में। फिर देखो कितने उल्लू फंसते हैं। यह न समझो कि मैं इतने दिनों केवल बूढ़े तोते ही रटाता रहा हूं। मैं नगर के सफल वैद्यों की चालों का अवलोकन करता रहा हूं और इतने दिनों के बाद मुझे उनकी सफलता के मूलमंत्र का ज्ञान हुआ है। ईश्वर ने चाहा तो एक दिन तुम सिर से पांव तक सोने से लदी होगी।

स्त्री ने अपने मनोल्लास को दबाते हुए कहा—मैं इस उम्र में भला क्या गहने पहनूंगी, न अब वह अभिलाषा ही है, पर यह तो बताओ कि तुम्हें दवाएं बनानी भी तो नहीं आतीं, कैसे बनाओगे, रस कैसे बनेंगे, दवाओं को पहचानते भी तो नहीं हो।

मोटे—प्रिये! तुम वास्तव में बड़ी मूर्खा हो। अरे वैद्यों के लिए इन बातों में से एक की भी आवश्यकता नहीं, वैद्य की चुटकी की राख ही रस है, भस्म है, रसायन है, बस आवश्यकता है कुछ ठाट-बाट की। एक बड़ा-सा कमरा चाहिए, उसमें एक दरी हो, ताखों पर दस-पांच शीशियां-बोतल हों, इसके सिवा और कोई चीज दरकार नहीं, और सब कुछ बुद्धि आप ही आप कर लेती है। मेरे साहित्य-मिश्रित लेखों का बड़ा प्रभाव पड़ेगा, तुम देख लेना। अलंकारों का मुझे कितना ज्ञान है, यह तो तुम जानती ही हो। आज इस भूमण्डल पर मुझे ऐसा कोई नहीं दीखता जो अलंकारों के विषय में मुझसे पेश पा सके। आखिर इतने दिनों घास तो नहीं खोदी है! दस-पांच आदमी तो कवि-चर्चा के नाते ही मेरे यहां आया-जाया करेंगे। बस, वही मेरे दल्लाह होंगे।

उन्हीं की मार्फत मेरे पास रोगी आवेंगे। मैं आयुर्वेद-ज्ञान के बल पर नहीं नायिका-ज्ञान के बल पर धड़ल्ले से वैद्यक करूंगा, तुम देखती तो जाओ।

स्त्री ने अविश्वास के भाव से कहा—मुझे तो डर लगता है कि कहीं यह विद्यार्थी भी तुम्हारे हाथ से न जाएं। न इधर के रहो न उधर के। तुम्हारे भाग्य में तो लड़के पढ़ाना लिखा है, और चारों ओर से ठोकर खाकर फिर तुम्हें वही तोते रटाने पड़ेंगे।

मोटे—तुम्हें मेरी योग्यता पर विश्वास क्यों नहीं आता?

स्त्री—इसलिए कि तुम वहां भी धूर्तता करोगे। मैं तुम्हारी धूर्तता से चिढ़ती हूं। तुम जो कुछ नहीं हो और नहीं हो सकते, वह क्यों बनना चाहते हो? तुम लीडर न बन सके, न बन सके, सिर पटककर रह गये। तुम्हारी धूर्तता ही फलीभूत होती है और इसी से मुझे चिढ़ है। मैं चाहती हूं कि तुम भले आदमी बनकर रहो। निष्कपट जीवन व्यतीत करो। मगर तुम मेरी बात कब सुनते हो?

मोटे—आखिर मेरा नायिका-ज्ञान कब काम आवेगा?

स्त्री—किसी रईस की मुसाहिबी क्यों नहीं कर लेते? जहां दो-चार सुन्दर कवित्त सुना दोगे वह खुश हो जाएगा और कुछ न कुछ दे ही मरेगा। वैद्यक का ढोंग क्यों रचते हो!

मोटे—मुझे ऐसे-ऐसे गुर मालूम हैं जो वैद्यों के बाप-दादों को भी न मालूम होंगे। और सभी वैद्य एक-एक, दो-दो रुपये पर मारे-मारे फिरते हैं, मैं अपनी फीस पांच रुपये रक्खूंगा, उस पर सवारी का किराया अलग। लोग यही समझेंगे कि यह कोई बड़े वैद्य हैं नहीं तो इतनी फीस क्यों होती?

स्त्री को अबकी कुछ विश्वास आया, बोली—इतनी देर में तुमने एक बात मतलब की कही है। मगर यह समझ लो, यहां तुम्हारा रंग न जमेगा, किसी दूसरे शहर को चलना पड़ेगा।

मोटे—(हंसकर) क्या मैं इतना भी नहीं जानता। लखनऊ में अड्डा जमेगा अपना। साल-भर में वह धाक बांध दूं कि सारे वैद्य गर्द हो जाएं।

मुझे और भी कितने ही मन्त्र आते हैं। मैं रोगी को दो-तीन बार देखे बिना उसकी चिकित्सा ही न करूंगा। कहूंगा, मैं जब तक रोगी की प्रकृति को भली भांति पहचान न लूं, उसकी दवा नहीं कर सकता। बोलो, कैसी रहेगी?

स्त्री की बांछें खिल गई, बोली—अब मैं तुम्हें मान गई, अवश्य चलेगी तुम्हारी वैद्यकी, अब मुझे कोई संदेह नहीं रहा। मगर गरीबों के साथ यह मंत्र न चलाना नहीं तो धोखा खाओगे।

साल भर गुजर गया।

भिषगाचार्य पण्डित मोटेराम जी शास्त्री की लखनऊ में घूम मच गई। अलंकारों का ज्ञान तो उन्हें था ही, कुछ गा-बजा भी लेते थे। उस पर गुप्त रोगों के विशेषज्ञ, रसिकों के भाग्य जागे। पण्डित जी उन्हें कवित्त सुनाते, हंसाते और बलकारक औषधियां खिलाते, और वह रईसों में, जिन्हें पुष्टिकारक औषधियों की विशेष चाह रहती है, उनकी तारीफों के पुल बांधते। साल ही भर में वैद्यजी का वह रंग जमा, कि बायद व शायद। गुप्त रोगों के चिकित्सक लखनऊ में एकमात्र वही थे। गुप्त रूप से चिकित्सा भी करते। विलासिनी विधवारानियों और शौकीन अदूरदर्शी रईसों में आपकी खूब पूजा होने लगी। किसी को अपने सामने समझते ही न थे।

मगर स्त्री उन्हें बराबर समझाया करती कि रानियों के झमेले में न फंसो, नहीं एक दिन पछताओगे।

मगर भावी तो होकर ही रहती है, कोई लाख समझाये-बुझाये। पंडितजी के उपासकों में बिड़हल की रानी भी थीं। राजा साहब का स्वर्गवास हो चुका था, रानी साहिबा न जाने किस जीर्ण रोग से ग्रस्त थीं। पण्डितजी उनके यहां दिन में पांच-पांच बार जाते। रानी साहिबा उन्हें एक क्षण के लिए भी अपने पास से हटने न देना चाहती थीं। पण्डित जी के पहुंचने में जरा भी देर हो जाती तो बेचैन हो जातीं, एक मोटर नित्य उनके द्वार पर खड़ी रहती थी। अब पण्डित जी ने खूब केचुल बदली थी। तंजेब की अचकन पहनते, बनारसी साफा बांधते और पम्प जूताा डाटते थे। मित्रगण भी उनके साथ मोटर पर बैठकर दनदनाया करते थे। कई मित्रों को रानी साहिबा के दरबार में नौकर रखा दिया। रानी साहिबा भला अपने मसीहा की बात कैसे टालतीं।

मगर चर्खे जफाकार और ही षड्यन्त्र रच रहा था।

एक दिन पण्डितजी रानी साहिबा की गोरी-गोरी कलाई पर एक हाथ रखे नब्ज देख रहे थे, और दूसरे हाथ से उनके हृदय की गति की परीक्षा कर रहे थे कि इतने में कई आदमी सोटे लिए हुए कमरे में घुस आये और पण्डितजी पर टूट पड़े। रानी ने भागकर दूसरे कमरे की शरण ली और किवाड़ बन्द कर लिए। पण्डितजी पर बेभाव पड़ने लगी। यों तो पण्डितजी भी दमखम के आदमी थे, एक गुप्ती सदैव साथ रखते थे। पर जब धोखे में कई आदमियों ने धर दबाया तो क्या करते? कभी इसका पैर

पकड़ते, कभी उसका। हाय-हाय! का शब्द निरन्तर मुंह से निकल रहा था पर उन बेरहमों को उन पर जरा भी दया न आती थी, एक आदमी ने एक लात जमाकर कहा—इस दुष्ट की नाक काट लो।

दूसरा बोला—इसके मुंह में कालिख और चूना लगाकर छोड़ दो।

तीसरा—क्यों वैद्यजी महाराज, बोलो क्या मंजूर है? नाक कटवाओगे या मुंह में कालिख लगवाओगे?

पण्डित—हाय, हाय, मर गया और जो चाहे करो, मगर नाक न काटो!

एक—अब तो फिर इधर न आवेगा?

पण्डित—भूलकर भी नहीं सरकार। हाय मर गया!

दूसरा—आज ही लखनऊ से रफूरैट हो जाओ नहीं तो बुरा होगा।

पण्डित—सरकार मैं आज ही चला जाऊंगा। जनेऊ की शपथ खाकर कहता हूं। आप यहां मेरी सूरत न देखेंगे।

तीसरा—अच्छा भाई, सब कोई इसे पांच-पांच लातें लगाकर छोड़ दो।

पण्डित—अरे सरकार, मर जाऊंगा, दया करो।

चौथा—तुम जैसे पाखंडियों का मर जाना ही अच्छा है। हां, तो शुरू हो। पंचलत्ती पड़ने लगी, धमाधम की आवाजें आने लगीं। मालूम होता था नगाड़े पर चोट पड़ रही है। हर धमाके के बाद एक बार हाय की आवाज निकल आती थी, मानो उसकी प्रतिध्वनि हो।

पंचलत्ती पूजा समाप्त हो जाने पर लोगों ने मोटेराम जी को घसीटकर बाहर निकाला और मोटर पर बैठाकर घर भेज दिया, चलते-चलते चेतावनी दे दी, कि प्रात:काल से पहले भाग खड़े होना, नहीं तो और ही इलाज किया जाएगा।

## 3

मोटेराम जी लंगड़ाते, कराहते, लकड़ी टेकते घर में गए और धम से गिर पड़े चारपाई पर गिर पड़े। स्त्री ने घबराकर पूछा—कैसा जी है? अरे तुम्हारा क्या हाल है? हाय-हाय, यह तुम्हारा चेहरा कैसा हो गया है!

मोटे—हाय भगवान्, मर गया।

स्त्री—कहां दर्द है? इसी मारे कहती थी, बहुत रबड़ी न खाओ। लवणभास्कर ले आऊं?

मोटे—हाय, दुष्टों ने मार डाला। उसी चाण्डालिनी के कारण मेरी दुर्गति हुई। मारते-मारते सबों ने भुरकुस निकाल दिया।

स्त्री—तो यह कहो कि पिटकर आये हो। हां, पिटे तो हो। अच्छा हुआ। हो तुम लातों ही के देवता। कहती थी कि रानी के यहां मत आया-जाया करो। मगर तुम कब सुनते थे।

मोटे—हाय, हाय! रांड, तुझे भी इसी दम कोसने की सूझी। मेरा तो बुरा हाल है और तू कोस रही है। किसी से कह दे, ठेला-वेला लावे, रातों-रात लखनऊ से भाग जाना है। नहीं तो सबेरे प्राण न बचेंगे।

स्त्री—नहीं, अभी तुम्हारा पेट नहीं भरा। अभी कुछ दिन और यहां की हवा खाओ! कैसे मजे से लड़के पढ़ाते थे, हां, नहीं तो, वैद्य बनने की सूझी। बहुत अच्छा हुआ, अब उम्र-भर न भूलोगे। रानी कहां थी कि तुम पिटते रहे और उसने तुम्हारी रक्षा न की।

पण्डित—हाय, हाय, वह चुड़ैल तो भाग गई। उसी के कारण। क्या जानता था कि यह हाल होगा, नहीं तो उसकी चिकित्सा ही क्यों करता?

स्त्री—हो तुम तकदीर के खोटे। कैसी वैद्यकी चल गई थी। मगर तुम्हारी करतूतों ने सत्यानाश मार दिया। आखिर फिर वही पढ़ौनी करना पड़ी। हो तकदीर के खोटे।

प्रात:काल मोटेराम जी के द्वार पर ठेला खड़ा था और उस पर असबाब लद रहा था। मित्रों में एक भी नजर न आता था। पण्डित जी पड़े कराह रहे थे और स्त्री सामान लदवा रही थी।

— 'माधुरी', जनवरी, 1928

# पर्वत यात्रा

प्रातःकाल मुं. गुलबाजखां ने नमाज पढ़ी, कपड़े पहने और महरी से किराये की गाड़ी लाने को कहा। शीरीं बेगम ने पूछा—आज सबेरे-सबेरे कहां जाने का इरादा है?

गुल—जरा छोटे साहब को सलाम करने जाना है।

शीरीं—तो पैदल क्यों नहीं चले जाते? कौन बड़ी दूर है।

गुल—जो बात तुम्हारी समझ में न आये, उसमें जबान न खोला करो।

शीरीं—पूछती तो हूं पैदल चले जाने में क्या हरज है? गाड़ीवाला एक रुपये से कम न लेगा।

गुल—(हंसकर) हुक्काम किराया नहीं देते। उसकी हिम्मत है कि मुझसे किराया मांगे! चालान करवा दूं।

शीरीं—तुम तो हाकिम भी नहीं हो, तुम्हें वह क्यों ले जाने लगा!

गुल—हाकिम कैसे नहीं हूं? हाकिम के क्या सींग-पूंछ होती है, जो मेरे नहीं है? हाकिम का दोस्त हाकिम से कम रोब नहीं रखता। अहमक नहीं हूं कि सौ काम छोड़कर हुक्काम की सलामी बजाया करता हूं। यह इसी की बरकत है कि पुलिस, माल, दीवानी के अहलकार मुझे झुक-झुककर सलाम करते हैं, थानेदार ने कल जो सौगात भेजी थी, वह किसलिए? मैं उनका दामाद तो नहीं हूं। सब मुझसे डरते हैं।

इतने में महरी एक तांगा लाई। खां साहब ने फौरन साफा बांधा और चले। शीरीं ने कहा—अरे, तो पान तो खाते जाओ!

गुल—हां, लाओ हाथ में मेंहदी भी लगा दो। अरी नेकबख्त, हुक्काम के सामने पान खाकर जाना बेअदबी है।

शीरीं—आओगे कब तक? खाना तो यहीं खाओगे!

गुल—तुम मेरे खाने की फिक्र न करना, शायद कुंअर साहब के यहां चला जाऊं। कोई मुझे पूछे तो कहला देना, बड़े साहब से मिलने गये हैं।

खां साहब आकर तांगे पर बैठे। तांगेवाले ने पूछा—हुजूर, कहां चलूं?

गुल—छोटे साहब के बंगले पर। सरकारी काम से जाना है।

तांगे—हुजूर को वहां कितनी देर लगेगी?

गुल—यह मैं कैसे बता दूँ, यह तो हो नहीं सकता कि साहब मुझसे बार-बार बैठने को कहें और मैं उठकर चला आऊं। सरकारी काम है, न जाने कितनी देर लगे। बड़े अच्छे आदमी हैं बेचारे। मजाल नहीं कि जो बात कह दूं, उससे इनकार कर दें। आदमी को गरूर न करना चाहिए। गरूर करना शैतान का काम है। मगर कई थानेदारों से जवाब तलब करा चुका हूं। जिसको देखा कि रिआया को ईजा पहुंचाता है, उसके पीछे पड़ जाता हूं।

तांगे—हुजूर, पुलिस बड़ा अंधेर करती है। जब देखो बेगार, कभी आधी रात को बुला भेजा, कभी फजिर को। मरे जाते हैं हुजूर। उस पर हर मोड़ पर सिपाहियों को पैसे चाहिए। न दें, तो झूठा चालान कर दें।

गुल—सब जानता हूं जी, अपनी झोपड़ी में बैठा सारी दुनिया की सैर किया करता हूं। वहीं बैठे-बैठे बदमाशो की खबर लिया करता हूं। देखो, तांगे को बंगले के भीतर न ले जाना। बाहर फाटक पर रोक देना।

तांगे—अच्छा हुजूर। अच्छा, अब देखिए वह सिपाही मोड़ पर खड़ा है। पैसे के लिए हाथ फैलायेगा। न दूं तो ललकारेगा। मगर आज कसम कुरान की, टकासा जवाब दे दूंगा। हुजूर बैठे हैं, तो क्या कर सकता है।

गुल—नहीं, नहीं, जरा-जरा-सी बात पर मैं इन छोटे आदमियों से नहीं लडता। पैसे दे देना। मैं तो पीछे से बचा की खबर लूंगा। मुअत्तल न करा दं तो सही। दूबदू गाली-गलौज करना, इन छोटे आदमियों के मुंह लगना मेरी आदत नहीं।

तांगेवाले को भी यह बात पसन्द आई। मोड़ पर उसने सिपाही को पैसे दे दिए। तांगा साहब के बंगले पर पहुंचा। खां साहब उतरे, और जिस तरह कोई शिकारी पैर दबा-दबाकर चौकन्नी आंखों से देखता हुआ चलता है, उसी तरह आप बंगले के बरामदे में जाकर खड़े हो गए। बैरा बरामदे में बैठा था। आपने उसे देखते ही सलाम किया।

बैरा—हुजूर तो अंधेर करते हैं। सलाम हमको करना चाहिए और आप पहले ही हाथ उठा देते हैं।

गुल—अजी इन बातों में क्या रक्खा है। खुदा की निगाह में सब इन्सान बराबर हैं।

बैरा—हुजूर को अल्लाह सलामत रक्खे, क्या बात कही है। हक तो यही है, पर आदमी अपने को कितना भूल जाता है! यहां तो छोटे-छोटे अमले भी इंतजार करते रहते हैं कि यह हाथ उठावें। साहब को इत्तला कर दूं?

गुल—आराम में हों तो रहने दो, अभी ऐसी कोई जल्दी नहीं।

बैरा—जी नहीं हुजूर, हाजिरी पर से तो कभी के उठ चुके, कागज-वागज पढ़ते होंगे।

गुल—अब इसका तुम्है अख्तियार है, जैसा मौका हो वैसा करो। मौका-महल पहचानना तुम्हीं लोगों का काम है। क्या हुआ, तुम्हारी लड़की तो खैरियत से है न?

बैरा—हां हुजूर, अब बहुत मजे में है। जब से हुजूर ने उसके घरवालों को बुलाकर डांट दिया है, तब से किसी ने चूं भी नहीं किया। लड़की हुजूर की जानमाल को दुआ देती है।

बैरे ने साहब को खां साहब की इत्तला की, और एक क्षण में खां साहब जूते उतार कर साहब के सामने जा खड़े हुए और सलाम करके फर्श पर बैठ गए। साहब का नाम काटन था।

काटन—ओ! ओ! यह आप क्या करता है, कुर्सी पर बैठिए, कुर्सी पर बैठिए।

खां—बहुत मजे में बैठा हूं हुजूर। आपके बराबर भला बैठ सकता हूं! आप बादशाह, मैं रैयत।

काटन—नहीं, नहीं, आप हमारा दोस्त है।

खां—हुजूर चाहें मेरे को आफताब बना दें, पर मैं तो अपनी हकीकत समझता हूं। बंदा उन लोगों में नहीं है जो हुजूर के करम से चार हरफ पढ़कर जमीन पर पांव नहीं रखते और हुजूर लोगों की बराबरी करने लगते हैं।

काटन—खां साहब, आप बहुत अच्छे आदमी हैं। हम आज के पांचवें दिन नैनीताल जा रहा है। वहां से लौटकर आपसे मुलाकात करेगा। आप तो कई बार नैनीताल गया होगा। अब तो सब रईस लोग वहां जाता है।

खां साहब नैनीताल क्या, बरेली तक भी न गये थे, पर इस समय कैसे कह देते कि मैं वहां कभी नहीं गया। साहब की नजरों से गिर न जाते! साहब समझते कि यह रईस नहीं, कोई चरकटा है। बोले—हां हुजूर, कई बार हो आया हूं।

काटन—आप कई बार हो आया है? हम तो पहली दफा जाता है। सुना बहुत अच्छा शहर है?

खां—बहुत बड़ा शहर है हुजूर, मगर कुछ ऐसा बड़ा भी नहीं है।

काटन—आप कहां ठहरता है? वहां होटलों में तो बहुत पैसा लगता है।

खां—मेरी हुजूर न पूछे, कभी कहीं ठहर गया, कभी कहीं ठहर गया। हुजूर के अकबाल से सभी जगह दोस्त हैं।

काटन—आप वहां किसी के नाम चिट्ठी दे सकता है कि मेरे ठहरने का बंदोबस्त कर दें। हम किफायत से काम करना चाहता है। आप तो हर साल जाता है, हमारे साथ क्यों नहीं चलता।

खां साहब बड़ी मुश्किल में फंसे। अब बचाव का कोई उपाय न था। कहना पड़ा—जैसा हुजूर का हुक्म, हुजूर के साथ ही चला चलूंगा। मगर मुझे अभी जरा देर है हुजूर।

काटन—ओ कुछ परवाह नहीं, हम आपके लिए एक हफ्ता ठहर सकता है। अच्छा सलाम। आज ही आप अपने दोस्त को जगह का इन्तजाम करने को लिख दें। आज के सातवें दिन हम और आप साथ चलेगा। हम आपको रेलवे स्टेशन पर मिलेगा।

खां साहब ने सलाम किया, और बाहर निकले। तांगे वाले से कहा—कुंअर शमशेर सिंह की कोठी पर चलो।

## 2

कुंअर शमशेर सिंह खानदानी रईस थे। उन्हें अभी तक अंग्रेजी रहन सहन की हवा न लगी थी। दस बजे दिन तक सोना, फिर दोस्तों और मुसाहिबों के साथ गपशप करना, दो बजे खाना खाकर फिर सोना, शाम को चौक की हवा खाना और घर आकर बारह-एक बजे रात तक किसी परी का मुजरा देखना, यही उनकी दिनचर्या थी। दुनिया में क्या होता है, इसकी उन्हें कुछ खबर न होती थी। या हुई भी तो सुनी-सुनाई। खां साहब उनके दोस्तों में थे।

जिस वक्त खां साहब कोठी में पहुंचे दस बज गये थे, कुंअर साहब बाहर निकल आये थे, मित्रगण जमा थे। खां साहब को देखते ही कुंअर साहब ने पूछा—कहिए खां साहब, किधर से?

खां साहब—जरा साहब से मिलने गया था। कई दिन बुला-बुला भेजा, मगर फुर्सत ही न मिलती थी। आज उनका आदमी जबर्दस्ती खींच ले गया। क्या करता, जाना ही पड़ा। कहां तक बेरुखी करूं।

कुंअर—यार, तुम न जाने अफसरों पर क्या जादू कर देते हो कि जो आता है तुम्हारा दम भरने लगता है। मुझे वह मन्त्र क्यों नहीं सिखा देते।

खां—मुझे खुद ही नहीं मालूम कि क्यों हुक्काम मुझ पर इतने मेहरबान रहते हैं। आपको यकीन न आवेगा, मेरी आवाज सुनते ही कमरे के दरवाजे पर आकर खड़े हो गये और ले जाकर अपनी खास कुर्सी पर बैठा दिया।

कुंअर—अपनी खास कुर्सी पर?

खां—हां साहब, हैरत में आ गया, मगर बैठना ही पड़ा। फिर सिगार मंगवाया, इलाइची, मेवे, चाय सभी कुछ आ गए। यों कहिए कि खासी दावत हो गई। यह मेहमानदारी देखकर मैं दंग रह गया।

कुंअर—तो वह सब दोस्ती भी करना जानते हैं।

खां—अजी दूसरा क्या खा के दोस्ती करेगा। अब हद हो गई कि मुझे अपने साथ नैनीताल चलने को मजबूर किया।

कुंअर—सच!

खां—कसम कुरान की। हैरान था कि क्या जवाब दूं। मगर जब देखा कि किसी तरह नहीं मानते, तो वादा करना ही पड़ा। आज ही के दिन कूच है।

कुंअर—क्यों यार, मैं भी चला चलूं तो क्या हरज है?

खां—सुभानअल्लाह, इससे बढ़कर क्या बात होगी।

कुंअर—भई, लोग तरह-तरह की बातें करते हैं, इससे जाते डर लगता है। आप तो हो आये होंगे?'

खां—कई बार हो आया हूं। हां, इधर कई साल से नहीं गया।

कुंअर—क्यों साहब, पहाड़ों पर चढ़ते-चढ़ते दम फूल जाता होगा?

राधाकान्त व्यास बोले—धर्मावतार, चढ़ने को तो किसी तरह चढ़ भी जाइए पर पहाड़ों का पानी ऐसा खराब होता है कि एक बार लग गया तो प्राण ही लेकर छोड़ता है। बदरीनाथ की यात्रा करने जितने यात्री जाते हैं, उनमें बहुत कम जीते लौटते हैं और संग्रहणी तो प्रायः सभी को ही जाती है।

कुंअर—हां, सुना तो हमने भी है कि पहाड़ों का पानी बहुत लगता है।

लाला सुखदयाल ने हामी भरी—गोसाईं जी ने भी तो पहाड़ के पानी की निन्दा की है—

लागत अति पहाड़ का पानी।
बड़ दुख होत न जाई बखानी॥

खां—तो यह इतने अंग्रेज वहां क्यों जाते हैं साहब? ये लोग अपने वक्त के लुकमान हैं। इनका कोई काम मसलहत से खाली नहीं होता। पहाड़ों की सैर से कोई फायदा न होता तो क्यों जाते, जरा यह तो सोचिए।

व्यास—यही सोच-सोचकर तो हमारे रईस अपना सर्वनाश कर रहे हैं। उनकी देखी-देखी धन का नाश, धर्म का नाश, बल का नाश होता चला जाता है, फिर भी हमारी आंखें नहीं खुलतीं।

लाला—मेरे पिता जी एक बार किसी अंग्रेज के साथ पहाड़ पर गये। वहां से लौटे तो मुझे नसीहत की कि खबरदार, कभी पहाड़ पर न जाना। आखिर कोई बात देखी होगी, जभी तो यह नसीहत की।

वाजिद—हुजूर, खां साहब जाते हैं जाने दीजिए, आपको मैं जाने की सलाह न दूंगा। जरा सोचिए, कोसों की चढ़ाई, फिर रास्ता इतना खतरनाक कि खुदा की पनाह! ज़रा-सी पगडंडी और दोनों तरफ कोसों का खड्ड। नीचे देखा और थरथरा कर आदमी गिर पड़ा और जो कहीं पत्थरों में आग लग गई, तो चलिए वारा-न्यारा हो गया। जल-भुन के कबाब हो गये।

खां—और जो लाखों आदमी पहाड़ पर रहते हैं?

वाजिद—उनकी और बात है भाई साहब।

खां—और बात कैसी? क्या वे आदमी नहीं हैं?

वाजिद—लाखों आदमी दिन-भर हल जोतते हैं, फावड़े चलाते हैं, लकड़ी फाड़ते हैं, आप करेंगे? है आपमें इतनी दम? हुजूर उस चढ़ाई पर चढ़ सकते हैं?

खां—क्यों नहीं टट्टुओं पर जाएंगे।

वाजिद—टट्टुओं पर छः कोस की चढ़ई! होश की दवा कीजिए।

कुंअर—टट्टुओं पर! भई हमसे न जाया जायगा। कहीं टट्टू भड़के तो कहीं के न रहे।

लाला—गिरे तो हड्डियां तक न मिलें!

व्यास—प्राण तक चूर-चूर हो जाय।

वाजिद—खुदावंद, एक जरा-सी ऊंचाई पर से आदमी देखता है, तो कांपने लगता है, न कि पहाड़ की चढ़ाई।

कुंअर—वहां सड़कों पर इधर-उधर ईंट या पत्थर की मुंडेर नहीं बनी हुई हैं?

वाजिद—खुदावंद, मंजिलों के रास्ते में मुंडेर कैसी!

कुंअर—आदमी का काम तो नहीं है।

लाला—सुना वहां घेघा निकल आता है।

कुंअर—अरे भई यह बुरा रोग है। तब मैं वहां जाने का नाम भी न लूंगा।

खां—आप लाल साहब से पूछें कि साहब लोग जो वहां रहते हैं, उनको घेघा क्यों नहीं हो जाता?

लाला—वह लोग ब्रांडी पीते हैं। हम और आप उनकी बराबरी कर सकते हैं भला। फिर उनका अकबाल!

वाजिद—मुझे तो यकीन नहीं आता कि खां साहब कभी नैनीताल गये हों। इस वक्त डींग मार रहे हैं। क्यों साहब, आप कितने दिन वहां रहे?

खां—कोई चार बरस तक रहा था।

वाजिद—आप वां किस मुहल्ले में रहते थे?

खां—(गड़बड़ा कर) जी—मैं।

वाजिद—आखिर आप चार बरस कहां रहे?

खां—देखिए याद आ जाय तो कहूं।

वाजिद—जाइए भी। नैनीताल की सूरत तक तो देखी नहीं, गप हांक दी कि वहां चार बरस तक रहे!

खां—अच्छा साहब, आप ही का कहना सही। मैं कभी नैनीताल नहीं गया। बस, अब तो खुश हुए।

कुंअर—आखिर आप क्यों नहीं बताते कि नैनीताल में आप कहां ठहरे थे।

वाजिद—कभी गए हों, तब न बताएं।

खां—कह तो दिया कि मैं नहीं गया, चलिए छुट्टी हुई। अब आप फरमाइए कुंअर साहब, आपको चलना है या नहीं? ये लोग जो कहते हैं सब ठीक है। वहां घेघा निकल आता है, वहां का पानी इतना खराब है कि खाना बिल्कुल नहीं हजम होता, वहां हर रोज दस-पांच आदमी खड्ड में गिरा करते हैं। अब आप क्या फैसला करते हैं? वहां जो मजे हैं वह यहां ख्वाब में भी नहीं मिल सकते। जिन हुक्काम के दरवाजे पर घंटों खड़े रहने पर भी मुलाकात नहीं होती, उनसे वहां चौबीसों घंटों का साथ रहेगा। मिसों के साथ झील में सैर करने का मजा अगर मिल सकता है तो वहीं। अजी सैकड़ों अंग्रेजों से दोस्ती हो जाएगी। तीन महीने वहां रहकर आप इतना नाम हासिल कर सकते हैं जितना यहां जिन्दगी-भर भी न होगा। बस, और क्या कहूं।

कुंअर—वहां बड़े-बड़े अंग्रेजों से मुलाकात हो जाएगी?

खां—जनाब, दावतों के मारे आपको दम मारने की मोहलत न मिलेगी।

कुंअर—जी तो चाहता है कि एक बार देख ही आएं।

खां—तो बस तैयारी कीजिए।

सभाजन ने जब देखा कि कुंअर साहब नैनीताल जाने के लिए तैयार हो गए तो सब के सब हां में हां मिलाने लगे।

व्यास—पर्वत-कंदराओं में कभी-कभी योगियों के दर्शन हो जाते हैं।

लाला—हां साहब, सुना है—दो-दो सौ साल के योगी वहां मिलते हैं। जिसकी ओर एक बार आंख उठाकर देख लिया, उसे चारों पदार्थ मिल गये।

वाजिद—मगर हुजूर चलें, तो इस ठाठ से चलें कि वहां के लोग भी कहें कि लखनऊ के कोई रईस आये हैं।

लाला—लक्ष्मी हथिनी को जरूर ले चलिए। वहां कभी किसी ने हाथी की सूरत काहे को देखी होगी। जब सरकार सवार होकर निकलेंगे और गंगा-जमुनी हौदा चमकेगा तो लोग दंग हो जाएंगे।

व्यास—एक डंका भी हो, तो क्या पूछना।

कुंअर—नहीं साहब, मेरी सलाह डंके की नहीं है। देश देखकर भेष बनाना चाहिए।

लाला—हां, डंके की सलाह तो मेरी भी नहीं है। पर हाथी के गले में घंटा जरूर हो।

खां—जब तक वहां किसी दोस्त को तार दे दीजिए कि एक पूरा बंगला ठीक कर रक्खे। छोटे साहब को भी उसी में ठहरा लेंगे।

कुंअर—वह हमारे साथ क्यों ठहरने लगे। अफसर हैं।

खां—उनको लाने का जिम्मा हमारा। खींच-खींचकर किसी न किसी तरह ले ही आऊंगा।

कुंअर—अगर उनके साथ ठहरने का मौका मिले, तब तो मैं समझूं नैनीताल का जाना पारस हो गया।

## 3

एक हफ्ता गुजर गया। सफर की तैयारियां हो गईं। प्रातःकाल काटन साहब का खत आया कि आप हमारे यहां आएंगे या मुझसे स्टेशन पर मिलेंगे। कुंअर साहब ने जवाब लिखवाया कि आप इधर ही आ जाइएगा। स्टेशन का रास्ता इसी तरफ से है। मैं तैयार रहूंगा। यह खत लिखवा कर कुंअर साहब अन्दर गए तो देखा कि उनकी बड़ी साली रामेश्वरी देवी बैठी हुई हैं। उन्हें देखकर बोलीं—क्या आप सचमुच नैनीताल जा रहे हैं?

कुंअर—जी हां, आज रात की तैयारी है।

रामेश्वरी—अरे! आज ही रात को! यह नहीं हो सकता। कल बच्चा का मुंडन है। मैं एक न मानूंगी। आप ही न होगे तो लोग आकर क्या करेंगे।

कुंअर—तो आपने पहले ही क्यों न कहला दिया, पहले से मालूम होता तो मैं कल जाने का इरादा ही क्यों करता।

रामेश्वरी—तो इसमें लाचारी की कौन-सी बात है, कल न सही दो-चार दिन बाद सही।

कुंअर साहब की पत्नी सुशीला देवी बोलीं—हां, और क्या, दो-चार दिन बाद ही जाना, क्या साइत टली जाती है?

कुंअर—आह! छोटे साहब से वादा कर चुका हूं, वह रात ही को मुझे लेने आएंगे। आखिर वह अपने दिल में क्या कहेंगे?

रामेश्वरी—ऐसे-ऐसे वादे हुआ ही करते हैं। छोटे साहब के हाथ कुछ बिक तो गये नहीं हो।

कुंअर—मैं क्या कहूं कि कितना मजबूर हूं! बहुत लज्जित होना पड़ेगा।

रामेश्वरी—तो गोया जो कुछ है वह छोटे साहब ही हैं, मैं कुछ नहीं!

कुंअर—आखिर साहब से क्या कहूं, कौन बहाना करूं?

रामेश्वरी—कह दो कि हमारे भतीजे का मुंडन है, हम एक सप्ताह तक नहीं चल सकते। बस, छुट्टी हुई।

कुंअर—(हंसकर) कितना आसान कर दिया है आपने इस समस्या को। ऐसा हो सकता है कहीं। कहीं मुंह दिखाने लायक न रहूंगा।

सुशीला—क्यों, हो सकने को क्या हुआ? तुम उसके गुलाम तो नहीं हो?

कुंअर—तुम लोग बाहर तो निकलती-पैठती नहीं हो, तुम्हें क्या मालूम कि अंग्रेजों के विचार कैसे होते हैं।

रामेश्वरी—अरे भगवान्! आखिर उसके कोई लड़का-बाला है, या निगोड़ा नाठा है। त्योहार और ब्योहार हिन्दू-मुसलमान सबके यहां होते हैं।

कुंअर—भई हमसे कुछ करते-धरते नहीं बनता।

रामेश्वरी—हमने कह दिया, हम जाने नहीं देंगे। अगर तुम चले गये तो मुझे बड़ा रंज होगा। तुम्हीं लोगों से तो महफिल की शोभा होगी और अपना कौन बैठा हुआ है।

कुंअर—अब तो साहब को लिख भेजने का भी मौका नहीं है। वह दफ्तर चले गये होंगे। मेरा सब असबाब बंध चुका है। नौकरों को पेशगी रुपया दे चुका कि चलने की तैयारी करें। अब कैसे रुक सकता हूं!

रामेश्वरी—कुछ भी हो, जाने न पाओगे।

सुशीला—दो-चार दिन बाद जाने में ऐसी कौन-सी बड़ी हानि हुई जाती है? वहां कौन लड्डू धरे हुए हैं?

कुंअर साहब बड़े धर्म-संकट में पड़े, अगर नहीं जाते तो छोटे साहब से झूठे पड़ते हैं। वह अपने दिल में कहेंगे कि अच्छे बेहूदे आदमी के साथ पाला पड़ा। अगर जाते हैं तो स्त्री से बिगाड़ होती है, साली मुंह फुलाती है। इसी चक्कर में पड़े हुए बाहर आये तो मियां वाजिद बोले—हुजूर इस वक्त कुछ उदास मालूम होते हैं।

व्यास—मुद्रा तेजहीन हो गई है।

कुंअर—भई, कुछ न पूछो, बड़े संकट में हूं।

वाजिद—क्या हुआ हुजूर, कुछ फरमाइए तो?

कुंअर—यह भी एक विचित्न ही देश है।

व्यास—धर्मावतार, प्राचीन काल से यह ऋषियों की तपोभूमि है।

लाला—क्या कहना है, संसार में ऐसा देश दसरा नहीं।

कुंअर—जी हां, आप जैसे गौखे और किस देश में होंगे। बुद्धि तो हम लोगों को छू भी नहीं गई।

वाजिद—हुजूर, अक्ल के पीछे तो हम लोग लट्ठ लिए फिरते हैं।

व्यास—धर्मावतार, कुछ कहते नहीं बनता। बड़ी हीन दशा है।

कुंअर—नैनीताल जाने को तैयार था। अब बड़ी साली कहती हैं कि मेरे बच्चे का मुंडन है, मैं न जाने दंगी, चले जाओगे तो मुझे रंज होगा। बतलाइए, अब क्या करूं। ऐसी मूर्खता और कहां देखने में आएगी। पूछो मुंडन नाई करेगा, नाच-तमाशा देखने वालों की शहर में कमी नहीं, एक मैं न हुंगा न सही, मगर उनको कौन समझावे।

व्यास—दीनबन्धु, नारी-हठ तो लोक प्रसिद्ध ही है।

कुंअर—अब यह सोचिए कि छोटे साहब से क्या बहाना किया जायगा।

वाजिद—बड़ा नाजुक मुआमला आ पड़ा हुजूर।

लाला—हाकिम का नाराज हो जाना बुरा है।

वाजिद—हाकिम मिट्टी का भी हो, फिर भी हाकिम ही है।

कुंअर—मैं तो बड़ी मुसीबत में फंस गया।

लाला—हुजूर, अब बाहर न बैठें। मेरी तो यही सलाह है। जो कुछ सिर पर पड़ेगी, हम ओढ़ लेंगे।

वाजिद—अजी, पसीने की जगह खून गिरा देंगे। नमक खाया है कि दिल्लगी है।

लाला—हां, मुझे भी यही मुनासिब मालूम होता है। आप लोग कह दीजिए बीमार हो गये हैं।

अभी यही बातें हो रही थीं कि खिदमतगार ने आकर हांफते हुए कहा—सरकार, कोऊ आया है, तौन सरकार का बुलावत है।

कुंअर—कौन है पूछा नहीं?

खिद—कोऊ रंगरेज है सरकार, लाल-लाल मुंह है, घोड़ा पर सवार है।

कुंअर—कहीं छोटे साहब तो नहीं है, भई मैं तो भीतर जाता हूं। अब आबरू तुम्हारे हाथ है।

कुंअर साहब ने तो भीतर घुसकर दरवाजा बन्द कर लिया। वाजिदअली ने खिड़की से झांकर देखा, तो छोटे साहब खड़े थे। हाथ-पांव फूल गये। अब साहब के सामने कौन जाय? किसी की हिम्मत नहीं पड़ती। एक दूसरे को ठेल रहा है।

लाला—बढ़ जाओ वाजिदअली। देखो क्या कहते हैं?

वाजिद—आप ही क्यों नहीं चले जाते?

लाला—आदमी ही तो वह भी है, कुछ खा तो न जायगा।

वाजिद—तो चले क्यों नहीं जाते।

काटन साहब दो—तीन मिनट खड़े रहे। जब यहाँ से कोई न निकला तो बिगड़कर बोले—यहां कौन आदमी है? कुंअर साहब से बोलो, काटन साहब खड़ा है।

मियां वाजिद बौखलाये हुए आगे बढ़े और हाथ बांधकर बोले—खुदावंद, कुंअर साहब ने आज बहुत देर से खाना खाया, तो तबियत कुछ भारी हो गई है। इस वक्त आराम में हैं, बाहर नहीं आ सकते।

काटन—ओह! तुम यह क्या बोलता है? वह तो हमारे साथ नैनीताल जाने वाला था। उसने हमको खत लिखा था।

वाजिद—हां, हुजूर, जाने वाले तो थे, पर बीमार हो गये।

काटन—बहुत रंज हुआ।

वाजिद—हुजूर, इत्तफाक है।

काटन—हमको बहुत अफसोस है। कुंअर साहब से जाकर बोलो, हम उनको देखना मांगता है।

वाजिद—हुजूर, बाहर नहीं आ सकते।

काटन—कुछ परवाह नहीं, हम अन्दर जाकर देखेगा।

कुंअर साहब दरवाजे से चिमटे हुए काटन साहब की बातें सुन रहे थे। नीचे की सांस नीचे थी, ऊपर की ऊपर। काटन साहब को घोड़े से उतरकर दरवाजे की तरफ आते देखा, तो गिरते-पड़ते दौड़े और सुशीला से बोले—दुष्ट मुझे देखने घर में आ रहा है। मैं चारपाई पर ले जाता हूं, चटपट लिहाफ निकलवाओ और मुझे ओढ़ा दो। दस-पांच शीशियां लाकर इस गोलमेज पर रखवा दो।

इतने में वाजिदअली ने द्वार खटखटाकर कहा—महरी, दरवाजा खोल दो, साहब बहादुर कुंअर साहब को देखना चाहते हैं। सुशीला ने लिहाफ मांगा, पर गर्मी के दिन थे, जाड़े के कपड़े सन्दूकों में बन्द पड़े थे। चटपट सन्दूक खोलकर दो-तीन मोटे-मोटे लिहाफ लाकर कुंअर साहब को ओढ़ा दिये। फिर आलमारी से कई शीशियां और कई बोतल निकालकर मेज पर चुन दिये और महरी से कहा—जाकर किवाड़ खोल दो, मैं ऊपर चली जाती हूं।

काटन साहब ज्यों ही कमरे में पहुंचे, कुंअर साहब ने लिहाफ से मुंह निकाल लिया और कराहते हुए बोले—बड़ा कष्ट है हुजूर। सारा शरीर फुका जाता है।

काटन—आप दोपहर तक तो अच्छा था, खां साहब हमसे कहता था कि आप तैयार हैं, कहां दरद है?

कुंअर—हुजूर, पेट में बहुत दर्द है। बस, यही मालूम होता है कि दम निकल जायगा।

काटन—हम जाकर सिविल सर्जन को भेज देता है। वह पेट का दर्द अभी अच्छा कर देगा। आप घबरायें नहीं, सिविल सर्जन हमारा दोस्त है।

काटन चला गया तो कुंअर साहब फिर बाहर आ बैठे। रोजा बख्शाने गये थे, नमाज गले पड़ी। अब यह फिक्र पैदा हुई कि सिविल सर्जन को कैसे टाला जाय।

कुंअर—भई, यह तो नई बला गले पड़ी।

वाजिद—यहां तो हुजूर, हमारी अक्ल भी काम नहीं करती।

कुंअर—कोई जाकर खां साहब को बुला लाओ। कहना, अभी चलिए ऐसा न हो कि वह देर करें और सिविल सर्जन यहां सिर पर सवार हो जाय।

लाला—सिविल सर्जन की फीस भी बहुत होगी?

कुंअर—अजी तुम्हें फीस की पड़ी है, यहां जान आफत में है। अगर सौ दो सौ देकर गला छूट जाय तो अपने को भाग्यवान् समझूं।

वाजिदअली ने फिटन तैयार कराई और खां साहब के घर पहुंचे। देखा तो वह असबाब बंधवा रहे हैं। उनसे सारा किस्सा बयान किया और कहा—अभी चलिए। आपको बुलाया है।

खां—मामला बहुत टेढ़ा है। बड़ी दौड़-धूप करनी पड़ेगी। कसम खुदा की, तुम सबके सब गर्दन मार देने के लायक हो। जरा-सी देर के लिए मैं टल क्या गया कि सारा खेल ही बिगाड़ दिया।

वाजिद—खां साहब, हमसे तो उड़िए नहीं। कुंअर साहब बौखलाये हुए हैं। दो-चार सौ का वारा-न्यारा है। चलकर सिविल सर्जन को मना कर दीजिए।

खां—चलो, शायद कोई तदबीर सूझ जाये।

दोनों आदमी सिविल सर्जन के बंगले की तरफ चले। वहां मालूम हुआ कि साहब कुंअर साहब के मकान पर गये हैं। फौरन फिटन घुमा दी, और कुंअर साहब की कोठी पर पहुंचे। देखा तो सर्जन साहब एनेमा लिये हुए कुंअर साहब की चारपाई के सामने बैठे हुए हैं।

खां—मैं तो हुजूर के बंगले से चला आ रहा हूं। कुंअर साहब का क्या हाल है?

डाक्टर—पेट में दर्द है। अभी पिचकारी लगाने से अच्छा हो जायेगा।

कुंअर—हुजूर, अब दर्द बिल्कुल नहीं है। मुझे कभी-कभी यह मर्ज हो जाता है और आप ही आप अच्छा हो जाता है।

डाक्टर—ओ, आप डरता है। डरने की कोई बात नहीं है। आप एक मिनट में अच्छा हो जायगा।

कुंअर—हुजूर, मैं बिल्कुल अच्छा हूं। अब कोई शिकायत नहीं है।

डाक्टर—डरने की कोई बात नहीं, यह सब आदमी यहां से हट जाय, हम एक मिनट में अच्छा कर देगा।

खां साहब ने डाक्टर के काम में कहा—हुजूर, अपनी रात की डबल फीस और गाड़ी का किराया लेकर चले जाएं, इन रईसों के फेर न पड़ें, यह लोग बारहों महीने इसी तरह बीमार रहते हैं। एक हफ्ते तक आकर एक बार देख लिया कीजिए।

डाक्टर साहब की समझ में यह बात आ गई। कल फिर आने का वादा करके चले गये। लोगों के सिर से बला टली। खां साहब की कारगुजारी की तारीफ होने लगी।

कुंअर—खां साहब आप बड़े वक्त पर काम आये। जिन्दगी-भर आपका एहसान मानूंगा।

खां—जनाब, दो सौ चटाने पड़े। कहता था छोटे साहब का हुक्म है। मैं बिला पिचकारी लगाये न जाऊंगा। अंग्रेजों का हाल तो आप जानते हैं। बात के पक्के होते हैं।

कुंअर—यह भी कह दिया न कि छोटे साहब को मेरी बीमारी की इत्तला कर दें और कह दें, वह सफर करने लायक नहीं हैं।

खां—हां साहब, और रुपये दिये किसलिए, क्या मेरा कोई रिश्तोदार था? मगर छोटे साहब को होगी बड़ी तकलीफ। बेचारे ने आपके बंगले के आसरे पर होटल का इन्तजाम भी न किया था। मामला बेढब हुआ।

कुंअर—तो भई, मैं क्या करता, आप ही सोचिए।

खां—यह चाल उल्टी पड़ी। जिस वक्त काटन साहब यहां आये थे, आपको उनसे मिलना चाहिए था। साफ कह देते, आज एक सख्त जरूरत से रुकना पड़ा। लेकिन खैर, मैं साहब के साथ रहूंगा, कोई न कोई इंतजाम हो ही जायगा।

कुंअर—क्या अभी आप जाने का इरादा कर ही रहे हैं! हलफ से कहता हूं, मैं आपको न जाने दूंगा, यहां न जाने कैसी पड़े, कैसी न पड़े। मियां वाजिद देखो, आपके घर कहला दो, बाहर न जायेंगे।

खां—आप अपने साथ मुझे भी डुबाना चाहते हैं। छोटे साहब आपसे नाराज भी हो जाएं तो क्या कर लेंगे, लेकिन मुझसे नाराज हो गये, तो खराब ही कर डालेंगे।

कुंअर—जब तक हम जिन्दा हैं भाई साहब, आपको कोई तिरछी नजर से नहीं देख सकता। जाकर छोटे साहब से कहिए, कुंअर साहब की हालत अच्छी नहीं, मैं अब नहीं जा सकता। इसमें मेरी तरफ से भी उसका दिल साफ हो जायगा और आपकी दोस्ती देखकर आपकी और भी इज्जत करने लगेगा।

खां—अब वह इज्जत करे या न करे, जब आप इतना इसरार कर रहे हैं तो मैं भी इतना बे-मुरौवत नहीं हूं कि आपको छोड़कर चला जाऊं। यह तो हो ही नहीं सकता। जरा देर के लिए घर चला गया, उसका तो इतना तावान देना पड़ा। नैनीताल चला जाऊं तो शायद कोई आपको उठा ही ले जाय।

कुंअर—मजे से दो-चार दिन जल्से देखेंगे, नैनीताल में यह मजे कहां मिलते। व्यास जी, अब तो यों नहीं बैठा जाता। देखिए, आपके भण्डार में कुछ है, दो-चार बोतलें निकालिए, कुछ रंग जमे।*

— 'माधुरी', अप्रैल, 1929

* रतननाथ सरशर कृत 'सैरे कोहसार' के आधार पर।

# कवच

बहुत दिनों की बात है, मैं एक बड़ी रियासत का एक विश्वस्त जा अधिकारी था। जैसी मेरी आदत है, मैं रियासत की धड़ेबन्दियों से पृथक रहता न इधर, न उधर, अपने काम से काम रखता। काजी की तरह शहर के अंदेशे से दुबला न होता था। महल में आये दिन नये-नये शिगूफे खिलते रहते थे, नये-नये तमाशे होते रहते थे, नये-नये षड्यंत्रों की रचना होती रहती थी, पर मुझे किसी पक्ष से सरोकार न था। किसी की बात में दखल न देता था, न किसी की शिकायत करता, न किसी की तारीफ। शायद इसीलिए राजा साहब की मुझ पर कृपा-दृष्टि रहती थी। राजा साहब शीलवान्, दयालु, निर्भीक, उदार और कुछ स्वेच्छाचारी थे। रेजीडेण्ट की खुशामद करना उन्हें पसन्द न था। जिन समाचार पत्रों से दूसरी रियासतें भयभीत रहती थीं और और अपने इलाके में उन्हें आने न देती थीं, वे सब हमारी रियासत में बेरोक-टोक आते थे। एक-दो बार रेजीडेण्ट ने इस बारे में कुछ इशारा भी किया था, लेकिन राजा साहब ने इसकी बिल्कुल परवाह न की। अपने आंतरिक शासन में वह किसी प्रकार का हस्तक्षेप न चाहते थे, इसीलिए रेजीडेण्ट भी उनसे मन ही मन द्वेष करता था।

लेकिन इसका यह आशय नहीं है कि राजा साहब प्रजावत्सल, दूरदर्शी, नीतिकुशल या मितव्ययी शासक थे। यह बात न थी। वे बड़े ही विलासप्रिय, रसिक और दुर्व्यसनी थे। उनका अधिकांश समय विषय-वासना की ही भेंट होता था। रनवास में दर्जनों रानियां थीं, फिर भी आये दिन नई-नई चिड़ियां आती रहती थीं। इस मद में लेशमात्र भी किफायत या कंजूसी न की जाती थी। सौन्दर्य की उपासना उनका गौण स्वभाव-सा हो गया था। इसके लिए वह दीन और ईमान तक की हत्या करने को तैयार रहते थे। वे स्वच्छन्द रहना चाहते थे, और चूंकि सरकार उन्हें बंधनों में डालना चाहती थी, वे उन्हें चिढ़ाने के लिए ऐसे मामले में असाधारण अनुराग और उत्साह दिखाते थे, जिनमें उन्हें प्रजा की सहायता और सहानुभूति का पूरा विश्वास होता था, इसलिए प्रजा उनके दुर्गुणों को भी सद्गुण समझती थी, और अखबार वाले भी सदैव उनकी निर्भीकता और प्रजा-प्रेम के राग अलापते रहते थे।

इधर कुछ दिनों से एक पंजाबी औरत रनवास में दाखिल हुई थी। उसके विषय में तरह-तरह की अफवाहें फैली हुई थीं। कोई कहता था, मामूली, वेश्या है, कोई ऐक्ट्रेस बतलाता था, कोई भले घर की लड़की। न वह बहुत रूपवती थी, न बहुत तरहदार, फिर भी राजा साहब उस पर दिलोजान से फिदा थे। राजकाज से उन्हें यों ही बहुत प्रेम न था, मगर अब तो वे उसी के हाथों बिक गये थे, वही उनके रोम-रोम में व्याप्त हो गई थी। उसके लिए एक नया राज-प्रासाद बन रहा था। नित नये-नये उपहार आते रहते थे। भवन की सजावट के लिए योरोप से नई-नई सामग्रियां मंगवाई थीं। उसे गाना और नाचना सिखाने के लिए इटली, फ्रांस, और जर्मनी के उस्ताद बुलाये गये थे। सारी रियासत में उसी का डंका बजता था। लोगों को आश्चर्य होता था कि इस रमणी में ऐसा कौन-सा गुण है, जिसने राजा साहब को इतना आसक्त और आकर्षित कर रखा है।

एक दिन रात को मैं भोजन करके लेटा ही था कि राजा साहब ने याद फर्माया। मन में एक प्रकार का संशय हुआ कि इस समय खिलाफ मामूल क्यों मेरी तलबी हुई! मैं राजा साहब के अन्तरंग मंत्रियों में से न था, इसलिए भय हुआ कि कहीं कोई विपत्ति तो नहीं आने वाली है। रियासतों में ऐसी दुर्घटनाएं अक्सर होती रहती हैं। जिसे प्रातःकाल राजा साहब की बगल में बैठे हुए देखिए, उसे संध्या समय अपनी जान लेकर रियासत के बाहर भागते हुए भी देखने में आया है। मुझे सन्देह हुआ, किसी ने मेरी शिकायत तो नहीं कर दी! रियासतों में निष्पक्ष रहना भी खतरनाक है। ऐसे आदमी का अगर कोई शत्रु नहीं होता तो कोई मित्र भी नहीं होता। मैंने तुरन्त कपड़े पहने और मन में तरह-तरह की दुष्कल्पनाएं करता हुआ राजा साहब की सेवा में उपस्थित हुआ। लेकिन पहली ही निगाह में मेरे सारे संशय मिट गये। राजा साहब के चेहरे पर क्रोध की जगह विषाद और नैराश्य का गहरा रंग झलक रहा था। आंखों में एक विचित्र याचना झलक रही थी। मुझे देखते ही उन्होंने कुर्सी पर बैठने का इशारा किया, और बोले—'क्यों जी सरदार साहब, तुमने कभी प्रेम किया है? किसी से प्रेम में अपने आपको खो बैठे हो?'

मैं समझ गया कि इस वक्त अदब और लिहाज की जरूरत नहीं। राजा साहब किसी व्यक्तिगत विषय में मुझसे सलाह करना चाहते हैं। निःसंकोच होकर बोला—'दीनबंधु, मैं तो कभी इस जाल में नहीं फंसा।'

राजा साहब ने मेरी तरफ खासदान बढ़ाकर कहा—तुम बड़े भाग्यवान हो, अच्छा हुआ कि तुम इस जाल में नहीं फंसे। यह आंखों को लुभाने वाला सुनहरा जाल है,

यह मीठा किन्तु घातक विष है, यह वह मधुर संगीत है जो कानों को तो भला मालूम होता है, पर हृदय को चूर-चूर कर देता है, यह वह मायामृग है, जिसके पीछे आदमी अपने प्राण ही नहीं, अपनी इज्जत तक खो बैठता है।

उन्होंने गिलास में शराब उडेली और एक चुस्की लेकर बोले—जानते हो मैंने इस सरफराज के लिए कैसी-कैसी परेशानियां उठाई? मैं उसके भौंहों के एक इशारे पर अपना यह सिर उसके पैरों पर रख सकता था, यह सारी रियासत उसके चरणों पर अर्पित कर सकता था। इन्हीं हाथों से मैंने उसका पलंग बिछाया है, उसे हुक्का भर-भरकर पिलाया है, उसके कमरे में झाड़ू लगाई है। वह पलंग से उतरती थी, तो मैं उसकी जूती सीधी करता था। इस खिदमतगुजारी में मुझे कितना आनन्द प्राप्त होता था, तुमसे बयान नहीं कर सकता। मैं उसके सामने जाकर उसके इशारों का गुलाम हो जाता था। प्रभुता और रियासत का गरूर मेरे दिल से लुप्त हो जाता था। उसकी सेवा-सुश्रूषा में मुझे तीनों लोक का राज मिल जाता था, पर इस जालिम ने हमेशा मेरी उपेक्षा की। शायद वह मुझे अपने योग्य ही नहीं समझती थी। मुझे यह अभिलाषा ही रह गई है कि वह एक बार अपनी उन मस्तानी रसीली आंखों से, एक बार उन इक्रगुर भरे हुए होठों से मेरी तरफ मुस्कराती। मैंने समझा था शायद वह उपासना की ही वस्तु है, शायद वह प्रकृति ही से निष्ठुर है, शायद वह प्रणय के भाव से ही वंचित है, शायद उसे इन रहस्यों का ज्ञान ही नहीं। हां, मैंने समझा था, शायद अभी अल्हड़पन उसके प्रेमोद्गारों पर मुहर लगाये हुए है। मैं इस आशा से अपने व्यथित हृदय को तसकीन देता था कि कभी तो मेरी अभिलाषाएं पूरी होंगी, कभी तो उसकी सोई हुई कल्पना जागेगी।

राजा साहब एकाएक चुप हो गये। फिर कदे आदम शीशे की तरफ देखकर शान्त भाव से बोले—मैं इतना कुरूप तो नहीं हूं कि कोई रमणी मुझसे इतनी घृणा करे।

राजा साहब बहुत ही रूपवान आदमी थे। ऊंचा कद था, भरा हुआ बदन, सेब का-सा रंग, चेहरे से तेज झलकता था।

मैंने निर्भीक होकर कहा—इस विषय में तो प्रकृति ने हुजूर के साथ बड़ी उदारता के साथ काम लिया है।

राजा साहब के चेहरे पर एक क्षीण उदास मुस्कराहट दौड़ गई, मगर फिर वही नैराश्य छा गया। बोले, सरदार साहब, मैंने इस बाजार की खूब सैर की है। सम्मोहन और वशीकरण के जितने लटके हैं, उन सबों से परिचित हूं, मगर जिन मंत्रों से मैंने

अब तक हमेशा विजय पाई है, वे सब इस अवसर पर निरर्थक सिद्ध हुए। अन्त को मैंने यही निश्चय किया कि कुआं ही अंधा है, इसमें प्यास को शांत करने की सामर्थ्य नहीं। मगर शोक, कल मुझ पर इस निष्ठुरता और उपेक्षा का रहस्य खुल गया। आह! काश, यह रहस्य कुछ दिन और मुझसे छिपा रहता, कुछ दिन और मैं इसी भ्रम, इसी अज्ञान अवस्था में पड़ा रहता।

राजा साहब का उदास चेहरा एकाएक कठोर हो गया, उन शीतल नेत्रों में ज्वाला-सी चमक उठी, बोले—'देखिए, ये वह पत्र है, जो कल गुप्त रूप से मेरे हाथ लगे हैं। मैं इस वक्त इस बात की जांच-पड़ताल करना व्यर्थ समझता हूं कि ये पत्र मेरे पास किसने भेजे? उसे ये कहां मिले? अवश्य ही ये सरफराज की अहित कामना के इरादे से भेजे गए होंगे। मुझे तो केवल यह निश्चय करना है कि ये पत्र असली हैं या नकली, मुझे तो उनके असली होने में अणुमात्र भी सन्देह नहीं है। मैंने सरफराज की लिखावट देखी है, उसकी बातचीत के अन्दाज से अनभिज्ञ नहीं हूं। उसकी जबान पर जो वाक्य चढ़े हुए हैं, उन्हें खूब जानता हूं। इन पत्रों में वही लिखावट है, बाल बराबर भी फर्क नहीं, वही अन्दाज है, वही शैली है, वही वाक्य हैं, कितनी भीषण परिस्थिति है। इधर मैं तो एक मधुर मुस्कान, एक मीठी अदा के लिए तरसता हूं, उधर प्रेमियों के नाम प्रेमपत्र लिखे जाते हैं, वियोग-वेदना का वर्णन किया जाता है। मैंने इन पत्रों को पढ़ा है, पत्थरसा दिल करके पढ़ा है, खून का घूंट पी-पीकर पढ़ा है और अपनी बोटियों को नोच-नोचकर पढ़ा है! आंखों से रक्त की बूंदें निकल-निकल आई हैं। यह दगा! यह त्रिया-चरित्र!! मेरे महल में रहकर, मेरी कामनाओं को पैरों से कुचलकर, मेरी आशाओं को ठुकराकर ये क्रीड़ाएं होती हैं! मेरे लिए खारे पानी की एक बूंद भी नहीं, दूसरे पर सुधा-जल की वर्षा हो रही है! मेरे लिए एक चुटकी-भर आटा नहीं, दूसरे के लिए षट्रस पदार्थ परसे जा रहे हैं। तुम अनुमान नहीं कर सकते कि इन पत्रों को पढ़कर मेरी क्या दशा हुई।

'पहला उद्वेग जो मेरे हृदय में उठा, वह यह था कि इसी वक्त तलवार लेकर जाऊं और उस बेदर्द के सामने यह कटार अपनी छाती में भोंक लूं। उसी की आंखों के सामने एडियां रगड़-रगड़कर मर जाऊं। शायद मेरे बाद मेरे प्रेम की कद्र करे, शायद मेरे खून के गर्म छींटे उसके वज्र-कठोर हृदय को द्रवित कर दे, लेकिन अन्तस्तल के न मालूम किस प्रदेश से आवाज आई—यह सरासर नादानी है। तुम मर जाओगे और यह छलनी तुम्हारे प्रेमोपहारों से दामन भरे, दिल में तुम्हारी

मूर्खता पर हंसती हुई, दूसरे ही दिन अपने प्रियतम के पास चली जाएगी। दोनों तुम्हारी दौलत के मजे उड़ाएंगे और तुम्हारी वंचित-दलित आत्मा को तड़पाएंगे।

'सरदार साहब, विश्वास मानिए, यह आवाज मुझे अपने ही हृदय के किसी स्थल से सुनाई दी। मैंने उसी वक्त तलवार निकालकर कमर से रख दी। आत्महत्या का विचार जाता रहा, और एक ही क्षण में बदले का प्रबल उद्वेग हृदय में चमक उठा। देह का एक-एक परमाणु एक आन्तरिक ज्वाला से उत्तप्त हो उठा। एक-एक रोएं से आग-सी निकलने लगी। इसी वक्त जाकर उसकी कपटलीला का अन्त कर दूं। जिन आंखों की एक निगाह के लिए अपने प्राण तक निछावर करता था, उन्हें सदैव के लिए ज्योतिहीन कर दूं। उन विषाक्त अधरों को सदैव के लिए स्वरहीन कर दूं। जिस हृदय में इतनी निष्ठुरता, इतनी कठोरता और इतना कपट भरा हुआ हो, उसे चीरकर पैरों से कुचल डालूं। खून-सा सिर पर सवार हो गया। सरफराज की सारी महत्ता, सारा माधुर्य, सारा भाव-विलास दूषित मालूम होने लगा। उस वक्त अगर मुझे मालूम हो जाता कि सरफराज की किसी ने हत्या कर डाली है, तो शायद मैं उस हत्यारे के पैरों का चुम्बन करता। अगर सुनता कि वह मरणासन्न है तो उसके दम तोड़ने का तमाशा करता, खून का दृढ़ संकल्प करके मैंने दुहरी तलवारें कमर में लगाई और उसके शयनागार में दाखिल हुआ। जिस द्वार पर जाते ही आशा और भय का संग्राम होने लगता था, वहां पहुंचकर इस वक्त मुझे वह आनन्द हुआ जो शिकारी को शिकार करने में होता है। सरदार साहब, उन भावनाओं और उद्गारों का जिक्र न करूंगा, जो उस समय मेरे हृदय को आन्दोलित करने लगे। अगर वाणी में इतनी सामर्थ्य हो भी, तो मन को इस चर्चा से उद्विग्न नहीं करना चाहता। मैंने दबे पांव कमरे में कदम रखा। सरफराज विलासमय निद्रा में मग्न थी। मगर उसे देखकर मेरे हृदय में एक विचित्र करुणा उत्पन्न हुई। जी हां, वह क्रोध और उत्ताप न जाने कहां गायब हो गया। उसका क्या अपराध है? यह प्रश्न आकस्मिक रूप से मेरे हृदय में पैदा हुआ। उसका क्या अपराध है? अगर उसका वही अपराध है जो इस समय मैं कर रहा हूं, तो मुझे उससे बदला लेने का क्या अधिकार है? अगर वह अपने प्रियतम के लिए उतनी ही विकल, उतनी ही अधीर, उतनी ही आतुर है, जितना मैं हूं, तो उसका क्या दोष है? जिस तरह मैं अपने दिल से मजबूर हूं, क्या वह भी अपने दिल से मजबूर नहीं हो सकती? अगर मुझे कोई औरत बन्धन में डाल दे और बहुमूल्य रत्नों से मेरे प्रेम को बिसाहना चाहे, तो क्या मैं उसके प्रेम में अनुरक्त हो जाऊंगा? शायद नहीं। मैं मौका पाते ही भाग निकलूंगा। यह मेरा अन्याय है। अगर

मुझमें वह गुण होते, जो उसके अज्ञात प्रियतम में हैं, तो उसकी तबीयत क्यों मेरी ओर आकर्षित न होती? मुझमें वे बातें नहीं हैं कि मैं उसका जीवन-सर्वस्व बन सकूं। अगर मुझे कोई कड़वी चीज अच्छी नहीं लगती, तो मैं स्वभावतः हलवाई की दुकान की तरफ जाऊंगा, जो मिठाइयां बेचता है। सम्भव है धीरे-धीरे मेरी रुचि बदल जाय और मैं कड़वी चीजें पसन्द करने लगूं। लेकिन बलात् तलवार की नोक पर कोई कड़वी चीज मेरे मुंह में नहीं डाल सकता।

इन विचारों ने मुझे पराजित कर दिया। वह सूरत, जो एक क्षण पहले मुझे काटे खाती थी उसमें पहले से शतगुणा आकर्षण था। अब तक मैंने उसको निद्रा-मग्न न देखा था, निद्रावस्था में उसका रूप और भी निष्कलंक और अनिन्द्य मालूम हुआ। जागृति में निगाह कभी आंखों के दर्शन करती, कभी अधरों के, कभी कपोलों के। इस नींद में उसका रूप अपनी सम्पूर्ण कलाओं से चमक रहा था। रूप-छटा था कि दीपक जल रहा था।'

राजा साहब ने फिर प्याला मुंह से लगाया, और बोले—'सरदार साहब, मेरा जोश ठंडा हो गया। जिससे प्रेम हो गया, उससे द्वेष नहीं हो सकता, चाहे वह हमारे साथ कितना ही अन्याय क्यों न करे। जहां प्रेमिका प्रेमी के हाथों कत्ल हो, वहां समझ लीजिए कि प्रेम न था, केवल विषय-लालसा थी, मैं वहां से चला आया, लेकिन चित्त किसी तरह शान्त नहीं होता। तब से अब तक मैंने क्रोध को जीतने की भरसक कोशिश की, मगर असफल रहा। जब तक वह शैतान जिन्दा है, मेरे पहलू में एक कांटा खटकता रहेगा, मेरी छाती पर सांप लोटता रहेगा। वही काला नाग फन उठाये हुए उस रत्न-राशि पर बैठा हुआ है, वही मेरे और सरफराज के बीच में लोहे की दीवार बना हुआ है, वही इस दूध की मक्खी है। उस सांप का सिर कुचलना होगा, उस दीवार को जड़ से खोदकर फेंक देना होगा, उस मक्खी को निकाल देना होगा, जब तक मैं अपनी आंखों से उसकी धज्जियां बिखरते न देखूंगा, मेरी आत्मा को संतोष न होगा। परिणाम की कोई चिन्ता नहीं कुछ भी हो, मगर उस नर-पिशाच को जहन्नुम दाखिल करके दम लूंगी।'

यह कहकर राजा साहब ने मेरी ओर पूर्ण नेत्रों से देखकर कहा—बतलाइए आप मेरी क्या मदद कर सकते हैं?

मैंने विस्मय से कहा—मैं?

राजा साहब ने मेरा उत्साह बढ़ाते हुए कहा–'हां, आप। आप जानते हैं, मैंने इतने आदमियों को छोड़कर आपको क्यों अपना विश्वासपात्र बनाया और क्यों

आपसे यह भिक्षा मांगी? यहां ऐसे आदमियों की कमी नहीं है, जो मेरा इशारा पाते ही उस दुष्ट के टुकड़े उड़ा देंगे, सरे बाजार उसके रक्त से भूमि को रंग देंगे। जी हां, एक इशारे से उसकी हड्डियों का बुरादा बना सकता हूं, उसके नहों में कीलें ठुकवा सकता हूं, मगर मैंने सबको छोड़कर आपको छांटा, जानते हो क्यों? इसलिए कि मुझे तुम्हारे ऊपर विश्वास है, वह विश्वास जो मुझे अपने निकटतम आदमियों पर भी नहीं, मैं जानता हूं कि तुम्हारे हृदय में यह भेद उतना ही गुप्त रहेगा, जितना मेरे। मुझे विश्वास है कि प्रलोभन अपनी चरम शक्ति का उपयोग करके भी तुम्हें नहीं डिगा सकता। पाशविक अत्याचार भी तुम्हारे अधरों को नहीं खोल सकते, तुम बेवफाई न करोगे, दगा न करोगे, इस अवसर से अनुचित लाभ न उठाओगे, जानते हो, इसका पुरस्कार क्या होगा? इसके विषय में तुम कुछ भी शंका न करो। मुझमें और चाहे कितने ही दुर्गुण हों, कृतघ्नता का दोष नहीं है। बड़े से बड़ा पुरस्कार जो मेरे अधिकार में है, वह तुम्हें दिया जाएगा। मनसब, जागीर, धन, सम्मान सब तुम्हारी इच्छानुसार दिये जाएंगे। इसका सम्पूर्ण अधिकार तुमको दिया जाएगा, कोई दखल न देगा। तुम्हारी महत्वाकांक्षा को उच्चतम शिखर तक उड़ने की आजादी होगी। तुम खुद फरमान लिखोगे और मैं उस पर आंखें बंद करके दस्तखत करूंगा; बोलो, कब जाना चाहते हो? उसका नाम और पता इस कागज पर लिखा हुआ है, इसे अपने हृदय पर अकित कर लो, और कागज फाड़ डालो। तुम खुद समझ सकते हो कि मैंने कितना बड़ा भार तुम्हारे ऊपर रखा है। मेरी आबरू, मेरी जान, तुम्हारी मुट्ठी में है। मुझे विश्वास है कि तुम इस काम को सुचारु रूप से पूरा करोगे। जिन्हें अपना सहयोगी बनाओगे, वे भरोसे के आदमी होंगे। तुम्हें अधिकतम बुद्धिमत्ता, दूरदर्शिता और धैर्य से काम लेना पड़ेगा। एक असंयत शब्द, एक क्षण का विलम्ब, जरा-सी लापरवाही मेरे और तुम्हारे दोनों के लिए प्राणघातक होगी। दुश्मन घात में बैठा हुआ है, 'कर तो डर, न कर तो डर' का मामला है। यों ही गद्दी से उतारने के मंसूबे सोचे जा रहे हैं, इस रहस्य के खुल जाने पर क्या दुर्गति होगी, इसका अनुमान तुम आप कर सकते हो। मैं बर्मा में नजरबन्द कर दिया जाऊंगा, रियासत गैरों के हाथ में चली जाएगी और मेरा जीवन नष्ट हो जाएगा। मैं चाहता हूं कि आज ही चले जाओ। यह इम्पीरियल बैंक का चेक बुक है, मैंने चेकों पर दस्तखत कर दिए हैं, जब जितने रुपयों की जरूरत हो, ले लेना।

'मेरा दिमाग सातवें आसमान पर जा पहुंचा। अब मुझे मालूम हुआ कि प्रलोभन में ईमान को बिगाड़ने की कितनी शक्ति होती है। मुझे जैसे कोई नशा

हो गया। मैंने एक किताब में पढ़ा था कि अपने भाग्य-निर्माण का अवसर हर एक आदमी को मिलता है और एक ही बार। जो इस अवसर को दोनों हाथों से पकड़ लेता है, वह मर्द है, जो आगा-पीछा में पड़कर उसे छोड़ देता है, वह कायर होता है। एक को धन, यश, गौरव नसीब होता है और दूसरा खेद, लज्जा और दुर्दशा में रोरोकर जिंदगी के दिन काटता है। फैसला करने के लिए केवल एक क्षण का समय मिलता है। वह समय कितना बहुमूल्य होता है। मेरे जीवन में यह वही अवसर था। मैंने उसे दोनों हाथों से पकड़ने का निश्चय कर लिया। सौभाग्य अपनी सर्वोत्तम सिद्धियों का थाल लिए मेरे सामने हाजिर है, वह सारी विभूतियां, जिनके लिए आदमी जीता-मरता है, मेरा स्वागत करने के लिए खड़ी हैं। अगर इस समय मैं उनकी उपेक्षा करूं, तो मुझ जैसा अभागा आदमी संसार में न होगा। माना कि बड़े जोखिम का काम है, लेकिन पुरस्कार तो देखो। दरिया में गोता लगाने ही से तो मोती मिलता है, तख्त पर बैठे हुए कायरों के लिए कौड़ियों और घोंघों के सिवा और क्या है? माना कि बेगुनाह के खून से हाथ रंगना पड़ेगा। क्या मुजायका! बलिदान से ही वरदान मिलता है। संसार समर भूमि है। यहां लाशों का जीना बनाकर उन्नति के शिखर पर चढ़ना पड़ता है। खून के नालों में तैरकर ही विजय-तट मिलता है। संसार का इतिहास देखो, सफल पुरुषों का चरित्र रक्त के अक्षरों में लिखा हुआ है। वीरों ने सदैव खून के दरिया में गोते लगाये हैं, खून की होलियं खेली हैं। खून का डर दुर्बलता और कम हिम्मती का चिह्न है। कर्मयोगी की दृष्टि लक्ष्य पर रहती है, मार्ग पर नहीं, शिखर पर रहती है, मध्यवर्ती चट्टानों पर नहीं, मैंने खड़े होकर अर्ज की—गुलाम इस खिदमत के लिए हाजिर है।'

राजा साहब ने सम्मान की दृष्टि से देखकर कहा—मुझे तुमसे यही आशा थी। तुम्हारा दिल कहता है कि यह काम पूरा कर आओगे?

'मुझे विश्वास है।'

'मेरा भी यही विचार था। देखो, एक-एक क्षण का समाचार भेजते रहना।' '

ईश्वर ने चाहा तो हुजूर को शिकायत का कोई मौका न लिंगा।'

'ईश्वर का नाम न लो, ईश्वर ऐसे मौके के लिए नहीं है। ईश्वर की मदद उस वक्त मांगो, जब अपना दिल कमजोर हो। जिसकी बांहों में शक्ति, मन में संकल्प, बुद्धि में बल और साहस है, वह ईश्वर का आश्रय क्यों ले? अच्छा, जाओ और जल्द सुर्खरू होकर लौटो, आखें तुम्हारी तरफ लगी रहेंगी।'

# 2

मैंने आत्मा की आलोचनाओं को सिर तक न उठाने दिया। उस दुष्ट को क्या अधिकार था कि वह सरफराज से ऐसा कुत्सित सम्बंध रखे, जब उसे मालूम था कि राजा साहब ने, उसे अपने हरम में दाखिल कर लिया है? यह लगभग उतना ही गर्हित अपराध है, जितना किसी विवाहित स्त्री को भगा ले जाना। सरफराज एक प्रकार से विवाहिता है, ऐसी स्त्री से पत्र-व्यवहार करना और उस पर डोरे डालना किसी दशा में भी क्षम्य नहीं हो सकता। ऐसे संगीन अपराध की सजा भी उतनी ही संगीन होनी चाहिए। अगर मेरे हृदय में उस वक्त तक कुछ दुर्बलता, कुछ संशय, कुछ अविश्वास था, तो इस तर्क ने उसे दूर कर दिया। सत्य का विश्वास सत्-साहस का मंत्र है। अब वह खून मेरी नजरों में पापमय हत्या नहीं, जायज खून था और उससे मुंह मोड़ना लज्जाजनक कायरता।

गाड़ी के जाने में अभी दो घण्टे की देर थी। रात-भर का सफर था, लेकिन भोजन की ओर बिल्कुल रुचि न थी। मैंने सफर की तैयारी शुरू की। बाजार से एक नकली दाढ़ी लाया, ट्रंक में दो रिवाल्वर रख लिये, फिर सोचने लगा, किसे अपने साथ ले चलूं? यहां से किसी को ले जाना तो नीति-विरुद्ध है। फिर क्या अपने भाई साहब को तार दूं? हां, यही उचित है। उन्हें लिख दूं कि मुझसे बम्बई में आकर मिलें, लेकिन नहीं, भाई साहब को क्यों फंसाऊ? कौन जाने क्या हो? बम्बई में ऐसे आदमी की क्या कमी? एक लाख रुपये का लालच दूंगा। चुटकियों में काम हो जाएगा। वहां एक से एक शातिर पड़े हैं, जो चाहें तो फरिश्तों का भी खून कर आयें। बस, इन महाशय को किसी हिकमत से किसी वेश्या के कमरे में लाया जाय और वहीं उनका काम तमाम कर दिया जाय। या समुद्र के किनारे जब वह हवा खाने निकलें, तो वहीं मारकर लाश समुद्र में डाल दी जाय।

अभी चूंकि देर थी, मैंने सोचा, लाओ सन्ध्या कर लूं। ज्योंही सन्ध्या के कमरे में कदम रखा, माता जी के तिरंगे चित्र पर नजर पड़ी। मैं मूर्ति-पूजक नहीं हूं, धर्म की ओर मेरी प्रवृत्ति नहीं है, न कभी कोई व्रत रखता हूं, लेकिन न जाने क्यों, उस चित्र को देखकर अपनी आत्मा में एक प्रकाश का अनुभव करता हूं। उन आंखों में मुझे अब भी वही वात्सल्यमय ज्योति, वही दैवी आशीर्वाद मिलता है, जिसकी बाल-स्मृति अब भी मेरे हृदय को गद्गद कर देती है। वह चित्र मेरे

लिए चित्र नहीं, बल्कि सजीव प्रतिमा है, जिसने मेरी सृष्टि की है और अब भी मुझे जीवन प्रदान कर रही है। उस चित्र को देखकर मैं यकायक चौंक पड़ा, जैसे कोई आदमी उस वक्त चोर के कंधे पर हाथ रख दे जब वह सेंध मार रहा हो। इस चित्र को रोज ही देखा करता था, दिन में कई बार उस पर निगाह पड़ती थी पर आज मेरे मन की जो दशा हुई, वह कभी न हुई थी। मालूम हुआ कि वह आंखें धिक्कार रही हैं। उनमें कितनी वेदना थी, कितनी लज्जा और कितना क्रोध! मानो वह कह रही थी, मुझे तुझसे ऐसी आशा न थी। मैं उस तरफ ताक न सका। फौरन आंखें झुका लीं। उन आंखों के सामने खड़े होने की हिम्मत मुझे न हुई। वह तसवीर की आंखें न थीं, सजीव, तीव्र और ज्वालामय, हृदय में पैठने वाली, नोकदार भाले की तरह हृदय में चुभने वाली आंखें थीं। मुझे ऐसा मालूम हुआ, गिर पड़ूंगा। मैं वहीं फर्श पर बैठ गया। मेरा सिर आप ही आप झुक गया। बिल्कुल अज्ञातरूप से मानो किसी दैवी प्रेरणा से मेरे संकल्प में एक क्रान्ति-सी हो गई। उस सत्य के पुतले, उस प्रकाश की प्रतिमा ने मेरी आत्मा को सजग कर दिया। मन में क्या-क्या भाव उत्पन्न हुए, क्या-क्या विचार उठे, इसकी मुझे खबर नहीं। मैं इतना ही जानता हूं कि मैं एक सम्मोहित दशा में घर से निकला मोटर तैयार कराई और दस बजे राजा साहब की सेवा में जा पहुंचा। मेरे लिए उन्होंने विशेष रूप से ताकीद कर दी थी जिस वक्त चाहूं, उनसे मिल सकूं। कोई अड़चन न पड़ी। मैं जाकर नम्र भाव से बोला—हुजूर, कुछ अर्ज करना चाहता हूं।

राजा साहब अपने विचार में इस समस्या को सुलझाकर इस वक्त इत्मीनान की सांस ले रहे थे। मुझे देखकर उन्हें किसी नई उलझन का संदेह हुआ। त्योरियों पर बल पड़ गये, मगर एक ही क्षण में नीति ने विजय पाई, मुस्कराकर बोले—हां हां, कहिए, कोई खास बात?

मैंने निर्भीक होकर कहा—मुझे क्षमा कीजिए, मुझसे यह काम न होगा।

राजा साहब का चेहरा पीला पड़ गया, मेरी ओर विस्मय से देखकर बोले—इसका मतलब?

'मैं यह काम न कर सकूंगा।'

'क्यों?'

'मुझमें वह सामर्थ्य नहीं है।'

राजा साहब ने व्यंगपूर्ण नेत्रों से देखकर कहा—शायद आत्मा जागृत हो गई,

क्यों? वही बीमारी, जो कायरों और ना मर्दों को हुआ करती है। अच्छी बात है, जाओ।

'हुजूर, आप मुझसे नाराज न हों, मैं अपने में वह ...।'

राजा साहब ने सिंह की भांति आग्नेय नेत्रों से देखते हुए गरजकर कहा—मत बको, नमक ...

फिर कुछ नम्र होकर बोले—तुम्हारे भाग्य में ठोकरें खाना ही लिखा है। मैंने तुम्हें वह अवसर दिया था, जिसे कोई दूसरा आदमी दैवी वरदान समझता, मगर तुमने उसकी कद्र न की। तुम्हारी तकदीर तुमसे फिरी हुई है। हमेशा गुलामी करोगे और धक्के खाओगे। तुम जैसे आदमियों के लिए गेरुए बाने हैं और कमण्डल तथा पहाड़ की एक गुफा। इस धर्म और अधर्म की समस्या पर विचार करने के लिए उसी वैराग्य की जरूरत है। संसार मर्दों के लिए है।

मैं पछता रहा था कि मैंने पहले ही क्यों न इन्कार कर दिया।

राजा साहब ने एक क्षण के बाद फिर कहा—अब भी मौका है, फिर सोचो।

मैंने उसी नि:शंक तत्परता के साथ कहा—हुजूर, मैंने खूब सोच लिया है।

राजा साहब होंठ दांतों से काटकर बोले—बेहतर है, जाओ और आज ही रात को मेरे राज्य की सीमा के बाहर निकल जाओ। शायद कल तुम्हें इसका अवसर न मिले। मैं न मालूम क्या समझकर तुम्हारी जान बख्शी कर रहा हूं। न जाने कौन मेरे हृदय में बैठा हुआ तुम्हारी रक्षा कर रहा है। मैं इस वक्त अपने आप में नहीं हूं, लेकिन मुझे तुम्हारी शराफत पर भरोसा है। मुझे अब भी विश्वास है कि इस मामले को तुम दीवार के सामने भी जबान पर न लाओगे।

मैं चुपके से निकल आया और रातों-रात राज्य के बाहर पहुंच गया। मैंने उस चित्र के सिवा और कोई चीज अपने साथ न ली।

इधर सूर्य ने पूर्व की सीमा में पदार्पण किया, उधर मैं रियासत की सीमा से निकल कर अंग्रेजी इलाके में जा पहुंचा।

—'विशाल भारत', दिसम्बर, 1929.

# दूसरी शादी

जब मैं अपने चार साल के लड़के रामसरूप को गौर से देखता हूं तो ऐसा मालूम होता है कि उसमें वह भोलापन और आकर्षण नहीं रहा जो कि दो साल पहले था। वह मुझे अपनी सुर्ख और रंजीदा आंखों से घूरता हुआ नजर आता है। उसकी इस हालत को देखकर मेरा कलेजा कांप उठता है और मुझे वह वादा याद आ जाता है जो मैंने दो साल हुए उसकी मां के साथ, जबकि वह मृत्यु-शय्या पर थी, किया था। आदमी इतना स्वार्थी और अपनी इन्द्रियों का इतना गुलाम है कि अपना फर्ज किसी-किसी वक्त ही महसूस करता है। उस दिन जबकि डाक्टर नाउम्मीद हो चुके थे, उसने रोते हुए मुझसे पूछा था, क्या तुम दूसरी शादी कर लोगे? जरूर कर लेना। फिर चौंककर कहा, मेरे राम का क्या बनेगा? उसका ख्याल रखना, अगर हो सके।

मैंने कहा, हां-हां, मैं वादा करता हूं कि मैं कभी दूसरी शादी न करूंगा और रामसरूप, तुम उसकी फिक्र न करो, क्या तुम अच्छी न होगी? उसने मेरी तरफ हाथ फेंक दिया, जैसे कहा, लो अलविदा। दो मिनट बाद दुनिया मेरी आंखों में अंधेरी हो गई। रामसरूप बे-मां का हो गया। दो-तीन दिन उसको कलेजे से चिमटाये रखा। आखिर छुट्टी पूरी होने पर उसको पिता जी के सुपुर्द करके मैं फिर अपनी ड्यूटी पर चला गया।

दो-तीन महीने दिल बहुत उदास रहा। नौकरी की, क्योंकि उसके सिवाय चारा न था। दिल में कई मंसूबे बांधता रहा। दो-तीन साल नौकरी करके रुपया लेकर दुनिया की सैर को निकल जाऊंगा, यह करूंगा, वह करूंगा, अब कहीं दिल नहीं लगता।

घर से खत बराबर आ रहे थे कि फलां-फलां जगह से नाते आ रहे हैं, आदमी बहुत अच्छे हैं, लड़की अकल की तेज और खूबसूरत है, फिर ऐसी जगह नहीं मिलेगी। आखिर करना है ही, कर लो। हर बात में मेरी राय पूछी जाती थी।

लेकिन मैं बराबर इनकार किये जाता था। मैं हैरान था कि इंसान किस तरह दूसरी शादी पर आमादा हो सकता है! जबकि उसकी सुन्दर और पतिप्राणा स्त्री को, जो कि उसके लिए स्वर्ग की एक भेंट थी, भगवान् ने एक बार छीन लिया।

वक्त बीतता गया। फिर यार-दोस्तों के तकाजे शुरू हो गये। कहने लगे, जाने भी दो, औरत पैर की जूती है, जब एक फट गई, दूसरी बदल ली। स्त्री का कितना भयानक अपमान है, यह कहकर मैं उनका मुंह बन्द कर दिया करता था। जब हमारी सोसायटी जिसका इतना बड़ा नाम है, हिन्दू विधवा को दुबारा शादी कर लेने की इजाजत नहीं देती तो मुझको शोभा नहीं देता कि मैं दुबारा एक कुंवारी से शादी कर लूं। जब तक यह कलंक हमारी कौम से दूर नहीं हो जाता, मैं हर्गिज, कुंवारी तो दूर की बात है, किसी विधवा से भी ब्याह न करूंगा। खयाल आया, चलो नौकरी छोड़कर इसी बात का प्रचार करें। लेकिन मंच पर अपने दिल के खयालात जबान पर कैसे लाऊंगा। भावनाओं को व्यावहारिक रूप देने में, चरित्र मजबूत बनाने में, जो कहना उसे करके दिखाने में, हममें कितनी कमी है, यह मुझे उस वक्त मालूम हुआ जबकि छः माह बाद मैंने एक कुंवारी लड़की से शादी कर ली।

घर के लोग खुश हो रहे थे कि चलो किसी तरह माना। उधर उस दिन मेरी बिरादरी के दो-तीन पढ़े-लिखे रिश्तेदारों ने डांट बताई—तुम जो कहा करते थे मैं बेवा से ही शादी करूंगा, लम्बा-चौड़ा व्याख्यान दिया करते थे, अब वह तमाम बातें किधर गईं? तुमने तो एक उदाहरण भी न रखा जिस पर हम चल सकते। मुझ पर जैसे घड़ों पानी फिर गया। आंखें खुल गईं। जवानी के जोश में क्या कर गुजरा। पुरानी भावनाएं फिर उभर आईं और आज भी मैं उन्हीं विचारों में डूबा हुआ हूं।

सोचा था—नौकर लड़के को नहीं सम्हाल सकता, औरतें ही इस काम के लिए ठीक हैं। ब्याह कर लेने पर, जब औरत घर में आयेगी तो रामसरूप को अपने पास बाहर रख सकूंगा और उसका खास खयाल रखूंगा लेकिन वह सब कुछ गलत अक्षर की तरह मिट गया। रामसरूप को आज फिर वापस गांव पिता जी के पास भेजने पर मजबूर हूं। क्यों, यह किसी से छिपा नहीं। औरत का अपने सौतेले बेटे से प्यार करना एक असम्भव बात है। ब्याह के मौके पर सुना था लड़की बड़ी नेक है, स्वजनों का खास खयाल रखेगी और अपने बेटे की तरह समझेगी लेकिन सब झूठ। औरत चाहे कितनी नेकदिल हो वह कभी अपने सौतेले बच्चे से प्यार नहीं कर सकती।

और यह हार्दिक दुख वह वादा तोड़ने की सजा है जो कि मैंने एक नेक बीवी से उसके आखिरी वक्त में किया था।

— 'चन्दन', सितम्बर, 1931

# सौत

जब रजिया के दो-तीन बच्चे होकर मर गये और उम्र ढल चली, तो रामू का प्रेम उससे कुछ कम होने लगा और दूसरे ब्याह की धुन सवार हुई। आये दिन रजिया से बकझक होने लगी। रामू एक-न-एक बहाना खोजकर रजिया पर बिगड़ता और उसे मारता। और अन्त को वह नई स्त्री ले ही आया। इसका नाम था दासी। चम्पई रंग था, बड़ी-बड़ी आंखें, जवानी की उम्र। पीली, कृशांगी रजिया भला इस नवयौवना के सामने क्या जंचती! फिर भी वह जाते हुए स्वामित्व को, जितने दिन हो सके अपने अधिकार में रखना चाहती थी। गिरते हुए छप्पर को थूनियों से सम्हालने की चेष्टा कर रही थी। इस घर को उसने मर-मरकर बनाया है। उसे सहज ही में नहीं छोड़ सकती। वह इतनी बेसमझ नहीं है कि घर छोड़कर चली जाय और दासी राज करे।

## 2

एक दिन रजिया ने रामू से कहा—मेरे पास साड़ी नहीं है, जाकर ला दो।

रामू उसके एक दिन पहले दासी के लिए अच्छी-सी चुंदरी लाया था। रजिया की मांग सुनकर बोला—मेरे पास अभी रुपया नहीं था।

रजिया को साड़ी की उतनी चाह न थी जितनी रामू और दसिया के आनन्द में विघ्न डालने की। बोली—रुपये नहीं थे, तो कल अपनी चहेती के लिए चुंदरी क्यों लाये? चुंदरी के बदले उसी दाम में दो साड़ियां लाते, तो एक मेरे काम न आ जाती?

रामू ने स्वेच्छा भाव से कहा—मेरी इच्छा, जो चाहूंगा, करूंगा, तू बोलने वाली कौन है? अभी उसके खाने-खेलने के दिन हैं। तू चाहती है, उसे अभी से नोन-तेल की चिन्ता में डाल दूं। यह मुझसे न होगा। तुझे ओढ़ने-पहनने की साध है तो काम करे, भगवान् ने क्या हाथ-पैर नहीं दिये। पहले तो घड़ी रात उठकर काम-धंधे में लग जाती थी। अब उसकी डाह में पहर दिन तक पड़ी रहती है। तो रुपये क्या आकाश से गिरेंगे? मैं तेरे लिए अपनी जान थोड़े ही दे दूंगा।

रजिया ने कहा— तो क्या मैं उसकी लौंडी हूं कि वह रानी की तरह पड़ी रहे और मैं घर का सारा काम करती रहूं? इतने दिनों छाती फाड़कर काम किया, उसका यह फल मिला, तो अब मेरी बला काम करने जाती है।

'मैं जैसे रखूंगा, वैसे ही तुझे रहना पड़ेगा।'

'मेरी इच्छा होगी रहूंगी, नहीं अलग हो जाऊंगी।'

'जो तेरी इच्छा हो, कर, मेरा गला छोड़।'

'अच्छी बात है। आज से तेरा गला छोड़ती हूं। समझ लूंगी विधवा हो गई।'

## 3

रामू दिल में इतना तो समझता था कि यह गृहस्थी रजिया की जोड़ी हुई है, चाहे उसके रूप में उसके लोचन-विलास के लिए आकर्षण न हो। सम्भव था, कुछ देर के बाद वह जाकर रजिया को मना लेता, पर दासी भी कूटनीति में कुशल थी। उसने गर्म लोहे पर चोटें जमाना शुरू कीं। बोली—आज देवी जी किस बात पर बिगड़ रही थीं?

रामू ने उदास मन से कहा—तेरी चुंदरी के पीछे रजिया महाभारत मचाये हुए है। अब कहती है, अलग रहूंगी। मैंने कह दिया, तेरी जो इच्छा हो कर।

दसिया ने आंखें मटकाकर कहा—यह सब नखरे हैं कि आकर हाथ-पांव जोड़ें, मनावन करें, और कुछ नहीं। तुम चुपचाप बैठे रहो। दो-चार दिन में आप ही गरमी उतर जायगी। तुम कुछ बोलना नहीं, नहीं उसका मिजाज और आसमान पर चढ़ जायगा।

रामू ने गम्भीर भाव से कहा—दासी, तुम जानती नहीं हो, वह कितनी घमण्डिन है। वह मुंह से जो बात कहती है, उसे करके छोड़ती है।

रजिया को भी रामू से ऐसी कृतघ्नता की आशा न थी। वह जब पहले की-सी सुन्दरी नहीं, इसलिए रामू को अब उससे प्रेम नहीं है। पुरुष चरित्र में यह कोई असाधारण बात न थी, लेकिन रामू उससे अलग रहेगा, इसका उसे विश्वास न आता था। यह घर उसी ने पैसा-पैसा जोड़कर बनवाया। गृहस्थी भी उसी की जोड़ी हुई है। अनाज का लेन-देन उसी ने शुरू किया। इस घर में आकर उसने कौन-कौन-से कष्ट नहीं झेले, इसीलिए तो कि पौरुख थक जाने पर एक टुकड़ा चैन से खायगी और पड़ी रहेगी, और आज वह इतनी निर्दयता से दूध की मक्खी की तरह निकालकर फेंक

दी गई! रामू ने इतना भी नहीं कहा—तू अलग नहीं रहने पायेगी। मैं या खुद मर जाऊंगा या तुझे मार डालूंगा, पर तुझे अलग न होने दूंगा। तुझसे मेरा ब्याह हुआ है। हंसी-ठट्ठा नहीं है। तो जब रामू को उसकी परवाह नहीं है, तो वह रामू की क्यों परवाह करे। क्या सभी स्त्रियों के पुरुष बैठे होते हैं। सभी के मां-बाप, बेटे-पोते होते हैं। आज उसके लड़के जीते होते, तो मजाल थी कि यह नई स्त्री लाते, और मेरी यह दुर्गति करते? इस निर्दई को मेरे ऊपर इतनी भी दया न आई?

नारी-हृदय की सारी परवशता इस अत्याचार से विद्रोह करने लगी। वही आग जो मोटी लकड़ी को स्पर्श भी नहीं कर सकती, फूस को जलाकर भस्म कर देती है।

## 4

दूसरे दिन रजिया एक दूसरे गांव में चली गई। उसने अपने साथ कुछ न लिया। जो साड़ी उसकी देह पर थी, वही उसकी सारी सम्पत्ति थी। विधाता ने उसके बालकों को पहले ही छीन लिया था! आज घर भी छीन लिया!

रामू उस समय दासी के साथ बैठा हुआ आमोद-विनोद कर रहा था। रजिया को जाते देखकर शायद वह समझ न सका कि वह चली जा रही है। रजिया ने यही समझा। इस तरह चोरों की भांति वह जाना भी न चाहती थी। वह दासी को, उसके पति को और सारे गांव को दिखा देना चाहती थी कि वह इस घर से घेले की भी चीज नहीं ले जा रही है। गांव वालों की दृष्टि में रामू का अपमान करना ही उसका लक्ष्य था। उसके चुपचाप चले जाने से तो कुछ भी न होगा। रामू उलटा सबसे कहेगा, रजिया घर की सारी सम्पदा उठा ले गई।

उसने रामू को पुकारकर कहा—सम्हालो अपना घर। मैं जाती हूं। तुम्हारे घर की कोई भी चीज अपने साथ नहीं ले जाती।

रामू एक क्षण के लिए कर्तव्य-भ्रष्ट हो गया। क्या कहे, उसकी समझ में नहीं आया। उसे आशा न थी कि वह यों जायगी। उसने सोचा था, जब वह घर ढोकर ले जाने लगेगी, तब वह गांव वालों को दिखाकर उनकी सहानुभूति प्राप्त करेगा। अब क्या करे।

दसिया बोली—जाकर गांव में ढिंढोरा पीट आओ। यहां किसी का डर नहीं है। तुम अपने घर से ले ही क्या आई थीं, जो कुछ लेकर जाओगी।

रजिया ने उसके मुंह न लगकर रामू ही से कहा—सुनते हो, अपनी चहेती की बातें। फिर भी मुंह नहीं खुलता। मैं तो जाती है, लेकिन दस्सो रानी, तुम भी बहुत दिन राज न करोगी। ईश्वर के दरबार में अन्याय नहीं फलता। वह बड़े-बड़े घमण्डियों का घमण्ड चूर कर देते हैं।

दसिया ठट्ठा मारकर हंसी, पर रामू ने सिर झुका लिया। रजिया चली गई।

## 5

रजिया जिस नये गांव में आई थी, वह रामू के गांव से मिला ही हुआ था, (अतएव यहां के लोग उससे परिचित हैं। वह कैसी कुशल गृहिणी है, कैसी मेहनती, कैसी बात की सच्ची, यह यहां किसी से छिपा न था। रजिया को मजूरी मिलने में कोई बाधा न हुई। जो एक लेकर दो का काम करे, उसे काम की क्या कमी?

तीन साल तक रजिया ने कैसे काटे, कैसे एक नई गृहस्थी बनाई, कैसे खेती शुरू की, इसका बयान करने बैठें, तो पोथी हो जाय। संचय के जितने मंत्र हैं, जितने साधन हैं, वे रजिया को खूब मालूम थे। फिर अब उसे लाग हो गई थी और लाग में आदमी की शक्ति का वारापार नहीं रहता। गांव वाले उसका परिश्रम देखकर दाँतों उंगली दबाते थे। वह रामू को दिखा देना चाहती है—मैं तुमसे अलग होकर भी आराम से रह सकती हूं। वह अब पराधीन नारी नहीं है। अपनी कमाई खाती है।

रजिया के पास बैलों की एक अच्छी जोड़ी है। रजिया उन्हें केवल खली-भूसी देकर नहीं रह जाती, रोज दो-दो रोटियाँ भी खिलाती है। फिर उन्हें घंटों सहलाती। कभी-कभी उनके कंधों पर सिर रखकर रोती है और कहती है, अब बेटे हो तो, पति हो तो तुम्ही हो। मेरी लाज अब तुम्हारे ही हाथ है। दोनों बैल शायद रजिया की भाषा और भाव समझते हैं। वे मनुष्य नहीं, बैल हैं। दोनों सिर नीचा करके रजिया का हाथ चाटकर उसे आश्वासन देते हैं। वे उसे देखते ही कितने प्रेम से उसकी ओर ताकने लगते हैं, कितने हर्ष से कंधा झुलाकर उस पर जुवा रखवाते हैं और कैसा जी तोड़ काम करते हैं, यह वे लोग समझ सकते हैं, जिन्होंने बैलों की सेवा की है और उनके हृदय को अपनाया है।

रजिया इस गांव की चौधराइन है। उसकी बुद्धि जो पहिले नित्य आधार खोजती रहती थी और स्वच्छन्द रूप से अपना विकास न कर सकती थी, अब छाया से निकलकर प्रौढ़ और उन्नत हो गई है।

एक दिन रजिया घर लौटी, तो एक आदमी ने कहा—तुमने नहीं सुना, चौधराइन, रामू तो बहुत बीमार है। सुना दस लंघन हो गये हैं।

रजिया ने उदासीनता से कहा—जूड़ी है क्या?

'जूड़ी, नहीं, कोई दूसरा रोग है। बाहर खाट पर पड़ा था। मैंने पूछा, कैसा जी है रामू? तो रोने लगा। बुरा हाल है। घर में एक पैसा भी नहीं कि दवादारू करें। दसिया के एक लड़का हुआ है। वह तो पहले भी काम-धन्धा न करती थी और अब तो लड़कोरी है, कैसे काम करने जाय। सारी मार रामू के सिर जाती है। फिर गहने चाहिए, नई दुलहिन यों कैसे रहे।'

रजिया ने घर में जाते हुए कहा—जो जैसा करेगा, आप भोगेगा।

लेकिन अन्दर उसका जी न लगा। वह एक क्षण में फिर बाहर आई। शायद उस आदमी से कुछ पूछना चाहती थी और इस अन्दाज से पूछना चाहती थी, मानो उसे कुछ परवाह नहीं है।

पर वह आदमी चला गया था। रजिया ने पूरब-पच्छिम जा-जाकर देखा। वह कहीं न मिला। तब रजिया द्वार के चौखट पर बैठ गई। उसे वे शब्द याद आये, जो उसने तीन साल पहले रामू के घर से चलते समय कहे थे। उस वक्त जलन में उसने वह शाप दिया था। अब वह जलन न थी। समय ने उसे बहुत कुछ शान्त कर दिया था। रामू और दासी की हीनावस्था अब ईर्ष्या के योग्य नहीं, दया के योग्य थी।

उसने सोचा, रामू को दस लंघन हो गये हैं, तो अवश्य ही उसकी दशा अच्छी न होगी। कुछ ऐसा मोटा-ताजा तो पहले भी न था, दस लंघन ने तो बिल्कुल ही घुला डाला होगा। फिर इधर खेती-बारी में भी टोटा ही रहा। खाने-पीने को भी ठीक-ठीक न मिला होगा ...

पड़ोसी की एक स्त्री ने आग लेने के बहाने आकर पूछा—सुना, रामू बहुत बीमार है। जो जैसा करेगा, वैसा पायेगा। तुम्हें इतनी बेदर्दी से निकाला कि कोई अपने बैरी को भी न निकालेगा।

रजिया ने टोका—नहीं दीदी, ऐसी बात न थी। वे तो बेचारे कुछ बोले ही नहीं। मैं चली तो सिर झुका लिया। दसिया के कहने में आकर वह चाहे जो कुछ कर बैठे हों, यों मुझे कभी कुछ नहीं कहा। किसी की बुराई क्यों करूं। फिर कौन मर्द ऐसा है जो औरतों के बस नहीं हो जाता। दसिया के कारण उनकी यह दशा हुई है।

पड़ोसिन ने आग न मांग, मुंह फेरकर चली गई।

रजिया ने कलसा और रस्सी उठाई और कुएं पर पानी खींचने गई। बैलों को सानी-पानी देने की बेला आ गई थी, पर उसकी आंखें उस रास्ते की ओर लगी हुई थीं, जो मलसी (रामू का गांव) को जाता था। कोई उसे बुलाने अवश्य आ रहा होगा। नहीं, बिना बुलाये वह कैसे जा सकती है। लोग कहेंगे, आखिर दौड़ी आई न!

मगर रामू तो अचेत पड़ा होगा। दस लंघन थोड़े नहीं होते। उसकी देह में था ही क्या। फिर उसे कौन बुलायेगा? दसिया को क्या गरज पड़ी है। कोई दूसरा घर कर लेगी। जवान है। सौ गाहक निकल आयेंगे। अच्छा वह आ तो रहा है। हां, आ रहा है। कुछ घबराया-सा जान पड़ता है। कौन आदमी है, इसे तो कभी मलसी में नहीं देखा, मगर उस वक्त से मलसी कभी गई भी तो नहीं। दो-चार नये आदमी आकर बसे ही होंगे।

बटोही चुपचाप कुएं के पास से निकला। रजिया ने कलसा जगत पर रख दिया और उसके पास जाकर बोली—रामू महतो ने भेजा है तुम्हें? अच्छा तो चलो घर, में तुम्हारे साथ चलती हूं। नहीं, अभी मुझे कुछ देर है, बैलों को सानी-पानी देना है, दिया-बत्ती करनी है। तुम्हें रुपये दे दूं, जाकर दसिया को दे देना। कह देना, कोई काम हो तो बुला भेजें।

बटोही रामू को क्या जाने। किसी दूसरे गांव का रहने वाला था। पहले तो चकराया, फिर समझ गया। चुपके से रजिया के साथ चला गया और रुपये लेकर लम्बा हुआ। चलते-चलते रजिया ने पूछा—अब क्या हाल है उनका?

बटोही ने अटकल से कहा—अब तो कुछ सम्हल रहे हैं।

'दसिया बहुत रो-धो तो नहीं रही है?'

'रोती तो नहीं थी।'

'वह क्यों रोयेगी। मालूम होगा पीछे।'

बटोही चला गया, तो रजिया ने बैलों को सानी-पानी किया, पर मन रामू ही की ओर लगा हुआ था। स्नेह-स्मृतियां छोटी-छोटी तारिकाओं की भांति मन में उदित होती जाती थीं। एक बार जब वह बीमार पड़ी थी, वह बात याद आई। दस साल हो गए। वह कैसे रात-दिन उसके सिरहाने बैठा रहता था। खाना-पीना तक भूल गया था। उसके मन में आया क्यों न चलकर देख ही आवे। कोई क्या कहेगा? किसका मुंह है, जो कुछ कहे। चोरी करने नहीं जा रही हूं। उस अदमी के पास जा रही हूं, जिसके साथ पन्द्रह-बीस साल रही हूं। दसिया नाक सिकोड़ेगी। मुझे उससे क्या मतलब।

रजिया ने किवाड़ बन्द किए, घर मजूर को सहेजा, और रामू को देखने चली, कांपती, झिझकती, क्षमा का दान लिये हुए।

## 6

रामू को थोड़े ही दिनों में मालूम हो गया था कि उसके घर की आत्मा निकल गई, और वह चाहे कितना जोर करे, कितना ही सिर खपाये, उसमें स्फूर्ति नहीं आती। दासी सुन्दरी थी, शौकीन थी और फूहड़ थी। जब पहला नशा उतरा, तो ठांय-ठांय शुरू हुई। खेती की उपज कम होने लगी, और जो होती भी थी, वह ऊटपटांग खर्च होती थी। ऋण लेना पड़ता था। इसी चिन्ता और शोक में उसका स्वास्थ्य बिगड़ने लगा। शुरू में कुछ परवाह न की। परवाह करके ही क्या करता। घर में पैसे न थे। अताइयों की चिकित्सा ने बीमारी की जड़ और मजबूत कर दी और आज दस-बारह दिन से उसका दाना-पानी छूट गया था। मौत के इन्तजार में खाट पर पड़ा कराह रहा था। और अब वह दशा हो गई थी जब हम भविष्य से निश्चिन्त होकर अतीत में विश्राम करते हैं, जैसे कोई गाड़ी आगे का रास्ता बन्द पाकर पीछे लौटे। रजिया को याद करके वह बार-बार रोता और दासी को कोसता—तेरे ही कारण मैंने उसे घर से निकाला। वह क्या गई, लक्ष्मी चली गई। मैं जानता हूं, अब भी बुलाऊं तो दौड़ी आयेगी, लेकिन बुलाऊं किस मुंह से! एक बार वह आ जाती और उससे अपने अपराध क्षमा करा लेती, फिर मैं खुशी से मरता। और लालसा नहीं है।

सहसा रजिया ने आकर उसके माथे पर हाथ रखते हुए पूछा—कैसा जी है तुम्हारा? मुझे तो आज हाल मिला।

रामू ने सजल नेत्रों से उसे देखा, पर कुछ कह न सका। दोनों हाथ जोड़कर उसे प्रणाम किया, पर हाथ जुड़े ही रह गये, और आंख उलट गई।

## 7

लाश घर में पड़ी थी। रजिया रोती थी, दसिया चिन्तित थी। घर में रुपये का नाम नहीं। लकड़ी तो चाहिए ही, उठाने वाले भी जलपान करेंगे ही, कफन के बगैर लाश उठेगी कैसे। दस से कम का खर्च न था। यहां घर में दस पैसे भी

नहीं। डर रही थी कि आज गहन आफत आई। ऐसी कीमती भारी गहने ही कौन थे। किसान की बिसात ही क्या, दो-तीन नग बेचने से दस मिल जाएंगे। मगर और हो ही क्या सकता है। उसने चौधरी के लड़के को बुलाकर कहा—देवर जी, यह बेड़ा कैसे पार लगे! गांव में कोई धेले का भी विश्वास करने वाला नहीं। मेरे गहने हैं। चौधरी से कहो, इन्हें गिरों रखकर आज का काम चलाएं, फिर भगवान् मालिक है।

'रजिया से क्यों नहीं मांग लेती।'

सहसा रजिया आंखें पोंछती हुई आ निकली। कान में भनक पड़ी। पूछा—क्या है जोखू, क्या सलाह कर रहे हो? अब मिट्टी उठाओगे कि सलाह की बेला है?

'हां, उसी का सरंजाम कर रहा हूं।'

'रुपये-पैसे तो यहां होंगे नहीं। बीमारी में खरच हो गए होंगे। इस बेचारी को तो बीच मंझधार में लाकर छोड़ दिया। तुम लपक कर उस घर चले जाओ भैया! कौन दूर है, कुंजी लेते जाओ। मंजूर से कहना, भंडार से पचास रुपये निकाल दे। कहना, ऊपर की पटरी पर रखे हैं।'

वह तो कुंजी लेकर उधर गया, इधर दसिया राजो के पैर पकड़ कर रोने लगी। बहनापे के ये शब्द उसके हृदय में पैठ गए। उसने देखा, रजिया में कितनी दया, कितनी क्षमा है।

रजिया ने उसे छाती से लगाकर कहा—क्यों रोती है बहन? वह चला गया। मैं तो हूं। किसी बात की चिन्ता न कर। इसी घर में हम और तुम दोनों उसके नाम पर बैठेंगी। मैं वहां भी देखूंगी यहां भी देखूंगी। धाप-भर की बात ही क्या? कोई तुमसे गहने-पाते मांगे तो मत देना।

दसिया का जी होता था कि सिर पटक कर मर जाय। इसे उसने कितना जलाया, कितना रुलाया और घर से निकाल कर छोड़ा।

रजिया ने पूछा—जिस-जिस के रुपये हों, सूरत करके मुझे बता देना। मैं झगड़ा नहीं रखना चाहती। बच्चा दुबला क्यों हो रहा है?

दसिया बोली—मेरे दूध होता ही नहीं। गाय जो तुम छोड़ गई थीं, वह मर गई। दूध नहीं पाता।

'राम-राम! बेचारा मुरझा गया। मैं कल ही गाय लाऊंगी। सभी गृहस्थी उठा लाऊंगी। वहां क्या रक्खा है।'

लाश धूम से उठी। रजिया उसके साथ गई। दाहकर्म किया। भोज हुआ। कोई दो सौ रुपये खर्च हो गए। किसी से मांगने न पड़े।

दसिया के जौहर भी इस त्याग की आंच में निकल आये। विलासिनी सेवा की मूर्ति बन गई।

## 8

आज रामू को मरे सात साल हुए हैं। रजिया घर सम्भाले हुए है। दसिया को वह सौत नहीं, बेटी समझती है। पहले उसे पहनाकर तब आप पहनती है। उसे खिलाकर आप खाती है। जोखूं पढ़ने जाता है। उसकी सगाई की बातचीत पक्की हो गई है। इस जाति में बचपन में ही ब्याह हो जाता है। दसिया ने कहा—बहन, गहने बनवा कर क्या करोगी। मेरे गहने तो धरे ही

रजिया ने कहा—नहीं री, उसके लिए नये गहने बनवाऊंगी। अभी तो मेरा हाथ चलता है। जब थक जाऊं, तो जो चाहे करना। तेरे अभी पहनने-ओढ़ने के दिन हैं, तू अपने गहने रहने दे।

नाइन ठकुरसोहाती करके बोली—आज जोखूं के बाप होते, तो कुछ और ही बात होती।

रजिया ने कहा—वे नहीं हैं, तो मैं तो हूं। वे जितना करते, मैं उसका दूना करूंगी। जब मैं मर जाऊं, तब कहना जोखूं का बाप नहीं है!

ब्याह के दिन दसिया को रोते देखकर रजिया ने कहा—बहू, तुम क्यों रोती हो? अभी तो मैं जीती हूं। घर तुम्हारा है। जैसे चाहो रहो। मुझे एक रोटी दे दो, बस। और मुझे क्या करना है। मेरा आदमी मर गया। तुम्हारा तो अभी जीता है।

दसिया ने उसकी गोद में सिर रख दिया और खूब रोई—जीजी, तुम मेरी माता हो। तुम न होतीं, तो मैं किसके द्वार पर खड़ी होती। घर में तो चूहे लोटते थे। उनके राज में मुझे दुख ही दुख उठाने पड़े। सोहाग का सुख तो मुझे तुम्हारे राज में मिला। मैं दुख से नहीं रोती, रोती हूं भगवान् की दया पर कि कहां मैं और कहां यह खुशहाली!

रजिया मुस्करा कर रो दी।

— 'विशाल भारत', दिसम्बर, 1939

# देवी

बूढों में जो एक तरह की बच्चों की-सी बेशर्मी आ जाती है वह इस वक्त भी तुलिया में न आई थी, यद्यपि उसके सिर के बाल चांदी हो गये थे और गाल लटक कर दाढ़ों के नीचे आ गये थे। वह खुद भी निश्चित रूप से अपनी उम्र न बता सकती थी, लेकिन लोगों का अनुमान था कि वह सौ की सीमा को पार कर चुकी है। और अभी तक चलती तो अंचल से सिर ढोककर, आंखें नीची किये हुए, मानो नवेली बहू है। थी तो चमारिन, पर क्या मजाल कि किसी घर का पकवान देखकर उसका जी ललचाया। गांव में ऊंची जातों के बहुत-से घर थे। तुलिया का सभी जगह आना-जाना था। सारा गांव उसकी इज्जत करता था और गृहिणियां तो उसे श्रद्धा की आंखों से देखती थीं। उसे आग्रह के साथ अपने घर बुलातीं, उसके सिर में तेल डालतीं, मांग में सेंदूर भरती, कोई अच्छी चीज पकाई होती, जैसे हलवा या खीर या पकौड़ियां, तो उसे खिलाना चाहतीं, लेकिन बुढ़िया को जीभ से सम्मान कहीं प्यारा था। कभी न खाती। उसके आगे-पीछे कोई न था। उसके टोले के लोग कुछ तो गांव छोड़कर भाग गये थे, कुछ प्लेग और मलेरिया की भेंट हो गये थे और अब थोड़े-से खंडहर मानो उनकी याद में नंगे सिर खड़े छाती-सी पीट रहे थे। केवल तुलिया की मंड़ैया ही जिन्दा बच रही थी, और यद्यपि तुलिया जीवन-यात्रा की उस सीमा के निकट पहुंच चुकी थी, जहा आदमी धर्म और समाज के सारे बन्धनों से मुक्त हो जाता है और अब श्रेष्ठ प्राणियों को भी उससे उसकी जात के कारण कोई भेद न था, सभी उसे अपने घर में आश्रय देने को तैयार थे, पर मान-प्रिय बुढ़िया क्यों किसी का एहसान ले, क्यों अपने मालिक की इज्जत में बट्टा लगाये, जिसकी उसने सौ बरस पहले केवल एक बार सूरत देखी थी। हां, केवल एक बार!

तुलिया की जब सगाई हुई तो वह केवल पांच साल की थी और उसका पति अठारह साल का बलिष्ठ युवक था। विवाह करके वह कमाने पूरब चला गया। सोचा, अभी इस लड़की के जवान होने में दस-बारह साल की देर है। इतने दिनों में क्यों न कुछ धन कमा लूं और फिर निश्चिन्त होकर खेती-बारी करूं। लेकिन तुलिया जवान भी हुई, बूढ़ी भी हो गई, वह लौटकर घर न आया। पचास साल

तक उसके खत हर तीसरे महीने आते रहे। खत के साथ जवाब के लिए एक पता लिखा हुआ लिफाफा भी होता था और तीस रुपये का मनीआर्डर। खत में वह बराबर अपनी विवशता, पराधीनता और दुर्भाग्य का रोना रोता था—क्या करूं तूला, मन में तो बड़ी अभिलाषा है कि अपनी मंड़ैया को आबाद कर देता और तुम्हारे साथ सुख से रहता, पर सब कुछ नसीब के हाथ है, अपना कोई बस नहीं। जब भगवान लावेंगे तब आऊंगा। तुम धीरज रखना, मेरे जीते जी तुम्हें कोई कष्ट न होगा। तुम्हारी बांह पकड़ी है तो मरते दम तक निबाह करूंगा। जब आंखें बन्द हो जाएंगी तब क्या होगा, कौन जाने? प्राय: सभी पत्रों में थोड़े-से फेर-फार के साथ यही शब्द और यही भाव होते थे। हां, जवानी के पत्रों में विरह की जो ज्वाला होती थी, उसकी जगह अब निराशा की राख ही रह गई थी। लेकिन तुलिया के लिए सभी पत्र एक-से प्यारे थे, मानो उसके हृदय के अंग हों। उसने एक खत भी कभी न फाड़ा था—ऐसे शगुन के पत्र कहीं फाड़े जाते हैं—उनका एक छोटा-सा पोथा जमा हो गया था। उनके कागज का रंग उड़ गया था, स्याही भी उड़ गई थी, लेकिन तुलिया के लिए वे अभी उतने ही सजीव, उतने ही सतृष्ण, उतने ही व्याकुल थे। सब के सब उसकी पेटारी में लाल डोरे से बंधे हुए, उसके दीर्घ जीवन से संचित सोहाग की भांति, रखे हुए थे। इन पत्रों को पाकर तुलिया गद्गद हो जाती। उसके पांव जमीन पर न पड़ते, उन्हें बार-बार पढ़वाती और बार-बार रोती। उस दिन वह अवश्य केशों में तेल डालती, सिन्दूर से मांग भरवाती, रंगीन साड़ी पहनती, अपनी पुरखिनों के चरन छूती और आशीर्वाद लेती। उसका सोहाग जाग उठता था। गांव की बिरहिनियों के लिए पत्र पत्र नहीं, जो पढ़कर फेंक दिया जाता है, अपने प्यारे परदेसी के प्राण हैं, देह से मूल्यवान। उनमें देह की कठोरता नहीं, कलुषता नहीं, आत्मा की आकुलता और अनुराग है। तुलिया पति के पत्रों ही को शायद पति समझती थी। पति का कोई दूसरा रूप उसने कहां देखा था?

रमणियां हंसी से पूछती—क्यों बुआ, तुम्हें फूफा की कुछ याद आती है—तुमने उनको देखा तो होगा? और तुलिया के झुर्रियों से भरे हुए मुखमण्डल पर यौवन चमक उठता, आंखों में लाली आ जाती। पुलककर कहती—याद क्यों नहीं आती बेटा, उनकी सूरत तो आज भी मेरी आंखों के सामने है। बड़ी-बड़ी आंखें, लाल-लाल ऊंचा माथा, चौड़ी छाती, गठी हुई देह, ऐसा तो अब यहां कोई पट्ठा ही नहीं है। मोतियों के-से दांत थे बेटा। लाल-लाल कुरता पहने हुए थे। जब ब्याह हो गया तो मैंने उनसे कहा, मेरे लिए बहुत-से गहने बनवाओगे

न, नहीं मैं तुम्हारे घर नहीं रहूंगी। लड़कपन था बेटा, सरम-लिहाज कुछ थोड़ा ही था। मेरी बात सुनकर वह बड़े जोर से ठट्ठा मारकर हंसे और मुझे अपने कंधे पर बैठाकर बोले—मैं तुझे गहनों से लाद दूंगा, तुलिया, कितने गहने पहनेगी। मैं परदेस कमाने जाता हूं, वहां से रुपये भेजूंगा, तू बहुत-से गहने बनवाना। जब वहां से आऊंगा तो अपने साथ भी सन्दूक-भर गहने लाऊंगा। मेरा डोला हुआ था बेटा, मां-बाप की ऐसी हैसियत कहां थी कि उन्हें बारात के साथ अपने घर बुलाते। उन्हीं के घर मेरी उनसे सगाई हुई और एक ही दिन में मुझे वह कुछ ऐसे भाये कि जब वह चलने लगे तो मैं उनके गले लिपट कर रोती थी और कहती थी कि मुझे भी अपने साथ ले चलो, में तुम्हारा खाना पकाऊंगी, तुम्हारी खाट बिछाऊंगी, तुम्हारी धोती छांटूंगी। वहां उन्हीं के उमर के दो-तीन लड़के और बैठे हुए थे। उन्हीं के सामने वह मुस्करा कर मेरे कान में बोले—और मेरे साथ सोयेगी नहीं? बस, मैं उनका गला छोड़कर अलग खड़ी हो गई और उनके ऊपर एक कंकड़ फेंककर बोली—मुझे गाली दोगे तो कहे देती हूं, हां!

और यह जीवन-कथा नित्य के सुमिरन और जाप से जीवन-मन्त्र बन गयी थी। उस समय कोई उसका चेहरा देखता! खिला पड़ता था। घूंघट निकालकर, भाव बताकर, मुंह फेरकर हंसती हुई, मानो उसके जीवन में दुख जैसी कोई चीज है ही नहीं। वह अपने जीवन की इस पुण्य स्मृति का वर्णन करती, अपने अन्तस्तल के इस प्रकाश को दर्शाती जो सौ बरसों से उसके जीवन-पथ को कांटों और गढ़ों से बचाता आता था। कैसी अनन्त अभिलाषा थी, जिसे जीवन-सत्यों ने जरा भी धूमिल न कर पाया था।

## 2

वह दिन भी थे, जब तुलिया जवान थी, सुंदर थी और पतंगों को उसके रूप-दीपक पर मंडराने का नशा सवार था। उनके अनुराग और उन्माद तथा समर्पण की कथाएं जब वह कांपते हुए स्वरों और सजल नेत्रों से कहती तो शायद उन शहीदों की आत्माएं स्वर्ग में आनन्द से नाच उठती होंगी, क्योंकि जीते जी उन्हें जो कुछ न मिला वही अब तुलिया उन पर दोनों हाथों से निछावर कर रही थी। उसकी उठती हुई जवानी थी। जिधर से निकल जाती युवक समाज कलेजे पर हाथ रखकर रह जाता। तब बंसीसिंह नाम का एक ठाकुर था, बड़ा छैला, बड़ा

रसिया, गांव का सबसे मनचला जवान, जिसकी तान रात के सन्नाटे में कोस-भर से सुनायी पड़ती थी। दिन में सैकड़ों बार तुलिया के घर के चक्कर लगाता। तालाब के किनारे, खेत में, खलिहान में, कुंए पर, जहां वह जाती, परछाईं की तरह उसके पीछे लगा रहता। कभी दूध लेकर उसके घर आता, कभी घी लेकर। कहता, तुलिया, मैं तुझसे कुछ नहीं चाहता, बस जो कुछ मैं तुझे भेंट किया करूं, वह ले लिया कर। तू मुझसे नहीं बोलना चाहती मत बोल, मेरा मुंह नहीं देखना चाहती, मत देख, लेकिन मेरे चढ़ावों को ठुकरा मत। बस, मैं इसी से सन्तुष्ट हो जाऊंगा। तुलिया ऐसी भोली न थी, जानती थी यह उंगली पकड़ने की बातें हैं, लेकिन न जाने कैसे वह एक दिन उसके धोखे में आ गयी—नहीं, धोखे में नहीं आयी—उसकी जवानी पर उसे दया आ गयी। एक दिन वह पके हुए कलमी आमों की एक टोकरी लाया। तुलिया ने कभी कलमी आम न खाये थे। टोकरी उससे ले ली। फिर तो आये दिन आम की डलियां आने लगीं। एक दिन जब तुलिया टोकरी लेकर घर में जाने लगी तो बंसी ने धीरे से उसका हाथ पकड़कर अपने सीने पर रख लिया और चट उसके पैरों पर गिर पड़ा। फिर बोला—तुलिया, अगर अब भी तुझे मुझ पर दया नहीं आती तो आज मुझे मार डाल। तेरे हाथों से मर जाऊं, बस यही साध है।

तुलिया ने टोकरी पटक दी, अपने पांव छुड़ाकर एक पग पीछे हट गयी और रोषभरी आंखों से ताकती हुई बोली—अच्छा ठाकुर, अब यहां से चले जाव, नहीं तो या तो तुम न रहोगे या मैं न रहूंगी। तुम्हारे आमों में आग लगे, और तुमको क्या कहूं! मेरा आदमी काले कोसों मेरे नाम पर बैठा हुआ है इसीलिए कि मैं यहां उसके साथ कपट करूं! वह मर्द है, चार पैसे कमाता है, क्या वह दूसरी न रख सकता था? क्या औरतों की संसार में कमी है? लेकिन वह मेरे नाम पर बैठा हुआ है, मर्द होकर बैठा हुआ है। तुमसे कम पट्ठा नहीं है, तुम्हारा जैसा बांका चाहे न हो। पढ़ोगे उसकी चिट्ठियां जो मेरे नाम भेजता है? आप चाहे जिस दशा में हो, मैं कौन यहां बैठी देखती हूं, लेकिन मेरे पास बराबर रुपये भेजता है। इसीलिए कि मैं यहां दूसरों से विहार करूं? जब तक वह मुझको अपनी और अपने को मेरा समझता रहेगा, तुलिया उसी की रहेगी, मन से भी, करम से भी। जब उससे मेरा ब्याह हुआ तब मैं पांच साल की अल्हड़ छोकरी थी। उसने मेरे साथ कौन-सा सुख उठाया? बांह पकड़ने की लाज ही तो निभा रहा है! जब वह मर्द होकर प्रीत निभाता है तो मैं औरत होकर उसके साथ दगा करूं!

यह कहकर वह भीतर गयी और पत्रों की पिटारी लाकर ठाकुर के सामने पटक दी। मगर ठाकुर की आंखों से आंसुओं का तार बंधा हुआ था, ओठ बिचके जा रहे थे। ऐसा जान पड़ता था कि भूमि में धंसा जा रहा है।

एक क्षण के बाद उसने हाथ जोड़कर कहा—मुझसे बहुत बड़ा अपराध हो गया तुलिया। मैंने तुझे पहचाना न था। अब इसकी यही सजा है कि इसी क्षण मुझे मार डाल। ऐसे पापी का उद्धार का यही एक मार्ग है।

तुलिया को उस पर दया नहीं आयी। वह समझती थी कि यह अभी तक शरारत किये जाता है। झल्लाकर बोली—मरने को जी चाहता है तो मर जाव। क्या संसार में कुएं-तालाब नहीं, या तुम्हारे पास तलवार-कटार नहीं है। मैं किसी को क्यों मारूं?

ठाकुर ने हताश आंखों से देखा।

"तो यही तेरा हुक्म है?'

'मेरा हुक्म क्यों होने लगा? मरने वाले किसी से हुक्म नहीं मांगते।'

ठाकुर चला गया और दूसरे दिन उसकी लाश नदी में तैरती हुई मिली। लोगों ने समझा तड़के नहाने आया होगा, पांव फिसल गया होगा। महीनों तक गांव में इसकी चर्चा रही, पर तुलिया ने जबान तक न खोली, उधर का आना-जाना बन्द कर दिया।

बंसीसिंह के मरते ही छोटे भाई ने जायदाद पर कब्जा कर लिया और उसकी स्त्री और बालक को सताने लगा। देवरानी ताने देती, देवर ऐब लगाता। आखिर अनाथ विधवा एक दिन जिन्दगी से तंग आकर घर से निकल पड़ी। गांव में सोता पड़ गया था। तुलिया भोजन करके हाथ में लालटेन लिये गाय को रोटी खिलाने निकली थी। प्रकाश में उसने ठकुराइन को दबे पांव जाते देखा। सिसकती और अंचल से आंसू पोंछती जाती थी। तीन साल का बालक गोद में था।

तुलिया ने पूछा—इतनी रात गये कहां जाती हो ठकुराइन? सुनो, बात क्या है, तुम तो रो रही हो।

ठकुराइन घर से जा तो रही थी, पर उसे खुद न मालूम था कहां। तुलिया की ओर एक बार भीत नेत्रों से देखकर बिना कुछ जवाब दिये आगे बढ़ी। जवाब कैसे देती? गले में तो आंसू भरे हुए थे और इस समय न जाने क्यों और उमड़ आये थे।

तुलिया सामने आकर बोली—जब तक तुम बता न दोगी, मैं एक पग भी आगे न जाने दूंगी।

ठकुराइन खड़ी हो गयी और आंसू-भरी आंखों से क्रोध में भरकर बोली—तू क्या करेगी पूछकर? तुझसे मतलब?

'मुझसे कोई मतलब ही नहीं? क्या मैं तुम्हारे गांव में नहीं रहती? गांव वाले एक-दूसरे के दुख-दर्द में साथ न देंगे तो कौन देगा?'

'इस जमाने में कौन किसका साथ देता है तुलिया? जब अपने घरवालों ने ही साथ नहीं दिया और तेरे भैया के मरते ही मेरे खून के प्यासे हो गये, तो फिर मैं और किससे आशा रखूं? तुझसे मेरे घर का हाल कुछ छिपा है? वहां मेरे लिए अब जगह नहीं है। जिस देवर-देवरानी के लिए मैं प्राण देती थी, वही अब मेरे दुश्मन हैं। चाहते हैं कि यह एक रोटी खाय और अनाथों की तरह पड़ी रहे। मैं रखेली नहीं हूं, उढ़री नहीं हूं, ब्याहता हूं, दस गांव के बीच में ब्याह के आयी हूं। अपनी रत्ती-भर जायदाद न छोड़ूंगी। आज कोई न दे, मैं दुखिया हूं, लेकिन चाहे मेरी आबरू जाय, इनको मिटा के छोड़ूंगी और अपना आधा लेकर रहूंगी।'

'तेरे भैया', ये दो शब्द तुलिया को इतने प्यारे लगे कि उसने ठकुराइन को गले लगा लिया और उसका हाथ पकड़कर बोली—तो बहिन, मेरे घर में चलकर रहो। और कोई साथ दे या न दे, तुलिया मरते दम तक तुम्हारा साथ देगी। मेरा घर तुम्हारे लायक नहीं है, लेकिन घर में और कुछ नहीं शान्ति तो है और मैं कितनी ही नीच हूं, तुम्हारी बहिन तो हूं।

ठकुराइन ने तुलिया के चेहरे पर अपनी विस्मय-भरी आंखें जमा दीं।

'ऐसा न हो मेरे पीछे मेरा देवर तुम्हारा भी दुश्मन हो जाय।'

'मैं दुश्मनों से नहीं डरती, नहीं इस टोले में अकेली न रहती।'

'लेकिन मैं तो नहीं चाहती कि मेरे कारन तुझ पर आफत आवे।'

'तो उनसे कहने ही कौन जाता है, और किसे मालूम होगा कि अन्दर तुम हो।'

ठकुराइन को ढाढ़स बंधा। सकुचाती हुई तुलिया के साथ अन्दर आयी। उसका हृदय भारी था। जो एक विशाल पक्के भवन की स्वामिनी थी, आज इस झोपड़ी में पड़ी हुई है।

घर में एक ही खाट थी, ठकुराइन बच्चे के साथ उस पर सोती। तुलिया जमीन पर पड़ रहती। एक ही कम्बल था, ठकुराइन उसको ओढ़ती, तुलिया टाट का टुकड़ा ओढ़कर रात काटती। मेहमान का क्या सत्कार करे, कैसे रक्खे, यही सोचा करती। ठकुराइन के जूठे बरतन मांजना,कपड़े छांटना, उसके बच्चे को खिलाना, ये सारे काम वह इतने उमंग से करती, मानो देवी की उपासना कर रही हो। ठकुराइन इस

विपत्ति में भी ठकुराइन थी, गर्विणी, विलासप्रिय, कल्पनाहीन। इस तरह रहती थी मानो उसी का घर है और तुलिया पर इस तरह रोब जमाती थी मानो वह उसकी लौंडी है। लेकिन तुलिया अपने अभागे प्रेमी के साथ प्रीति की रीति का निबाह कर रही थी, उसका मन कभी न मैला होता, माथे पर कभी न बल पड़ता।

एक दिन ठकुराइन ने कहा—तूला, तुम बच्चे को देखती रहना, मैं दो-चार दिन के लिए जरा बाहर जाऊंगी। इस तरह तो यहां जिन्दगी-भर तुम्हारी रोटियां तोड़ती रहूंगी, पर दिल की आग कैसे ठण्डी होगी? इस बेहया को इसकी लाज कहां कि उसकी भावज कहां चली गयी। वह तो दिल में खुश होगा कि अच्छा हुआ उसके मार्ग का कांटा हट गया। ज्यों ही पता चला कि मैं अपने मैके नहीं गयी, कहीं और पड़ी हूं, वह तुरन्त मुझे बदनाम कर देगा और तब सारा समाज उसी का साथ देगा। अब मुझे कुछ अपनी फिक्र करनी चाहिए।

तुलिया ने पूछा—कहां जाना चाहती हो बहिन? कोई हर्ज न हो तो मैं भी साथ चलूं। अकेली कहां जाओगी?

'उस सांप को कुचलने के लिए कोई लाठी खोजूंगी।'

तुलिया इसका आशय न समझ सकी। उसके मुख की ओर ताकने लगी।

ठकुराइन ने निर्लज्जता के साथ कहा—तू इतनी मोटी-सी बात भी नहीं समझी! साफ-साफ ही सुनना चाहती है? अनाथ स्त्री के पास अपनी रक्षा का अपने रूप के सिवा दूसरा कौन अस्त्र है? अब उसी अस्त्र से काम लूंगी। जानती है, इस रूप के क्या दाम होंगे? इस भेड़िये का सिर। इस परगने का हाकिम जो कोई भी हो उसी पर मेरा जादू चलेगा। और ऐसा कौन मर्द है जो किसी युवती के जादू से बच सके, चाहे वह ऋषि ही क्यों न हो। धर्म जाता है जाय, मुझे परवाह नहीं। मैं यह नहीं देख सकती कि मैं बन-बन की पत्तियां तोड़ूं और वह शोहदा मूंछों पर ताव देकर राज करे।

तुलिया को मालूम हुआ कि इस अभिमानिनी के हृदय पर कितनी गहरी चोट है। इस व्यथा को शान्त करने के लिए वह जान ही पर नहीं खेल रही है, धर्म पर खेल रही है जिसे वह प्राणों से भी प्रिय समझती है। बंसीसिंह की वह प्रार्थी मूर्ति उसकी आंखों के सामने आ खड़ी हुई। वह बलिष्ठ था, अपनी फौलादी शक्ति से वह बड़ी आसानी के साथ तुलिया पर बल प्रयोग कर सकता था, ओर उस रात के सन्नाटे में उस आनाथा की रक्षा करने वाला ही कौन बैठा हुआ था। पर उसकी सतीत्व-भरी भर्त्सना ने बंसीसिंह को किस तरह मोहित कर लिया, जैसे कोई काला भयंकर नाग

महुअर का सुरीला राग सुनकर मस्त हो गया हो। उसी सच्चे सूरमा की कुल-मर्यादा आज संकट में है। क्या तुलिया उस मर्यादा को लुटने देगी और कुछ न करेगी? नहीं-नहीं! अगर बंसीसिंह ने उसके सत् को अपने प्राणों से प्रिय समझा तो वह भी उसकी आबरू को अपने धर्म से बचायेगी।

उसने ठकुराइन को तसल्ली देते हुए कहा—अभी तुम कहीं मत जाओ बहिन, पहले मुझे अपनी शक्ति आजमा लेने दो। मेरी आबरू चली भी गयी तो कौन हंसेगा। तुम्हारी आबरू के पीछे तो एक कुल की आबरू है।

ठकुराइन ने मुस्कराकर उसको देखा। बोली—तू यह कला क्या जाने तुलिया?

'कौन-सी कला?'

'यही मर्दों को उल्लू बनाने की।'

'मैं नारी हूं?'

'लेकिन पुरुषों का चरित्र तो नहीं जानती?'

'यह तो हम-तुम दोनों मां के पेट से सीखकर आयी हैं।'

'कुछ बता तो क्या करेगी?'

'वही जो तुम करने जा रही हो। तुम परगने के हाकिम पर अपना जादू डालना चाहती हो, मैं तुम्हारे देवर पर ज़ाल फेंकूंगी।'

'बड़ा घाघ है तुलिया।'

'यही तो देखना है।'

## 3

तुलिया ने बाकी रात कार्यक्रम और उसका विधान सोचने में काटी। कुशल सेनापति की भांति उसने धावे और मार-काट की एक योजना-सी मन में बना ली। उसे अपनी विजय का विश्वास था। शत्रु निश्शंक था, इस धावे की उसे जरा भी खबर न थी।

बंसीसिंह का छोटा भाई गिरधर कंधे पर छ: फीट का मोटा लट्ठ रखे अकड़ता चला आता था कि तुलिया ने पुकारा—ठाकुर, तनिक यह घास का गट्ठा उठाकर मेरे सिर पर रख दो। मुझसे नहीं उठता।

दोपहर हो गया था। मजदूर खेतों से लौटकर आ चुके थे। बगूले उठने लगे थे। तुलिया एक पेड़ के नीचे घास का गट्ठा रखे खड़ी थी। उसके माथे से पसीने की धार बह रही थी।

ठाकुन ने चौंककर तुलिया की ओर देखा। उसी वक्त तुलिया का अंचल खिसक गया और नीचे की लाल चोली झलक पड़ी। उसने झट अंचल सम्हाल लिया, पर उतावली में जूड़े में गुंथी हुई फूलों की बेनी बिजली की तरह आंखों में कौंद गयी। गिरधर का मन चंचल हो उठा। आंखों में हल्का-सा नशा पैदा हुआ और चेहरे पर हल्की-सी सुर्खी और हल्की-सी मुस्कराहट। नस-नस में संगीत-सा गूंज उठा।

उसने तुलिया को हजारों बार देखा था, प्यासी आंखों से, ललचायी आंखों से, मगर तुलिया अपने रूप और सत् के घमण्ड में उसकी तरह कभी आंखें तक न उठाती थी। उसकी मुद्रा और ढंग में कुछ ऐसी रुखाई, कुछ ऐसी निठुरता होती थी कि ठाकुर के सारे हौसले पस्त हो जाते थे, सारा शौक ठण्डा पड़ जाता था। आकाश में उड़ने वाले पंछी पर उसके जाल और दाने का क्या असर हो सकता था? मगर आज वह पंछी सामने वाली डाली पर आ बैठा था और ऐसा जान पड़ता था कि भूखा है। फिर वह क्यों न दाना और जाल लेकर दौड़े।

उसने मस्त होकर कहा—मैं पहुंचाये देता हूं तुलिया, तू क्यों सिर पर उठायेगी।

और कोई देख ले तो यही कहे कि ठाकुर को क्या हो गया है?'

मुझे कुत्तों के भूंकने की परवा नहीं है।'

लेकिन मुझे तो है।'

ठाकुर ने न माना। गट्ठा सिर पर उठा लिया और इस तरह आकाश में पांव रखता चला मानो तीनों लोक का खजाना लूटे लिये जाता हो।

## 4

एक महीना गुजर गया। तुलिया ने ठाकुर पर मोहिनी डाल दी थी और अब उसे मछली की तरह खेला रही थी। कभी बंसी ढीली कर देती, कभी कड़ी। ठाकुर शिकार करने चला था, खुद जाल में फंस गया। अपना ईमान और धर्म और प्रतिष्ठा सब कुछ होम करके वह देवी का वरदान न पा सकता था। तुलिया आज भी उससे उतनी ही दूर थी जितनी पहले।

एक दिन वह तुलिया से बोला—इस तरह कब तक जलायेगी तुलिया? चल कहीं भाग चलें।

तुलिया ने फंदे को और कसा—हां, और क्या। जब तुम मुंह फेर लो तो कहीं की न रहूं। दीन से भी जाऊं, दुनिया से भी!

ठाकुर ने शिकायत के स्वर में कहा—अब भी तुझे मुझ पर विश्वास नहीं आता?

'भौंरे फूल का रस लेकर उड़ जाते हैं।'

'और पतंगे जलकर राख नहीं हो जाते?'

'पतियाऊं कैसे?'

'मैंने तेरा कोई हुक्म टाला है?'

'तुम समझते होगे कि तुलिया को एक रंगीन साड़ी और दो-एक छोटे-मोटे गहने देकर फंसा लूंगा। मैं ऐसी भोली नहीं हूं।'

तुलिया ने ठाकुर के दिल की बात भांप ली थी। ठाकुर हैरत में आकर उसका मुंह ताकने लगा।

तुलिया ने फिर कहा—आदमी अपना घर छोड़ता है तो पहले कहीं बैठने का ठिकाना कर लेता है।

ठाकुर प्रसन्न होकर बोला—तो तू चलकर मेरे घर में मालकिन बनकर रह। मैं तुझसे कितनी बार कह चुका।

तुलिया आंखें मटकाकर बोली—आज मालकिन बनकर रहूं कल लौंडी बनकर भी न रहने पाऊं, क्यों?

'तो जिस तरह तेरा मन भरे वह कर। मैं तो तेरा गुलाम हूं।'

'बचन देते हो?'

'हां, देता हूं। एक बार नहीं, सौ बार, हजार बार।'

"फिर तो न जाओगे?'

'वचन देकर फिर जाना नामर्दों का काम है।'

'तो अपनी आधी जमीन-जायदाद मेरे नाम लिख दो।'

ठाकुर अपने घर की एक कोठरी, दस-पांच बीघे खेत, गहने-कपड़े तो उसके चरणों पर चढ़ा देने को तैयार था, लेकिन आधी जायदाद उसके नाम लिख देने का साहस उसमें न था। कल को तुलिया उससे किसी बात पर नाराज हो जाय, तो उसे आधी जायदाद से हाथ धोना पड़े। ऐसी औरत का क्या एतबार! उसे गुमान तक न था कि तुलिया उसके प्रेम की इतनी कड़ी परीक्षा लेगी। उसे तुलिया पर क्रोध आया। यह चमार की बिटिया जरा सुन्दर क्या हो गयी है कि समझती है,

मैं अप्सरा हूं। उसकी मुहब्बत केवल उसके रूप का मोह थी। वह मुहब्बत, जो अपने को मिटा देती है और मिट जाना ही अपने जीवन की सफलता समझती है, उसमें न थी।

उसने माथे पर बल लाकर कहा—मैं न जानता था, तुझे मेरी जमीन-जायदाद से प्रेम है तुलिया, मुझसे नहीं!

तुलिया ने छूटते ही जवाब दिया—तो क्या मैं न जानती थी कि तुम्हें मेरे रूप और जवानी ही से प्रेम है, मुझसे नहीं?

'तू प्रेम को बाजार का सौदा समझती है?'

'हां, समझती हूं। तुम्हारे लिए प्रेम चार दिन की चांदनी होगी, मेरे लिए तो अंधेरा पाख हो जायगा। मैं जब अपना सब कुछ तुम्हें दे रही हूं तो उसके बदले में सब कुछ लेना भी चाहती हूं। तुम्हें अगर मुझसे प्रेम होता तो तुम आधी क्या पूरी जायदाद मेरे नाम लिख देते। मैं जायदाद क्या सिर पर उठा ले जाऊंगी? लेकिन तुम्हारी नीयत मालूम हो गयी। अच्छा ही हुआ। भगवान् न करे कि ऐसा कोई समय आवे, लेकिन दिन किसी के बराबर नहीं जाते, अगर ऐसा कोई समय आया कि तुमको मेरे सामने हाथ पसारना पड़ा तो तुलिया दिखा देगी कि औरत का दिल कितना उदार हो सकता है।'

तुलिया झल्लायी हुई वहां से चली गयी, पर निराश न थी, न बेदिल। जो कुछ हुआ वह उसके सोचे हुए विधान का एक अंग था। इसके आगे क्या होने वाला है इसके बारे में भी उसे कोई सन्देह न था।

## 5

ठाकुर ने जायदाद तो बचा ली थी, पर बड़े मंहगे दामों। उसके दिल का इत्मीनान गायब हो गया था। जिन्दगी में जैसे कुछ रह ही न गया हो। जायदाद आंखों के सामने थी, तुलिया दिल के अन्दर। तुलिया जब रोज सामने आकर अपनी तिर्छी चितवनों से उसके हृदय में बाण चलाती थी, तब वह ठोस सत्य थी। अब जो तुलिया उसके हृदय में बैठी हुई थी, वह स्वप्न थी जो सत्य से कहीं ज्यादा मादक है, विदारक है।

कभी-कभी तुलिया स्वप्न की एक झलक-सी नजर आ जाती, और स्वप्न ही की भांति विलीन भी हो जाती। गिरधर उससे अपने दिल का दर्द कहने का अवसर

ढूंढ़ता रहता लेकिन तुलिया उसके साये से भी परहेज करती। गिरधर को अब अनुभव हो रहा था कि उसके जीवन को सुखी बनाने के लिए उसकी जायदाद जितनी जरूरी है, उससे कहीं ज्यादा जरूरी तुलिया है। उसे अब अपनी कृपणता पर क्रोध आता। जायदाद क्या तुलिया के नाम रही, क्या उसके नाम। इस जरा-सी बात में क्या रक्खा है। तुलिया तो इसलिए अपने नाम लिखा रही थी कि कहीं मैं उसके साथ बेवफाई कर जाऊं तो वह अनाथ न हो जाय। जब मैं उसका बिना कौड़ी का गुलाम हूं तो बेवफाई कैसी? मैं उसके साथ बेवफाई करूंगा, जिसकी एक निगाह के लिए, एक शब्द के लिए तरसता रहता हूं। कहीं उससे एक बार एकान्त में भेंट हो जाती तो उससे कह देता—तूला, मेरे पास जो कुछ है, वह सब तुम्हारा है। कहो बखशिशनामा लिख दूं, कहो बयनामा लिख दूं। मुझसे जो अपराध हुआ उसके लिए नादिम हूं। जायदाद से मनुष्य को जो एक संस्कार-गत प्रेम है, उसी ने मेरे मुंह से वह शब्द निकलवाये। यही रिवाजी लोभ मेरे और तुम्हारे बीच में आकर खड़ा हो गया। पर अब मैंने जाना कि दुनिया में वही चीज सबसे कीमती है जिससे जीवन में आनन्द और अनुराग पैदा हो। अगर दरिद्रता और वैराग्य में आनन्द मिले तो वही सबसे प्रिय वस्तु है, जिस पर आदमी जमीन और मिल्कियत सब कुछ होम कर देगा। आज भी लाखों माई के लाल हैं, जो संसार के सुखों पर लात मारकर जंगलों और पहाड़ों की सैर करने में मस्त हैं। और उस वक्त मैं इतनी मोटी-सी बात न समझा। हाय रे दुर्भाग्य!

## 6

एक दिन ठाकुर के पास तुलिया ने पैगाम भेजा—मैं बीमार हूं, आकर देख जाव, कौन जाने बचूं कि न बचूं।

इधर कई दिन से ठाकुर ने तुलिया को न देखा था। कई बार उसके द्वार के चक्कर भी लगाए, पर वह न दीख पड़ी। अब जो यह संदेशा मिला तो वह जैसे पहाड़ से नीचे गिर पड़ा। रात के दस बजे होंगे। पूरी बात भी न सुनी और दौड़ा। छाती धड़क रही थी और सिर उड़ा जाता था, तुलिया बीमार है! क्या होगा भगवान्! तुम मुझे क्यों नहीं बीमार कर देते? मैं तो उसके बदले मरने को भी तैयार हूं। दोनों ओर के काले-काले वृक्ष मौत के दूतों की तरह दौड़े चले आते थे। रह-रहकर उसके प्राणों से एक ध्वनि निकलती थी, हसरत और दर्द में डूबी

हुई—तुलिया बीमार है!

उसकी तुलिया ने उसे बुलाया है। उस कृतघ्नी, अधम, नीच, हत्यारे को बुलाया है कि आकर मुझे देख जाओ, कौन जाने बचूं कि न बचूं। तू अगर न बचेगी तुलिया तो मैं भी न बचूंगा, हाय, न बचूंगा!! दीवार से सिर फोड़कर मर जाऊंगा। फिर मेरी और तेरी चिता एक साथ बनेगी, दोनों के जनाजे एक साथ निकलेंगे।

उसने कदम और तेज किए। आज वह अपना सब कुछ तुलिया के कदमों पर रख देगा। तुलिया उसे बेवफा समझती है। आज वह दिखाएगा, वफा किसे कहते हैं। जीवन में अगर उसने वफा न की तो मरने के बाद करेगा। इस चार दिन की जिन्दगी में जो कुछ न कर सका वह अनन्त युगों तक करता रहेगा। उसका प्रेम कहानी बनकर घर-घर फैल जायगा।

मन में शंका हुई, तुम अपने प्राणों का मोह छोड़ सकोगे? उसने जोर से छाती पीटी और चिल्ला उठा—प्राणों का मोह किसके लिए? और प्राण भी तो वही है, जो बीमार है। देखूं मौत कैसे प्राण ले जाती है, और देह को छोड़ देती है।

उसने धड़कते हुए दिल और थरथराते हुए पांवों से तुलिया के घर में कदम रक्खा। तुलिया अपनी खाट पर एक चादर ओढ़े सिमटी पड़ी थी, और लालटेन के अन्धे प्रकाश में उसका पीला मुख मानो मौत की गोद में विश्राम कर रहा था।

उसने उसके चरणों पर सिर रख दिया और आंसुओं में डूबी हुई आवाज से बोला—तूला, यह अभागा तुम्हारे चरणों पर पड़ा हुआ है। क्या आंखें न खोलोगी?

तुलिया ने आंखें खोल दीं और उसकी ओर करुण दृष्टि डालकर कराहती हुई बोली—तुम हो गिरधर सिंह, तुम आ गए? अब मैं आराम से मरूंगी। तुम्हें एक बार देखने के लिए जी बहुत बेचैन था। मेरा कहा-सुना माफ कर देना और मेरे लिए रोना मत। इस मिट्टी की देह में क्या रक्खा है गिरधर! वह तो मिट्टी में मिल जाएगी। लेकिन मैं कभी तुम्हारा साथ न छोड़ूंगी। परछाईं की तरह नित्य तुम्हारे साथ रहूंगी। तुम मुझे देख न सकोगे, मेरी बातें सुन न सकोगे, लेकिन तुलिया आठों पहर सोते-जागते तुम्हारे साथ रहेगी। मेरे लिए अपने को बदनाम मत करना गिरधर! कभी किसी के सामने मेरा नाम जबान पर न लाना। हां, एक बार मेरी चिता पर पानी के छींटे मार देना। इससे मेरे हृदय की ज्वाला शान्त हो जायगी।

गिरधर फूट-फूटकर रो रहा था। हाथ में कटार होती तो इस वक्त जिगर में मार लेता और उसके सामने तड़पकर मर जाता।

जरा दम लेकर तुलिया ने फिर कहा—मैं बचूंगी नहीं गिरधर, तुमसे एक बिनती करती हूं, मानोगे?

गिरधर ने छाती ठोककर कहा—मेरी लाश भी तेरे साथ ही निकलेगी तुलिया। अब जीकर क्या करूंगा और जिऊं भी तो कैसे? तू मेरा प्राण है तुलिया।

उसे ऐसा मालूम हुआ तुलिया मुस्कराई।

'नहीं-नहीं, ऐसी नादानी मत करना। तुम्हारे बाल-बच्चे हैं, उनका पालन करना। अगर तुम्हें मुझसे सच्चा प्रेम है, तो ऐसा कोई काम मत करना जिससे किसी को इस प्रेम की गन्ध भी मिले। अपनी तुलिया को मरने के पीछे बदनाम मत करना।

गिरधर ने रोकर कहा—जैसी तेरी इच्छा।

'मेरी तुमसे एक बिनती है।'

'अब तो जिऊंगी ही इसीलिए कि तेरा हुक्म पूरा करूं, यही मेरे जीवन का ध्येय होगा।'

'मेरी यही विनती है कि अपनी भाभी को उसी मान-मर्यादा के साथ रखना जैसे वह बसीसिंह के सामने रहती थी। उसका आधा उसको दे देना।

'लेकिन भाभी तो तीन महीने से अपने मैके में है, और कह गई है कि अब कभी न आऊंगी।'

'यह तुमने बुरा किया है गिरधर, बहुत बुरा किया है। अब मेरी समझ में आया कि क्यों मुझे बुरे-बुरे सपने आ रहे थे। अगर चाहते हो कि मैं अच्छी हो जाऊं, तो जितनी जल्दी हो सके, लिखा-पढ़ी करके कागज-पत्तर मेरे पास रख दो। तुम्हारी यह बददियानती ही मेरी जान का गाहक हो रही है। अब मुझे मालूम हुआ कि बंसीसिंह क्यों मुझे बार-बार सपना देते थे। मुझे और कोई रोग नहीं है। बंसीसिंह ही मुझे सता रहे हैं। बस, अभी जाओ। देर की तो मुझे जीता न पाओगे। तुम्हारी बेइन्साफी का दंड बंसीसिंह मुझे दे रहे हैं।'

गिरधर ने दबी जबान से कहा—लेकिन रात को कैसे लिखा-पढ़ी होगी तूली। स्टाम्प कहां मिलेगा? लिखेगा कौन? गवाह, कहां हैं?

'कल सांझ तक भी तुमने लिखा-पढ़ी कर ली तो मेरी जान बच जाएगी, गिरधर। मुझे बंसीसिंह लगे हुए हैं, वही मुझे सता रहे हैं, इसीलिए कि वह जानते हैं तुम्हें मुझसे

प्रेम है। मैं तुम्हारे ही प्रेम के कारन मारी जा रही हूं। अगर तुमने देर की तो तुलिया को जीता न पाओगे।'

'मैं अभी जाता हूं तुलिया। तेरा हुक्म सिर और आंखों पर। अगर तूने पहले ही यह बात मुझसे कह दी होती तो क्यों यह हालत होती? लेकिन कहीं ऐसा न हो, मैं तुझे देख न सकूं और मन की लालसा मन में ही रह जाय।'

'नहीं-नहीं, मैं कल सांझ तक नहीं मरूंगी, विश्वास रक्खो।'

गिरधर उसी छन वहां से निकला और रातों-रात पच्चीस कोस की मंजिल काट दी। दिन निकलते-निकलते सदर पहुंचा, वकीलों से सलाह-मशविरा किया, स्टाम्प लिया, भावज के नाम आधी जायदाद लिखी, रजिस्ट्री कराई, और चिराग जलते-जलते हैरान-परीशान, थका-मांदा, बेदाना-पानी, आशा और दुराशा से कांपता हुआ आकर तुलिया के सामने खड़ा हो गया। रात के दस बज गए थे। उस ववत न रेलें थीं, न लारियां, बेचारे को पचास कोस की कठिन यात्रा करनी पड़ी। ऐसा थक गया था कि एक-एक पग पहाड़ मालूम होता था। पर भय था कि कहीं देर हो गई तो अनर्थ हो जाएगा।

तुलिया ने प्रसन्न मन से पूछा—तुम आ गए गिरधर? काम कर आए?

गिरधर ने कागज उसके सामने रख दिया और बोला—हां तूला, कर आया, मगर अब भी तुम अच्छी न हुई तो तुम्हारे साथ मेरी जान भी जायगी। दुनिया चाहे हंसे, चाहे रोये, मुझे परवाह नहीं है। कसम ले लो, जो एक घूंट पानी भी पिया हो।

तुलिया उठ बैठी और कागज को अपने सिरहाने रखकर बोली—अब मैं बहुत अच्छी हूं। सबेरे तक बिलकुल अच्छी हो जाऊंगी। तुमने मेरे साथ जो नेकी की है,वह मरते दम तक न भूलूंगी। लेकिन अभी-अभी मुझे जरा नींद आ गई थी। मैंने सपना देखा कि बंसीसिंह मेरे सिरहाने खड़े हैं और मुझसे कह रहे हैं, तुलिया, तू ब्याहता है, तेरा आदमी हजार कोस पर बैठा तेरे नाम की माला जप रहा है। चाहता तो दूसरी कर लेता, लेकिन तेरे नाम पर बैठा हुआ है और जन्म-भर बैठा रहेगा। अगर तूने उससे दगा की तो मैं तेरा दुश्मन हो जाऊंगा, और फिर जान लेकर ही छोड़ूंगा। अपना भला चाहती है तो अपने सत् पर रह। तूने उससे कपट किया, उसी दिन मैं तेरी सांसत कर डालूंगा। बस, यह कहकर वह लाल-लाल आंखों से मुझे तरेरते हुए चले गए।

गिरधर ने एक छन तुलिया के चेहरे की तरफ देखा, जिस पर इस समय एक दैवी तेज विराज रहा था, एकाएक जैसे उसकी आंखों के सामने से पर्दा हट गया और सारी साजिश समझ में आ गई। उसने सच्ची श्रद्धा से तुलिया के चरणों को चूमा और बोला—समझ गया तुलिया, तू देवी है।

—'चांद', अप्रैल, 1935

# पैपुजी

सिद्धान्त का सबसे बड़ा दुश्मन है मुरौवत। कठिनाइयों, बाधओं, प्रलोभनों का सामना आप कर सकते हैं दृढ़ संकल्प और आत्मबल से। लेकिन एक दिली दोस्त से बेमुरौवती तो नहीं की जाती, सिद्धान्त रहे या जाय। कई साल पहले मैंने जनेऊ हाथ में लेकर प्रतिज्ञा की थी कि अब कभी किसी की बरात में न जाऊंगा, चाहे इधर की दुनिया उधर हो जाय। ऐसी विकट प्रतिज्ञा करने की जरूरत क्यों पड़ी, इसकी कथा लंबी है और आज भी उसे याद करके मेरी प्रतिज्ञा को जीवन मिल जाता है। बरात थी कायस्थों की। समधी थे मेरे पुराने मित्र। बरातियों में अधिकांश जान-पहचान के लोग थे। देहात में जाना था। मैंने सोचा, चलो दो-तीन दिन देहात की सैर रहेगी, चल पड़ा। लेकिन मुझे यह देखकर हैरत हुई कि बरातियों की वहां जाकर बुद्धि ही कुछ भ्रष्ट हो गई है। बात-बात पर झगड़ा-तकरार। सभी कन्यापक्षवालों से मानो लड़ने को तैयार। यह चीज नहीं आई, वह चीज नहीं भेजी, यह आदमी है या जानवर, पानी बिना बरफ के कौन पियेगा। गधे ने बरफ भेजी भी तो दस सेर। पूछो दस सेर बरफ लेकर आंखों में लगायें या किसी देवता को चढ़ाएं! अजबचिल्ल-पों मची हुई थी। कोई किसी की न सुनता था। समधी साहब सिर पीट रहे थे कि यहां उनके मित्रों की जितनी दुर्गति हुई, उसका उन्हें उम्र-भर खेद रहेगा। वह क्या जानते थे कि लड़कीवाले इतने गंवार हैं। गंवार क्यों, मतलबी कहिए। कहने को शिक्षित हैं, सभ्य हैं, भद्र हैं, धन भी भगवान् की दया से कम नहीं, मगर दिल के इतने छोटे। दस सेर बरफ भेजते हैं! सिगरेट की एक डिबिया भी नहीं। फंस गया और क्या।

मैंने उनसे बिना सहानुभूति दिखाये कहा—सिगरेट नहीं भेजे तो कौन-सा बड़ा अनर्थ हो गया, खमीरा तम्बाकू तो दस सेर भेज दिया है, पीती क्यें नहीं घोल-घोल कर।

मेरे समधी मित्र ने विस्मय-भरी आंखों से मुझे देखा मानो उन्हें कानों पर विश्वास न हो। ऐसी अनीति!

बोले—आप भी अजीब आदमी हैं, खमीरा यहां कौन पीता है। मुद्दत हुई लोगों ने गुड़गुड़ियां और फर्शियां गुदड़ी बाजार में बेच डालीं। थोड़े-से

दकियानूसी अब भी हुक्का गुड़गुड़ाते हैं लेकिन बहुत कम। यहां तो ईश्वर की कृपा से सभी नई रोशनी, नये विचार, नये जमाने के लोग हैं और कन्यावाले यह बात जानते हैं, फिर भी सिगरेट नहीं भेजी, यहां कई सज्जन आठ-दस डिबियां रोज पी जाते हैं। एक साहब तो बारह तक पहुंच जाते हैं। और चार-पांच डिबियां तो आम बात है। इतने आदमियों के बीच में पांच सौ डिबियां भी न हों तो क्या हो। और बरफ देखी आपने, जैसे दवा के लिए भेजी है। यहां इतनी बरफ घर-घर आती है। मैं तो अकेला ही दस सेर पी जाता हूं। देहातियों को कभी अकल न आएगी, पढ-लिख कितने ही जाएं।

मैंने कहा—तो आपको अपने साथ एक गाड़ी सिगरेट और टन-भर बरफ लेते आना चाहिए था।

वह स्तम्भित हो गए—आप भंग तो नहीं खा गए?

—जी नहीं, कभी उम्र-भर नहीं खाई।

—तो फिर ऐसी ऊल-जलूल बातें क्यों करते हो?

—मैं तो सम्पूर्णत: अपने होश में हूं।

—होश में रहने वाला आदमी ऐसी बात नहीं कर सकता। हम यहां लड़का ब्याहने आए हैं, लड़कीवालों को हमारी सारी फरमाइशें पूरी करनी पड़ेंगी, सारी। हम जो कुद मांगेंगे उन्हें देना पड़ेगा, रो-रोकर देना पड़ेगा, दिल्लगी नहीं है। नाकों चने न चबवा दें तो कहिएगा। यह हमारा खुला हुआ अपमान है। द्वार पर बुलाकर जलील करना। मेरे साथ जो लोग आए हैं वे नाई-कहार नहीं हैं, बड़े-बड़े आदमी हैं। मैं उनकी तौहीन नहीं देख सकता। अगर इन लोगों की यह जिद है तो बरात लौट जाएगी।

मैंने देखा यह इस वक्त ताव में हैं, इनसे बहस करना उचित नहीं। आज जीवन में पहली बार, केवल दो दिन के लिए, इन्हें एक आदमी पर अधिकार मिल गया है। उसकी गर्दन इनके पांव के नीचे है। फिर उन्हें क्यों न नशा हो जाय, क्यों न सिर फिर जाय, क्यों न उस पर दिल खोलकर रोब जमाएं। वरपक्षवाले कन्यापक्षवालों पर मुद्दतों से हुकूमत करते चले आए हैं, और उस अधिकार को त्याग देना आसान नहीं। इन लोगों के दिमाग में इस वक्त यह बात कैसे आएगी कि तुम कन्यापक्षवालों के मेहमान हो और वे तुम्हें जिस तरह रखना चाहें तुम्हें रहना पड़ेगा। मेहमान को जो आदर-सत्कार, चूनी-चोकर, रूखा-सुखा मिले, उस पर उसे सन्तुष्ट होना चाहिए, शिष्टता यह कभी गवारा नहीं कर सकती कि वह

जिनका मेहमान है, उनसे अपनी खातिरदारी का टैक्स वसूल करे। मैंने वहां से टल जाना ही मुनासिब समझा।

लेकिन जब विवाह का मुहूर्त आया, इधर से एक दर्जन व्हिस्की की बोतलों की फरमाइश हुई और कहा गया कि जब तक बोतलें न आ जाएंगी हम विवाह-संस्कार के लिए मंडप में न जाएंगे। तब मुझसे न देखा गया। मैंने समझ लिया कि ये सब पशु हैं, इंसानियत से खाली। इनके साथ एक क्षण रहना भी अपनी आत्मा का खून करना है। मैंने उसी वक्त प्रतिज्ञा की कि अब कभी किसी बरात में न जाऊंगा और अपना बोरिया-बकचा लेकर उसी क्षण वहां से चल दिया।

इसलिए जब गत मंगलवार को मेरे परम मित्र सुरेश बाबू ने मुझे अपने लड़के के विवाह का निमन्त्रण दिया तो मैंने सुरेश बाबू को दोनों हाथों से पकड़कर कहा—जी नहीं, मुझे क्षमा कीजिए, मैं न जाऊंगा।

उन्होंने खिन्न होकर कहा—आखिर क्यों?

'मैंने प्रतिज्ञा कर ली है अब किसी बरात में न जाऊंगा।'

'अपने बेटे की बरात में भी नहीं?'

'बेटे की बरात में खुद अपना स्वामी रहूंगा।'

'तो समझ लीजिए यह आप ही का पुत्र है और आप यहाँ अपने स्वामी हैं।'

मैं निरुत्तर हो गया। फिर भी मैंने अपना पक्ष न छोड़ा।

'आप लोग वहां कन्यापक्षवालों से सिगरेट बर्फ, तेल, शराब आदि-आदि चीजों के लिए आग्रह तो न करेंगे?'

'भूलकर भी नहीं, इस विषय में मेरे विचार वही हैं जो आपके।

'ऐसा तो न होगा कि मेरे जैसे विचार रखते हुए भी आप वहां दुराग्रहियों की बातों में आ जाएं और वे अपने हथकन्डे शुरू कर दें?

'मैं आप ही को अपना प्रतिनिधि बनाता हूं। आपके फैसले की वहां कहीं अपील न होगी।'

दिल में तो मेरे अब भी कुछ संशय था, लेकिन इतना आश्वासन मिलने पर और ज्यादा अड़ना असज्जनता थी। आखिर मेरे वहां जाने से यह बेचारे तर तो नहीं जाएंगे। केवल मुझसे स्नेह रखने के कारण ही तो सब कुछ मेरे हाथों में सौंप रहे हैं। मैंने चलने का वादा कर लिया। लेकिन जब सुरेश बाबू विदा होने लगे तो मैंने घड़े को जरा और ठोका—

'लेन-देन का तो कोई झगड़ा नहीं है?'

'नाम को नहीं। वे लोग अपनी खुशी से जो कुछ देंगे, वह हम ले लेंगे। मांगने न मांगने का अधिकार तो आपको रहेगा।'

'अच्छी बात है, मैं चलूंगा।'

शुक्रवार को बरात चली। केवल रेल का सफर था और वह भी पचास मील का। तीसरे पहर के एक्सप्रेस से चले और शाम को कन्या के द्वार पर पहुंच गए। वहां हर तरह का सामान मौजूद था। किसी चीज के मांगने की जरूरत न थी। बरातियों की इतनी खातिरदारी भी हो सकती है, इसकी मुझे कल्पना भी न थी। घराती इतने विनीत हो सकते हैं, कोई बात मुंह से निकली नहीं कि एक की जगह चार आदमी हाथ बांधे हाजिर!

लग्न का मुहूर्त आया। हम सभी मंडप में पहुंचे। वहां तिल रखने की जगह भी न थी। किसी तरह धंस-धंसाकर अपने लिए जगह निकाली। सुरेश बाबू मेरे पीछे खड़े थे। बैठने को वहां जगह न थी।

कन्या-दान संस्कार शुरू हुआ। कन्या का पिता, एक पीताम्बर पहने आकर वर के सामने बैठ गया और उसके चरणों को धोकर उन पर अक्षत, फूल आदि चढ़ाने लगा। मैं अब तक सैकड़ों बरातों में जा चुका था, लेकिन विवाह-संस्कार देखने का मुझे कभी अवसर न मिला था। इस समय वर के सगे-संबंधी ही जाते हैं। अन्य बराती जनवासे में पड़े सोते हैं। या नाच देखते हैं, या ग्रामोफोन के रिकार्ड सुनते हैं। और कुछ न हुआ तो कई टोलियों में ताश खेलते हैं। अपने विवाह की मुझे याद नहीं। इस वक्त कन्या के वृद्ध पिता को एक युवक के चरणों की पूजा करते देखकर मेरी आत्मा को चोट लगी। यह हिन्दू विवाह का आदर्श है या उसका परिहास? जामाता एक प्रकार से अपना पुत्र है, उसका धर्म है कि अपने धर्मपिता के चरण धोये, उस पर पान-फूल चढ़ाये। यह तो नीति-संगत मालूम होता है। कन्या का पिता वर के पांव पूजे यह तो न शिष्टता है, न धर्म, न मर्यादा। मेरी विद्रोही आत्मा किसी तरह शांत न रह सकी। मैंने झल्लाए हुए स्वर में कहा—यह क्या अनर्थ हो रहा है, भाइयो! कन्या के पिता का यह अपमान! क्या आप लोगों में आदमियत रही ही नहीं?

मंडप में सन्नाटा छा गया। मैं सभी आंखों का केन्द्र बन गया। मेरा क्या आशय है, यह किसी की समझ में न आया।

आखिर सुरेश बाबू ने पूछा—कैसा अपमान और किसका अपमान? यहां तो किसी का अपमान नहीं हो रहा है।

'कन्या का पिता वर के पांव पूजे, यह अपमान नहीं तो क्या है?'

'यह अपमान नहीं, भाई साहब, प्राचीन प्रथा है।'

कन्या के पिता महोदय बोले—यह मेरा अपमान नहीं है मान्यवर, मेरा अहोभाग्य कि आज का यह शुभ अवसर आया। आप इतने ही से घबरा गये। अभी तो कम से कम एक सौ आदमी पैपुजी के इन्तजार में बैठे हुए हैं। कितने ही तरसते हैं कि कन्या होती तो वर के पांव पूजकर अपना जन्म सफल करते।

मैं लाजवाब हो गया। समधी साहब पांव पूज चुके तो स्त्रियों और पुरुषों का एक समूह वर की तरफ उमड़ पड़ा। और प्रत्येक प्राणी लगा उसके पांव पूजने। जो आता था, अपनी हैसियत के अनुसार कुछ न कुछ चढ़ा जाता था। सब लोग प्रसन्नचित्त और गद्गद नेत्रों से यह नाटक देख रहे थे और मैं मन में सोच रहा था—जब समाज में औचित्य ज्ञान का इतना लोप हो गया है और लोग अपने अपमान को अपना सम्मान समझते हैं तो फिर क्यों न स्त्रियों की समाज में यह दुर्दशा हो, क्यों न वे अपने को पुरुष के पांव की जूती समझें, क्यों न उनके आत्मसम्मान का सर्वनाश हो जाय!

जब विवाह-संस्कार समाप्त हो गया और वर-वधू मंडप से निकले तो मैंने जल्दी से आगे बढ़कर उसी थाल से थोड़े-से फूल चुन लिए और एक अर्द्ध-चेतना की दशा में, न जाने किन भावों से प्रेरित होकर, उन फूलों को वधू के चरणों पर रख दिया, और उसी वक्त वहां से घर चल दिया।

—'माधुरी', अक्तूबर, 1935

# क्रिकेट मैच

1 जनवरी, 1935

आज क्रिकेट मैच में मुझे जितनी निराशा हुई मैं उसे व्यक्त नहीं कर सकता। हमारी टीम दुश्मनों से कहीं ज्यादा मजबूत था मगर हमें हार हुई और वे लोग जीत का डंका बजाते हुए ट्राफी उड़ा ले गये। क्यों? सिर्फ इसलिए कि हमारे यहां नेतृत्व के लिए योग्यता शर्त नहीं। हम नेतृत्व के लिए धन-दौलत जरूरी समझते हैं। हिज हाइनेस कप्तान चुने गये, क्रिकेट बोर्ड का फैसला सबको मानना पड़ा। मगर कितने दिलों में आग लगी, कितने लोगों ने हुक्मे हाकिम समझकर इस फैसले को मंजूर किया, वह खेलनेवालों से पूछिए और जहां सिर्फ मुंहदेखी है वहां उमंग कहां, जोश कहां, संकल्प कहां, खून की आखिरी बूंद गिरा देने का उत्साह कहां। हम खेले और जाहिरा दिल लगाकर खेले। मगर यह सच्चाई के लिए जान देनेवालों की फौज न थी। खेल में किसी का दिल न था।

मैं स्टेशन पर खड़ा अपना तीसरे दर्जे का टिकट लेने की फिक्र में था कि एक युवती ने जो अभी कार से उतरी थी आगे बढ़कर मुझसे हाथ मिलाया और बोली—आप भी तो इसी गाड़ी से चल रहे हैं मिस्टर जफर?

मुझे हैरत हुई कि यह कौन लड़की है और इसे मेरा नाम क्योंकर मालूम हो गया? मुझे एक पल के लिए सकता-सा हो गया कि जैसे शिष्टाचार और अच्छे आचरण की सब बातें दिमाग से गायब हो गई हों। सौन्दर्य में एक ऐसी शान होती है जो बड़ों-बड़ों का सिर झुका देती है। मुझे अपनी तुच्छता की ऐसी अनुभूति कभी न हुई थी। मैंने निजाम हैदराबाद से, हिज एक्सेलेन्सी वायसराय से, महाराज मैसूर से हाथ मिलाया, उनके साथ बैठकर खाना खाया मगर यह कमजोरी मुझ पर कभी न छाई थी। बस,यहां जी चाहता था कि अपनी पलकों से उसके पांव चूम लूं। यह वह सलोनापन न था जिस पर हम जान देते हैं, न वह नजाकत जिसकी कवि लोग कसमें खाते हैं। उस जगह बुद्धि की कांति थी, गंभीरता थी, गरिमा थी, उमंग थी और थी आत्म-अभिव्यक्ति की निस्संकोच लालसा। मैंने सवाल-भरे अंदाज से कहा—जी हां।

यह कैसे पूछूं कि मेरी आपसे भेंट कब हुई। उसकी बेतकल्लुफी कह रही थी वह मुझसे परिचित है। मैं बेगाना कैसे बनूं। इसी सिलसिले में मैंने अपने मर्द होने का फर्ज भी अदा कर दिया—मेरे लिए कोई खिदमत?

उसने मुस्कराकर कहा—जी हां, आपसे बहुत-से काम लूंगी। चलिए, अंदर वेटिंग रूम में बैठें। लखनऊ जा रहे होंगे? मैं भी वहीं चल रही हूं।

वेटिंग रूम आकर उसने मुझे आरामकुर्सी पर बिठाया और खुद एक मामूली कुर्सी पर बैठकर सिगरेट केस मेरी तरफ बढ़ाती हुई बोली—आज तो आपकी बौलिंग बड़ी भयानक थी, वर्ना हम लोग पूरी इनिंग से हारते।

मेरा ताज्जुब और भी बढ़ा। इस सुन्दरी को क्या क्रिकेट से भी शौक है! मुझे उसके सामने आरामकुर्सी पर बैठते झिझक हो रही थी। ऐसी बदतमीजी मैंने कभी न की थी। ध्यान उसी तरफ लगा था, तबियत में कुछ घुटन-सी हो रही थी। रंगों में वह तेजी और तबियत में वह गुलाबी नशा न था जो ऐसे मौके पर स्वभावत: मुझ पर छा जाना चाहिए था। मैंने पूछा—क्या आप वहीं तशरीफ रखती थीं?

उसने अपना सिगरेट जलाते हुए कहा—जी हां, शुरू से आखिर तक। मुझे तो सिर्फ आपका खेल जंचा। और लोग तो कुछ बेदिल-से हो रहे थे और मैं उसका राज समझ रही हूं। हमारे यहां लोगों में सही आदमियों को सही जगह पर रखने का माद्दा ही नहीं है। जैसे इस राजनीतिक पस्ती ने हमारे सभी गुणों को कुचल डाला हो। जिसके पास धन है उसे हर चीज का अधिकार है। वह किसी ज्ञान-विज्ञान के, साहित्यिक-सामाजिक जलसे का सभापति हो सकता है, इसकी योग्यता उसमें हो या न हो। नई इमारतों का उद्घाटन उसके हाथों कराया जाता है, बुनियादें उसके हाथ रखवाई जाती हैं, सांस्कृतिक आंदोलनों का नेतृत्व उसे दिया जाता है, वह कान्वोकेशन के भाषण पढ़ेगा, लड़कों को इनाम बांटेगा, यह सब हमारी दास-मनोवृत्ति का प्रसाद है। कोई ताज्जुब नहीं कि हम इतने नीच और गिरे हुए हैं। जहां हुक्म और अख्तियार का मामला है वहां तो खैर मजबूरी है, हमें लोगों के पैर चूमने ही पड़ते हैं मगर जहां हम अपने स्वतन्त्र विचार और स्वतन्त्र आचरण से काम ले सकते हैं वहां भी हमारी जी हुजूरी की आदत हमारा गला नहीं छोड़ती। इस टीम का कप्तान आपको होना चाहिए था, तब देखती कि दुश्मन क्योंकर बाजी ले जाता। महाराजा साहब में इस टीम का कप्तान बनने की इतनी ही योग्यता है जितनी आप में असेम्बली का सभापति बनने की या मुझमें सिनेमा ऐक्टिंग की।

बिल्कुल वही भाव जो मेरे दिल में थे मगर उसकी जबान से निकलकर कितने असरदार और कितने आंख खोलनेवाले हो गए। मैंने कहा—आप ठीक कहती हैं। सचमुच यह हमारी कमजोरी है।

—आपको इस टीम में शरीक न होना चाहिए था।

—मैं मजबूर था।

इस सुन्दरी का नाम मिस हेलेन मुकर्जी है। अभी इंगलैण्ड से आ रही है। यही क्रिकेट मैच देखने के लिए बम्बई उतर गई थी। इंगलैंड में उसने डाक्टरी की शिक्षा प्राप्त की है और जनता की सेवा उसके जीवन का लक्ष्य है। वहां उसने एक अखबार में मेरी तस्वीर देखी थी और मेरा जिक्र भी पढ़ा था तब से वह मेरे लिए अच्छा खयाल रखती है। यहां मुझे खेलते देखकर वह और भी प्रभावित हुई। उसका इरादा है कि हिन्दुस्तान की एक नई टीम तैयार की जाए और उसमें वही लोग लिए जाएं जो राष्ट्र का प्रतिनिधित्व करने के अधिकारी हैं। उसका प्रस्ताव है कि मैं इस टीम का कप्तान बनाया जाऊं। इसी इरादे से वह सारे हिन्दुस्तान का दौरा करना चाहती है। उसके स्वर्गीय पिता डा. एन. मुकर्जी ने बहुत काफी सम्पत्ति छोड़ी है और वह उसकी सम्पूर्ण उत्तराधिकारिणी है। उसके प्रस्ताव सुनकर मेरा सर आसमान में उड़ने लगा। मेरी जिन्दगी का सुनहरा सपना इतने अप्रत्याशित ढंग से वास्तविकता का रूप ले सकेगा, यह कौन सोच सकता था। अलौकिक शक्ति में मेरा विश्वास नहीं मगर आज मेरे शरीर का रोआं-रोआं कृतज्ञता और भक्ति भावना से भरा हुआ था। मैंने उचित और विनम्र शब्दों में मिस हेलेन को धन्यवाद दिया।

गाड़ी की घण्टी हुई। मिस मुकर्जी ने फर्स्ट क्लास के दो टिकट मंगवाए। मैं विरोध न कर सका। उसने मेरा लगेज उठवाया, मेरा हैट खुद उठा लिया और बेधड़क एक कमरे में जा बैठी और मुझे भी अंदर बुला लिया। उसका खानसामा तीसरे दर्जे में बैठा। मेरी क्रिया-शक्ति जैसे खो गई थी। मैं भगवान् जाने क्यों इन सब मामलों में उसे अगुवाई करने देता था जो पुरुष होने के नाते मेरे अधिकार की चीज थी। शायद उसके रूप, उसकी बौद्धिक गरिमा, उसकी उदारता ने मुझ पर रोब डाल दिया था कि जैसे उसने कामरूप की जादूगरनियों की तरह मुझे भेड़ बना लिया हो और मेरी अपनी इच्छा शक्ति लुप्त हो गई हो। इतनी ही देर में मेरा अस्तित्व उसकी इच्छा में खो गया था। मेरे स्वाभिमान की यह मांग थी कि मैं उसे अपने लिए फर्स्ट क्लास का टिकट न मंगवाने देता और तीसरे ही दर्जे में आराम से बैठता और

अगर पहले दर्जे में बैठना था तो इतनी ही उदारता से दोनों के लिए खुद पहले दर्जे का टिकट लाता, लेकिन अभी तो मेरी क्रियाशक्ति लुप्त हो गई थी।

2 जनवरी—मैं हैरान हूं हेलेन को मुझसे इतनी हमदर्दी क्यों है और यह सिर्फ दोस्ताना हमदर्दी नहीं है। इसमें मुहब्बत की सच्चाई है। दया में तो इतना आतिथ्य-सत्कार नहीं हुआ करता, और रही मेरे गुणों की स्वीकृति, तो मैं अक्ल से इतना खाली नहीं हूं कि इस धोखे में पड़ूं। गुणों की स्वीकृति ज्यादा से ज्यादा एक सिगरेट और एक प्याली चाय पा सकती है। यह सेवा-सत्कार तो मैं वहीं पाता हूं जहां किसी मैच में खेलने के लिए मुझे बुलाया जाता है। तो भी वहां भी इतने हार्दिक ढंग से मेरा सत्कार नहीं होता, सिर्फ रस्मी खातिरदारी बरती जाती है। उसने जैसे मेरी सुविधा और मेरे आराम के लिए अपने को समर्पित कर दिया हो। मैं तो शायद अपनी प्रेमिका के सिवा और किसी के साथ इस हार्दिकता का बर्ताव न कर सकता। याद रहे, मैंने प्रेमिका कहा है पत्नी नहीं कहा। पत्नी की हम खातिरदारी नहीं करते, उससे तो खातिरदारी करवाना ही हमारा स्वभाव हो गया है और शायद सच्चाई भी यही है। मगर फिलहाल तो मैं इन दोनों नेमतों में से एक का भी हाल नहीं जानता। उसके नाश्ते, डिनर, लंच में तो मैं शरीक था ही, हर स्टेशन पर (वह डाक थी और खास-खास स्टेशनों पर ही रुकती थी) मेवे और फल मंगवाती और मुझे आग्रहपूर्वक खिलाती। कहां की क्या चीज मशहूर है, इसका उसे खूब पता है। मेरे दोस्तों और घरवालों के लिए तरह-तरह के तोहफे खरीदे मगर हैरत यह है कि मैंने एक बार भी उसे मना न किया। मना क्योंकर करता, मुझसे पूछकर तो लाती नहीं। जब वह एक चीज लाकर मुहब्बत के साथ मुझे भेंट करती है तो मैं कैसे इन्कार करूं! खुदा जाने क्यों मैं मर्द होकर भी उसके सामने औरत की तरह शर्मीला, कम बोलनेवाला हो जाता हूं कि जैसे मेरे मुंह में जबान ही नहीं। दिन की थकान की वजह से रात-भर मुझे बेचैनी रही। सर में हल्का-सा दर्द था मगर मैंने इस दर्द को बढ़ाकर कहा। अकेला होता तो शायद इस दर्द की जरा भी परवाह न करता मगर आज उसकी मौजूदगी में मुझे उस दर्द को जाहिर करने में मजा आ रहा था। वह मेरे सर में तेल की मालिश करने लगी और मैं खामखाह निढाल हुआ जाता था। मेरी बेचैनी के साथ उसकी परीशानी बढ़ती जाती थी। मुझसे बार-बार पूछती, अब दर्द कैसा है और मैं अनमने ढंग से कहता—अच्छा हूं। उसकी नाजुक हथेलियों के स्पर्श से मेरे प्राणों में गुदगुदी होती थी। उसका वह आकर्षक चेहरा मेरे सर पर झुका है, उसकी गर्म सांसें मेरे माथे को

चूम रही हैं और मैं गोया जन्नत के मजे ले रहा हूं। मेरे दिल में अब उस पर फतेह पाने की ख्वाहिश झकोले ले रही है। मैं चाहता हूं वह मेरे नाज उठाये। मेरी तरफ से कोई ऐसी पहलन न होनी चाहिए जिससे वह समझ जाये कि मैं उस पर लट्टू हो गया है। चौबीस घंटे के अन्दर मेरी मनःस्थिति में कैसे यह क्रांति हो जाती है, मैं क्योंकर प्रेम के प्रार्थी से प्रेम का पात्र बन जाता हूं। वह बदस्तूर उसी तल्लीनता से मेरे सिर पर हाथ रक्खे बैठी हुई है। तब मुझे उस पर रहम आ जाता है और मैं भी उस एहसास से बरी नहीं हूं मगर इस माशूकी में आज जो लुत्फ आया उस पर आशिकी निछावर है। मुहब्बत करना गुलामी है, मुहब्बत किया जाना बादशाहत।

मैंने दया दिखलाते हुए कहा—आपको मेरी वजह से बड़ी तकलीफ हुई।

उसने उमगकर कहा—मुझे क्या तकलीफ हुई। आप दर्द से बेचैन थे और मैं बैठी थी। काश, यह दर्द मुझे हो जाता!

मैं सातवें आसमान पर उड़ा जा रहा था।

5 जनवरी—कल शाम को हम लखनऊ पहुंच गये। रास्ते में हेलेन से सांस्कृतिक, राजनीतिक और साहित्यिक प्रश्नों पर खूब बातें हुईं। ग्रेजुएट तो भगवान् की दया से मैं भी हूं और तब से फुर्सत के वक्त किताबें भी देखता ही रहा हूं, विद्वानों की संगत में भी बैठा हूं लेकिन उसके ज्ञान के विस्तार के आगे कदम-कदम पर मुझे अपनी हीनता का बोध होता है। हर एक प्रश्न पर उसक अपनी राय है और मालूम होता है कि उसने छानबीन के बाद वह राय कायम की है। उसके विपरीत मैं उन लोगों में हूं जो हवा के साथ उड़ते हैं, जिन्हें क्षणिक प्रेरणाएं उलट-पुलटकर रख देती हैं। मैं कोशिश करता था कि किसी तरह उस पर अपनी अक्ल का सिक्का जमा दूं मगर उसके दृष्टिकोण मुझे बेजबान कर देते थे। जब मैंने देखा कि ज्ञान-विज्ञान की बातों में मैं उससे न जीत सकूंगा तो मैंने एबीसीनिया और इटली की लड़ाई का जिक्र छेड़ दिया जिस पर मैंने अपनी समझ में बहुत कुछ पढ़ा था और इंगलैण्ड और फ्रांस ने इटली पर दबाव डाला है उसकी तारीफ में मैंने अपनी वाक्-शक्ति खर्च कर दी। उसने एक मुस्कराहट के साथ कहा—आपका यह खयाल है कि इंगलैण्ड और फ्रांस सिर्फ इंसानियत और कमजोर की मदद करने की भावना से प्रभावित हो रहे हैं तो आपकी गलती है। उनकी साम्राज्य-लिप्सा यह नहीं बर्दाश्त कर सकती कि दुनिया की कोई दूसरी ताकत फले-फूले। मुसोलिनी वही कर रहा है जो इंगलैण्ड ने कितनी ही बार किया है और आज भी कर रहा है। यह सारा बहुरूपियापन सिर्फ एबीसीनिया में व्यावसायिक सुविधाएं

प्राप्त करने के लिए है। इंगलैण्ड को अपने व्यापार के लिए बाजारों की जरूरत है, अपनी बढ़ी हुई आबादी के लिए जमीन के टुकड़ों की जरूरत है, अपने शिक्षितों के लिए ऊंचे पदों की जरूरत है तो इटली को क्यों न हो। इटली जो कुछ कर रहा है ईमानदारी के साथ एलानिया कर रहा है। उसने कभी दुनिया के सब लोगों के साथ भाईचारे का डंका नहीं पीटा, कभी शान्ति का राग नहीं अलापा। वह तो साफ कहता है कि संघर्ष ही जीवन का लक्षण है। मनुष्य की उन्नति लड़ाई ही के जरिये होती है। आदमी के अच्छे गुण लड़ाई के मैदान में ही खुलते हैं। सबकी बराबरी के दृष्टिकोण को वह पागलपन कहता है। वह अपना शुमार भी उन्हीं बड़ी कौमों में करता है जिन्हें रंगीन आबादियों पर हुकूमत करने का हक है। इसलिए हम उसकी कार्य-प्रणाली को समझ सकते हैं। इंगलैण्ड ने हमेशा धोखेबाजी से काम लिया है। हमेशा एक राष्ट्र के विभिन्न तत्वों में भेद डालकर या उनके आपसी विरोधों को राजनीति के आधार बनाकर उन्हें अपना पिछलग्गू बनाया है। मैं तो चाहती हूं कि दुनिया में इटली, जापान और जर्मनी खूब तरक्की करें और इंगलैण्ड का आधिपत्य टूटे। तभी दुनिया में असली जनतंत्र और शांति पैदा होगी। वर्तमान सभ्यता जब तक मिट न जायेगी, दुनिया में शांति का राज्य न होगा। कमजोर कौमों को जिन्दा रहने का कोई हक नहीं, उसी तरह जिस तरह कमजोर पौधों को। सिर्फ इसलिए नहीं कि उनका अस्तित्व स्वयं उनके लिए कष्ट का कारण है बल्कि इसलिए कि वही दुनिया के इस झगड़े और रक्तपात के लिए जिम्मेदार हैं।

मैं भला क्यों इस बात से सहमत होने लगा। मैंने जवाब तो दिया और इन विचारों का इतने ही जोरदार शब्दों में खंडन भी किया। मगर मैंने देखा कि इस मामले में वह संतुलित बुद्धि से काम नहीं लेना चाहती या नहीं ले सकती।

स्टेशन पर उतरते ही मुझे यह फिक्र सवार हुई कि हेलेन को अपना मेहमान कैसे बनाऊं। अगर होटल में ठहराऊं तो भगवान् जाने अपने दिल में क्या कहे। अगर अपने घर ले जाऊं तो शर्म मालूम होती है। वहां ऐसी रुचि-सम्पन्न और अमीरों जैसे स्वभाव वाली युवती के लिए सुविधा की क्या सामग्रियां हैं। यह संयोग की बात है कि मैं क्रिकेट अच्छा खेलने लगा और पढ़ना-लिखना छोड़-छाड़कर उसी का हो रहा और एक स्कूल का मास्टर हूं मगर घर की हालत बदस्तूर है। वही पुराना, अंधेरा, टूटा-फूटा मकान, तंग गली में, वही पुराने रंग-ढंग, वही पुराना ढच्चर। अम्मा तो शायद हेलेन को घर में कदम ही न रखने दें। और यहां तक नौबत ही क्यों आने लगी, हेलेन खुद दरवाजे ही से भागेगी। काश, आज अपना मकान होता, सजा-संवरा, मैं

इस काबिल होता कि हेलेन की मेहमानदारी कर सकता, इससे ज्यादा खुशनसीबी और क्या हो सकती थी लेकिन बेसरोसामानी का बुरा हो!

मैं यही सोच रहा था कि हेलेन ने कुली से असबाब उठवाया और बाहर आकर एक टैक्सी बुला ली। मेरे लिए इस टैक्सी में बैठ जाने के सिवा दूसरा चारा क्या बाकी रह गया था। मुझे यकीन है, अगर मैं उसे अपने घर ले जाता तो उस बेसरोसामानी के बावजूद वह खुश होती। हेलेन रुचि-सम्पन्न है मगर नखरेबाज नहीं है। वह हर तरह की आजमाइश और तजुर्बे के लिए तैयार रहती है। हेलेन शायद आजमाइशों को और नागवार तजुर्बों को बुलाती है। मगर मुझ में न यह कल्पना है न वह साहस।

उसने जरा गौर से मेरा चेहरा देखा होता तो उसे मालूम हो जाता कि उस पर कितनी शर्मिन्दगी और कितनी बेचारगी झलक रही थी। मगर शिष्टाचार का निबाह तो जरूरी था, मैंने आपत्ति की, मैं तो आपको अपना मेहमान बनाना चाहता था मगर आप उल्टा मुझे होटल लिए जा रही हैं।

उसने शरारत से कहा—इसीलिए कि आप मेरे काबू से बाहर न हो जाएं। मेरे लिए इससे ज्यादा खुशी की बात क्या होती कि आपके आतिथ्य सत्कार का आनन्द उठाऊं लेकिन प्रेम ईर्ष्यालु होता है, यह आपको मालूम है। वहां आपके इष्ट मित्र आपके वक्त का बड़ा हिस्सा लेंगे, आपको मुझसे बात करने का वक्त ही न मिलेगा और मर्द आम तौर पर कितने बेमुरव्वत और जल्द भूल जाने वाले होते हैं इसका मुझे अनुभव हो चुका है। मैं तुम्हें एक क्षण के लिए भी अलग नहीं छोड़ सकती। मुझे अपने सामने देखकर तुम मुझे भूलना भी चाहो तो नहीं भूल सकते।

मुझे अपनी इस खुशनसीबी पर हैरत ही नहीं, बल्कि ऐसा लगने लगा कि जैसे सपना देख रहा हूं। जिस सुन्दरी की एक नजर पर मैं अपने को कुर्बान कर देता वह इस तरह मुझसे मुहब्बत का इजहार करे। मेरा तो जी चाहता था कि इसी बात पर उनके कदमों को पकड़ कर सीने से लगा लूं और आंसुओं से तर कर दूं।

होटल में पहुंचे। मेरा कमरा अलग था। खाना हमने साथ खाया और थोड़ी देर तक वहीं हरी-हरी घास पर टहलते रहे। खिलाड़ियों को कैसे चुना जाय, यही सवाल था। मेरा जी तो यही चाहता था कि सारी रात उसके साथ टहलता रहूं लेकिन उसने कहा—आप अब आराम करें, सुबह बहुत काम है। मैं अपने कमरे में जाकर लेट

रहा मगर सारी रात नींद नहीं आई। हेलेन का मन अभी तक मेरी आंखों से छिपा हुआ था, हर क्षण वह मेरे लिए पहेली होती जा रही है।

12 जनवरी—आज दिन-भर लखनऊ के क्रिकेटरों का जमाव रहा। हेलेन दीपक थी और पतिंगे उसके गिर्द मंडरा रहे थे। यहां से मेरे अलावा दो लोगों का खेल हेलेन को बहुत पसन्द आया—बृजेन्द्र और सादिक। हेलेन उन्हें आल इंडिया टीम में रखना चाहती थी। इसमें कोई शक नहीं कि दोनों इस फन के उस्ताद हैं लेकिन उन्होंने जिस तरह शुरुआत की है उससे तो यही मालूम होता है कि वह क्रिकेट खेलने नहीं अपनी किस्मत की बाजी खेलने आये हैं। हेलेन किस मिजाज की औरत है, यह समझना मुश्किल है। बृजेन्द्र मुझसे ज्यादा सुन्दर है, यह मैं भी स्वीकार करता हूं, रहन-सहन से पूरा साहब है। लेकिन पक्का शोहदा, लोफर। मैं नहीं चाहता कि हेलेन उससे किसी तरह का सम्बन्ध रक्खे। अदब तो उसे छू नहीं गया। बदजबान परले सिरे का, बेहूदा गन्दे मजाक, बातचीत का ढंग नहीं और मौके-महल की समझ नहीं। कभी-कभी हेलेन से ऐसे मतलब-भरे इशारे कर जाता है कि मैं शर्म से सिर झुका लेता हूं लेकिन हेलेन को शायद उसका बाजारूपन, उसका छिछोरापन महसूस नहीं होता। नहीं, वह शायद उसके गन्दे इशारों का मजा लेती है। मैंने कभी उसके माथे पर शिकन नहीं देखी। यह मैं नहीं कहता कि वह हंसमुखपन कोई बुरी चीज है, न जिन्दादिली का मैं दुश्मन हूं लेकिन एक लेडी के साथ तो अदब और कायदे का लिहाज रखना ही चाहिए।

सादिक एक प्रतिष्ठित कुल का दीपक है, बहुत ही शुद्ध आचरण, यहां तक कि उसे ठण्डे स्वभाव का भी कह सकते हैं, बहुत घमंडी, देखने में चिड़चिड़ा लेकिन अब वह भी शहीदों में दाखिल हो गया है। कल आप हेलेन को अपने शेर सुनाते रहे और वह खुश होती रही। मुझे तो उन शेरों में कुछ मजा न आया। इससे पहले मैंने इन हजरत को कभी शायरी करते नहीं देखा, यह मस्ती कहां से फट पड़ी है? रूप में जादू की ताकत है और क्या कहूं। इतना भी न सूझा कि उसे शेर ही सुनाना है तो हसरत या जिगर या जोश के कलाम से दो-चार शेर याद कर लेता। हेलेन सबका कलाम पढ़ थोड़े ही बैठी है। आपको शेर कहने की क्या जरूरत मगर यही बात उनसे कह दूं तो बिगड़ जाएंगे, समझेंगे मुझे जलन हो रही है। मुझे क्यों जलन होने लगी। हेलेन की पूजा करने वालों में एक मैं ही हूं? हां, इतना जरूर चाहता हूं कि वह अच्छे-बुरे की पहचान कर सके, हर आदमी से बेतकल्लुफी मुझे पसन्द नहीं, मगर हेलेन की नजरों में सब बराबर हैं। वह बारी-बारी से सबसे अलग हो जाती है और

सबसे प्रेम करती है। किसकी ओर ज्यादा झुकी हुई है, यह फैसला करना मुश्किल है। सादिक की धन-सम्पत्ति से वह जरा भी प्रभावित नहीं जान पड़ती। कल शाम को हम लोग सिनेमा देखने गये थे। सादिक ने आज असाधारण उदारता दिखाई। जेब से वह रुपया निकाल कर सबके लिए टिकट लेने चले। मियां सादिक जो इस अमीरी के बावजूद तंगदिल आदमी हैं, मैं तो कंजूस कहूंगा, हेलेन ने उनकी उदारता को जगा दिया है। मगर हेलेन ने उन्हें रोक लिया और खुद अंदर जाकर सबके लिए टिकट लाई। और यों भी वह इतनी बेदर्दी से रुपया खर्च करती है कि मियां सादिक के छक्के छूट जाते हैं। जब उनका हाथ जेब में जाता है, हेलेन के रुपये काउन्टर पर जा पहुंचते हैं। कुछ भी हो, मैं तो हेलेन के स्वभाव-ज्ञान पर जान देता हूं। ऐसा मालूम होता है वह हमारी फर्माइशों का इन्तजार करती रहती है और उनको पूरा करने में उसे खास मजा आता है। सादिक साहब को उसने अलबम भेंट कर दिया जो योरोप के दुर्लभ चित्रों की अनुकृतियों का संग्रह है और जो उसने योरोप की तमाम चित्रशालाओं में जाकर खुद इकट्ठा किया है। उसकी आंखें कितनी सौन्दर्य-प्रेमी हैं। बृजेन्द्र जब शाम को अपना नया सूट पहन कर आया, जो उसने अभी सिलाया है, तो हेलेन ने मुस्करा कर कहा—देखो कहीं नजर न लग जाय तुम्हें! आज तो तुम दूसरे यूसुफ बने हुए हो। बृजेन्द्र बाग-बाग हो गया। मैंने जब लय के साथ अपनी ताजा गजल सुनाई तो वह एक-एक शेर पर उछल-उछल पड़ी। अद्भुत काव्यमर्मज्ञ है। मुझे अपनी कविता-रचना पर इतनी खुशी कभी न हुई थी मगर तारीफ जब सबका बुलौवा हो जाये तो उसकी क्या कीमत। मियां सादिक को कभी अपनी सुन्दरता का दावा नहीं हुआ। भीतरी सौंदर्य से आप जितने मालामाल हैं बाहरी सौन्दर्य में उतने ही कंगाल। मगर आज शराब के दौर में ज्यों ही उनकी आंखों में सुर्खी आई हेलेन ने प्रेम से पगे हुए स्वर में कहा—भई, तुम्हारी ये आंखें तो जिगर के पार हुई जाती हैं। और सादिक साहब उस वक्त उसके पैरों पर गिरते-गिरते रुक गये। लज्जा बाधक हुई। उनकी आंखों की ऐसी तारीफ शायद ही किसी ने की हो। मुझे कभी अपने रूप-रंग, चाल-ढाल की तारीफ सुनने की इच्छा नहीं हुई। मैं जो कुछ हूं, जानता हूं। मुझे अपने बारे में यह धोखा कभी नहीं हो सका कि मैं खूबसूरत हूं। यह भी जानता कि हेलेन का यह सब सत्कार कोई मतलब नहीं रखता। लेकिन अब मुझे भी यह बेचैनी होने लगी कि देखो मुझ पर क्या इनायत होती है। कोई बात न थी, मगर मैं बेचैन रहा। जब मैं शाम को यूनिवर्सिटी ग्राउण्ड से खेल की प्रैक्टिस करके आ रहा था तो मेरे ये बिखरे हुए बाल कुछ और ज्यादा बिखर गये थे। उसने आसक्त नेत्रों से

देखकर फौरन कहा—तुम्हारी इन बिखरी हुई जुल्फों पर निसार होने को जी चाहता है! मैं निहाल हो गया, दिल में क्या-क्या तूफान उठे कह नहीं सकता।

मगर खुदा जाने क्यों हम तीनों में से एक भी उसकी किसी अदा या अंदाज या रूप की प्रशंसा शब्दों में नहीं कर पाता। हमें लगता है कि हमें ठीक शब्द नहीं मिलते। जो कुछ हम कह सकते हैं उससे कहीं ज्यादा प्रभावित हैं। कुछ कहने की हिम्मत ही नहीं होती।

1 फरवरी—हम दिल्ली आ गये। इसी बीच में मुरादाबाद, नैनीताल, देहरादून वगैरह जगहों के दौरे किये मगर कहीं कोई खिलाड़ी न मिला। अलीगढ़ और दिल्ली से कई अच्छे खिलाड़ियों के मिलने की उम्मीद है इसलिए हम लोग वहां कई दिन रहेंगे। एलेविन पूरी होते ही हम लोग बम्बई आ जाएंगे और वहां एक महीने प्रैक्टिस करेंगे। मार्च में आस्ट्रेलियन टीम यहां से रवाना होगी। तब तक वह हिन्दुस्तान में सारे पहले से निश्चित मैच खेल चुकी होगी। हम उससे आखिरी मैच खेलेंगे और खुदा ने चाहा तो हिन्दुस्तान की सारी शिकस्तों का बदला चुका देंगे। सादिक और बृजेन्द्र भी हमारे साथ घूमते रहे। मैं तो न चाहता था कि ये लोग आएं मगर हेलेन को शायद प्रेमियों के जमघट में मजा आता है। हम सबके सब एक ही होटल में हैं और सब हेलेन के मेहमान हैं। स्टेशन पर पहुंचे तो सैकड़ों आदमी हमारा स्वागत करने के लिए मौजूद थे। कई औरतें भी थीं लेकिन हेलेन को न मालूम क्यों औरतों से आपत्ति है। उनकी संगत से भागती है, खासकर सुन्दर औरतों की छाया से भी दूर रहती है हालांकि उसे किसी सुन्दरी से जलने का कोई कारण नहीं है। यह मानते हुए भी कि हुस्न उस पर खत्म नहीं हो गया है, उसमें आकर्षण के ऐसे तत्व मौजूद हैं कि कोई परी भी उसके मुकाबले में नहीं खड़ी हो सकती। नख-शिख ही तो सब कुछ नहीं है, रुचि का सौन्दर्य, बातचीत का सौन्दर्य, अदाओं का सौंदर्य भी तो कोई चीज है। प्रेम उसके दिल में है या नहीं खुदा जाने लेकिन प्रेम के प्रदर्शन में वह बेजोड़ है। दिलजोई और नाजबरदारी के फन में हम जैसे दिलदारों को भी उससे शर्मिन्दा होना पड़ता है। शाम को हम लोग नई दिल्ली की सैर को गए। दिलकश जगह है, खुली हुई सड़कें, जमीन के खूबसूरत टुकड़े, सुहानी रबिशें। उसको बनाने में सरकार ने बेदरेग रुपया खर्च किया है और बेजरूरत। यह रकम रिआया की भलाई पर खर्च की जा सकती थी मगर इसको क्या कीजिए कि जनसाधारण इसके निर्माण से जितने प्रभावित हैं, उतने अपनी भलाई की किसी योजना से न होते। आप दस-पांच मदरसे ज्यादा खोल देते या

सड़कों की मरम्मत में या, खेती की जांच-पड़ताल में इस रुपये को खर्च कर देते मगर जनता को शान-शौकत, धन-वैभव से आज भी जितना प्रेम है उतना आपके रचनात्मक कामों से नहीं है। बादशाह की जो कल्पना उसके रोम-रोम में घुल गई है वह अभी सदियों तक न मिटेगी। बादशाह के लिए शान-शौकत जरूरी है। पानी की तरह रुपया बहाना जरूरी है। किफायतशार या कंजूस बादशाह चाहे वह एक-एक पैसा प्रजा की भलाई के लिए खर्च करे, इतना लोकप्रिय नहीं हो सकता। अंग्रेज मनोविज्ञान के पंडित हैं। अंग्रेज ही क्यों हर एक बादशाह जिसने अपने बाहुबल और अपनी बुद्धि से यह स्थान प्राप्त किया है स्वभावतः मनोविज्ञान का पण्डित होता है। इसके बगैर जनता पर उसे अधिकार क्यों कर प्राप्त होता। खैर, यह तो मैंने यूंही कहा। मुझे ऐसा अन्देशा हो रहा है शायद हमारी टीम सपना ही रह जाए। अभी से हम लोगों में अनबन रहने लगी है। बृजेन्द्र कदम-कदम पर मेरा विरोध करता है। मैं आम कहूं तो वह अदबदाकर इमली कहेगा और हेलेन को उससे प्रेम है। जिन्दगी के कैसे-कैसे मीठे सपने देखने लगा था मगर बृजेन्द्र, कृतघ्न-स्वार्थी बृजेन्द्र मेरी जिन्दगी तबाह किए डालता है। हम दोनों हेलेन के प्रिय पात्र नहीं रह सकते, यह तय बात है; एक को मैदान से हटना पड़ेगा।

7 फरवरी—शुक्र है दिल्ली में हमारा प्रयत्न सफल हुआ। हमारी टीम में तीन नये खिलाड़ी जुड़े—जाफर, मेहरा और अर्जुन सिंह। आज उनके कमाल देखकर आस्ट्रेलियन क्रिकेटरों की धाक मेरे दिल से जाती रही। तीनों गेंद फेंकते हैं। जाफर अचूक गेंद फेंकता है, मेहरा सब्र की आजमाइश करता है और अर्जुन बहुत चालाक है। तीनों दृढ़ स्वभाव के लोग हैं, निगाह के सच्चे और अकथ। अगर कोई इन्साफ से पूछे तो मैं कहूंगा कि अर्जुन मुझसे बेहतर खेलता है। वह दो बार इंगलैण्ड हो आया है। अंग्रेजी रहन-सहन से परिचित है और मिजाज पहचाननेवाला भी अव्वल दर्जे का है, सभ्यता और आचार का पुतला। बृजेन्द्र का रंग फीका पड़ गया। अब अर्जुन पर खास कृपा दृष्टि है और अर्जुन पर फतह पाना मेरे लिए आसान नहीं है, मुझे तो डर है वह कहीं मेरी राह का रोड़ा न बन जाए।

25 फरवरी—हमारी टीम पूरी हो गई। दो प्लेयर हमें अलीगढ़ से मिले, तीन लाहौर से और एक अजमेर से और कल हम बम्बई आ गए। हमने अजमेर, लाहौर और दिल्ली में वहां की टीमों से मैच खेले और उन पर बड़ी शानदार फतह पाई। आज बम्बई की हिन्दू टीम से हमारा मुकाबला है और मुझे यकीन है कि मैदान

हमारे हाथ रहेगा। अर्जुन हमारी टीम का सबसे अच्छा खिलाड़ी है और हेलेन उसकी इतनी खातिरदारी करती है लेकिन मुझे जलन नहीं होती, इतनी खातिरदारी तो मेहमान की ही की जा सकती है। मेहमान से क्या डर। मजे की बात यह है कि हर व्यक्ति अपने को हेलेन का कृपा-पात्र समझता है और उससे अपने नाज उठवाता है। अगर किसी के सिर में दर्द है तो हेलेन का फर्ज है कि उसकी मिजाजपुर्सी करे, उसके सर में चन्दन तक घिसकर लगा दे। मगर उसके साथ ही उसका रोब हर एक के दिल पर इतना छाया हुआ है कि उसके किसी काम की कोई आलोचना करने का साहस नहीं कर सकता। सब के सब उसकी मर्जी के गुलाम हैं। वह अगर सबके नाज उठाती है तो हुकूमत भी हर एक पर करती है। शामियाने में एक से एक सुन्दर औरतों का जमघट है मगर हेलेन के कैदियों की मजाल नहीं कि किसी की तरफ देखकर मुस्करा भी सकें। हर एक के दिल पर ऐसा डर छाया रहता है कि जैसे वह हर जगह पर मौजूद है। अर्जुन ने एक मिस पर यूं ही कुछ नजर डाली थी, हेलेन ने ऐसी प्रलय की आंख से उसे देखा कि सरदार साहब का रंग उड़ गया। हर एक समझता है कि वह उसकी तकदीर की मालिक है और उसे अपनी तरफ से नाराज करके वह शायद जिन्दा न रह सकेगा। औरों की तो मैं क्या कहूं, मैंने ही गोया अपने को उसके हाथों बेच दिया है। मुझे तो अब ऐसा लग रहा है कि मुझमें कोई ऐसी चीज खत्म हो गई है जो पहले मेरे दिल में डाह की आग-सी जला दिया करती थी। हेलेन अब किसी से बोले, किसी से प्रेम की बातें करे, मुझे गुस्सा नहीं आता। दिल पर चोट लगती जरूर है मगर उसका इजहार अकेले में आंसू बहाकर करने को जी चाहता है, वह स्वाभिमान कहां गायब हो गया नहीं कह सकता। अभी उसकी नाराजगी से दिल के टुकड़े हो गए थे कि एकाएक उसकी एक उचटती हुई-सी निगाह ने या एक मुस्कराहट ने गुदगुदी पैदा कर दी। मालूम नहीं उसमें वह कौन-सी ताकत है जो इतने हौसलामंद नौजवान दिलों पर हुकूमत कर रही है। उसे बहादुरी कहूं। चालाकी और फुर्ती कहूं, हम सब जैसे उसके हाथों की कठपुतलियां हैं। हममें अपनी कोई शख्सियत, कोई हस्ती नहीं है। उसने अपने सौन्दर्य से, अपनी बुद्धि से, अपने धन से और सबसे ज्यादा सबको समेट सकने की अपनी ताकत से हमारे दिलों पर अपना आधिपत्य जमा लिया है।

1 मार्च—कल आस्ट्रेलियन टीम से हमारा मैच खत्म हो गया। पचास हजार से कम तमाशाइयों की भीड़ न थी। हमने पूरी इनिंग्स से उनको हराया और देवताओं की तरह पुजे। हममें से हर एक ने दिलोजान से काम किया और सभी यकसां तौर

पर फूले हुए थे। मैच खत्म होते ही शहरवालों की तरफ से हमें एक शानदार पार्टी दी गई। ऐसी पार्टी तो शायद वाइसराय के सम्मान में भी न दी जाती होगी। मैं तो तारीफों और बधाइयों के बोझ से दब गया, मैंने 44 रनों में पांच खिलाड़ियों का सफाया कर दिया था। मुझे खुद अपने भयानक गेंद फेंकने पर अचरज हो रहा था। जरूर कोई अलौकिक शक्ति हमारा साथ दे रही थी। इस भीड़ में बम्बई का सौन्दर्य अपनी पूरी शान और रंगीनी के साथ चमक रहा था और मुझे दावा है कि सुन्दरता की दृष्टि से यह शहर जितना भाग्यशाली है, दुनिया का कोई दूसरा शहर शायद ही हो। मगर हेलेन इस भीड़ में भी सबकी दृष्टियों का केन्द्र बनी हुई थी। यह जालिम महज हसीन नहीं है, मीठी बोलती भी है और उसकी अदाएं भी मीठी हैं। सारे नौजवान परवानों की तरह उस पर मंडला रहे थे, एक से एक खूबसूरत, मनचले, और हेलेन उनकी भावनाओं से खेल रही थी, उसी तरह जैसे वह हम लोगों की भावनाओं से खेला करती थी। महाराजकुमार जैसा सुन्दर जवान मैंने आज तक नहीं देखा। सूरत से रोब टपकता है। उनके प्रेम ने कितनी सुन्दरियों को दुख दिया है कौन जाने। मर्दाना दिलकशी का जादू-सा बिखेरता चलता है। हेलेन उनसे भी वैसी ही आजाद बेतकल्लुफी से मिली जैसे दूसरे हजारों नौजवानों से। उनके सौन्दर्य का, उनकी दौलत का उस पर जरा भी असर न था। न जाने इतना गर्व, इतना स्वाभिमान उसमें कहां से आ गया है। कभी नहीं डगमगाती, कहीं रोब में नहीं आती, कभी किसी की तरफ नहीं झुकती। वही हंसी-मजाक है, वही प्रेम का प्रदर्शन, किसी के साथ कोई विशेषता नहीं, दिलजोई सब की मगर उसी बेपरवाही की शान के साथ।

हम लोग सैर करके कोई दस बजे रात को होटल पहुंचे तो सभी जिन्दगी के नए सपने देख रहे थे। सभी के दिलों में एक धुकधुकी-सी हो रही थी कि देखें अब क्या होता है। आशा और भय ने सभी के दिलों में एक तूफान-सा उठा रक्खा था गोया आज हर एक के जीवन की एक स्मरणीय घटना होनेवाली है। अब क्या प्रोग्राम है, इसकी किसी को खबर न थी। सभी जिन्दगी के सपने देख रहे थे। हर एक के दिल पर एक पागलपन सवार था, हर एक को यकीन था कि हेलेन की खास दृष्टि उस पर है मगर यह अदेशा भी हर एक के दिल में था कि खुदा न खास्ता कहीं हेलेन ने बेवफाई की तो यह जान उसके कदमों पर रख देगा, यहां से जिन्दा घर जाना कयामत था।

उसी वक्त हेलेन ने मुझे अपने कमरे में बुला भेजा। जाकर देखता हूं तो सभी खिलाड़ी जमा हैं। हेलेन उस वक्त अपनी शर्बती बेलदार साड़ी में आंखों में चकाचौंध

पैदा कर रही थी। मुझे उस पर झुंझलाहट हुई, इस आम मजमे में मुझे बुलाकर कवायद कराने की क्या जरूरत थी। मैं तो खास बर्ताव का अधिकारी था। मैं भूल रहा था कि शायद इसी तरह उनमें से हर एक अपने को खास बर्ताव का अधिकारी समझता हो।

हेलेन ने कुर्सी पर बैठते हुए कहा—दोस्तो, मैं कह नहीं सकती कि आप लोगों की कितनी कृतज्ञ हूं और आपने मेरी जिन्दगी की कितनी बड़ी आरजू पूरी कर दी। आपमें से किसी को मिस्टर रतन लाल की याद आती है?

रतन लाल! उसे भी कोई भूल सकता है! वह जिसने पहली बार हिन्दुस्तान की क्रिकेट टीम को इंगलैण्ड की धरती पर अपने जौहर दिखाने का मौका दिया, जिसने अपने लाखों रुपये इस चीज की नजर किए और आखिर बार-बार की पराजयों से निराश होकर वहीं इंगलैण्ड में आत्महत्या कर ली। उसकी वह सूरत अब भी हमारी आंखों के सामने फिर रही है।

सब ने कहा—खूब अच्छी तरह, अभी बात ही कै दिन की है।

'आज इस शानदार कामयाबी पर मैं आपको बधाई देती हूं। भगवान् ने चाहा तो अगले साल हम इंगलैण्ड का दौरा करेंगे। आप अभी से इस मोर्चे के लिए तैयारियां कीजिए। लुत्फ तो जब है कि हम वहां एक मैच भी न हारें, मैदान बराबर हमारे हाथ रहे। दोस्तो, यही मेरे जीवन का लक्ष्य है। किसी लक्ष्य को पूरा करने के लिए जो काम किया जाता है उसी का नाम जिन्दगी है। हमें कामयाबी वहीं होती हैं जहां हम अपने पूरे हौसले से काम में लगे हों, वही लक्ष्य हमारा स्वप्न हो, हमारा प्रेम हो, हमारे जीवन का केन्द्र हो। हममें और इस लक्ष्य के बीच में और कोई इच्छा, कोई आरजू दीवार की तरह न खड़ी हो। माफ कीजिएगा, आपने अपने लक्ष्य के लिए जीना नहीं सीखा। आपके लिए क्रिकेट सिर्फ एक मनोरंजन है। आपको उससे प्रेम नहीं। इसी तरह हमारे सैकड़ों दोस्त हैं जिनका दिल कहीं और होता है, दिमाग कहीं और, और वह सारी जिन्दगी नाकाम रहते हैं। आपके लिए मैं ज्यादा दिलचस्पी की चीज थी, क्रिकेट तो सिर्फ मुझे खुश करने का जरिया था। फिर भी आप कामयाब हुए। मुल्क में आप जैसे हजारों नौजवान हैं जो अगर किसी लक्ष्य की पूर्ति के लिए जीना और मरना सीख जाएं तो चमत्कार कर दिखाएं। जाइए और वह कमाल हासिल कीजिए। मेरा रूप और मेरी रातें वासना का खिलौना बनने के लिए नहीं हैं। नौजवानों की आंखों को खुश करने और उनके दिलों में मस्ती पैदा करने के लिए जीना मैं शर्मनाक समझती हूं। जीवन का लक्ष्य

इससे कहीं ऊंचा है। सच्ची जिन्दगी वही है जहां हम अपने लिए नहीं सबके लिए जीते हैं।

हम सब सिर झुकाये सुनते रहे और झल्लाते रहे। हेलेन कमरे से निकलकर कार पर जा बैठी। उसने अपनी रवानगी का इन्तजाम पहले ही कर लिया था। इसके पहले कि हमारे होश-हवास सही हों और हम परिस्थिति समझें,वह जा चुकी थी।

हम सब हफ्ते-भर तक बम्बई की गलियों, होटलों, बंगलों की खाक छानते रहे, हेलेन कहीं न थी और ज्यादा अफसोस यह है कि उसने हमारी जिंदगी का जो आइडियल रखा वह हमारी पहुंच से ऊंचा है। हेलेन के साथ हमारी जिन्दगी का सारा जोश और उमंग खत्म हो गई।

— 'जमाना', जुलाई, 1937

# कोई दुख न हो तो बकरी खरीद लो

उन दिनों दूध की तकलीफ थी। कई डेरी फर्मों की आजमाइश की, अहारों का इम्तहान लिया, कोई नतीजा नहीं। दो-चार दिन तो दूध अच्छा, मिलता फिर मिलावट शुरू हो जाती। कभी शिकायत होती दूध फट गया, कभी उसमें से नागवार बू आने लगती, कभी मक्खन के रेजे निकलते। आखिर एक दिन एक दोस्त से कहा—भाई, आओ साझे में एक गाय ले लें, तुम्हें भी दूध का आराम होगा, मुझे भी। लागत आधी-आधी, खर्च आधा-आधा, दूध भी आधा-आधा। दोस्त साहब राजी हो गए। मेरे घर में जगह न थी और गोबर वगैरह से मुझे नफरत है। उनके मकान में काफी जगह थी इसलिए प्रस्ताव हुआ कि गाय उन्ही के घर रहे। इसके बदले में उन्हें गोबर पर एकछत्र अधिकार रहे। वह उसे पूरी आजादी से पाथें, उपले बनाएं, घर लीपें, पड़ोसियों को दें या उसे किसी आयुर्वेदिक उपयोग में लाएं, इकरार करनेवाले को इसमें किसी प्रकार की आपत्ति या प्रतिवाद न होगा और इकरार करनेवाला सही होश-हवास में इकरार करता है कि वह गोबर पर कभी अपना अधिकार जमाने की कोशिश न करेगा और न किसी को इस्तेमाल करने के लिए आमादा करेगा।

दूध आने लगा, रोज-रोज की झंझट से मुक्ति मिली। एक हफ्ते तक किसी तरह की शिकायत न पैदा हुई। गरम-गरम दूध पीता था और खुश होकर गाता था—

रब का शुक्र अदा कर भाई जिसने हमारी गाय बनाई।
ताजा दूध पिलाया उसने लुत्फे हयात चखाया उसने।
दूध में भीगी रोटी मेरी उसके करम ने बख्शी सेरी।
खुदा की रहमत की है मूरत कैसी भोली-भाली सूरत।[1]

मगर धीरे-धीरे यहां भी पुरानी शिकायतें पैदा होने लगीं। यहां तक नौबत पहुंची कि दूध सिर्फ नाम का दूध रह गया। कितना ही उबालो, न कहीं मलाई का पता न मिठास। पहले तो शिकायत कर लिया करता था इससे दिल का बुखार निकल जाता था। शिकायत से सुधार न होता तो दूध बन्द कर देता था।

1. एक फारसी कहावत

अब तो शिकायत का भी मौका न था, बन्द कर देने का जिक्र ही क्या। भिखारी का गुस्सा अपनी जान पर, पियो या नाले में डाल दो। आठ आने रोज का नुस्खा किस्मत में लिखा हुआ। बच्चा दूध को मुंह न लगाता, पीना तो दूर रहा। आधों आध शक्कर डालकर कुछ दिनों दूध पिलाया तो फोड़े निकलने शुरू हुए और मेरे घर में रोज बमचख मची रहती थी। बीवी नौकर से फरमाती—दूध ले जाकर उन्हीं के सर पटक आ। मैं नौकर को मना करता। वह कहतीं—अच्छे दोस्त हैं तुम्हारे, उसे शरम भी नहीं आती। क्या इतना अहमक है कि इतना भी नहीं समझता कि यह लोग दूध देखकर क्या कहेंगे! गाय को अपने घर मंगवा लो, बला से बदबू आयगी, मच्छर होंगे, दूध तो अच्छा मिलेगा। रुपये खर्चे हैं तो उसका मजा तो मिलेगा।

चड्ढा साहब मेरे पुराने मेहरबान हैं। खासी बेतकल्लुफी है उनसे। यह हरकत उनकी जानकारी में होती हो यह बात किसी तरह गले के नीचे नहीं उतरती। या तो उनकी बीवी की शरारत है या नौकर की लेकिन जिक्र कैसे करूं। और फिर उनकी बीवी से भी तो राह-रस्म है। कई बार मेरे घर आ चुकी हैं। मेरी बीवी जी भी उनके यहां कई बार मेहमान बनकर जा चुकी हैं। क्या वह यकायक इतनी बेवकूफ हो जायेंगी, सरीहन आंखों में धूल झोंकेंगी! और फिर चाहे किसी की शरारत हो, मेरे लिए यह गैरमुमकिन था कि उनसे दूध की खराबी की शिकायत करता। खैरियत यह हुई कि तीसरे महीने चड्ढा का तबादला हो गया। मैं अकेले गाय न रख सकता था। साझा टूट गया। गाय आधे दामों बेच दी गई। मैंने उस दिन इत्मीनान की सांस ली।

आखिर यह सलाह हुई कि एक बकरी रख ली जाय। वह बीच आंगन के एक कोने में पड़ी रह सकती है। उसे दुहने के लिए न ग्वाले की जरूरत न उसका गोबर उठाने, नांद धोने, चारा-भूसा डालने के लिए किसी अहीरिन की जरूरत। बकरी तो मेरा नौकर भी आसानी से दुह लेगा। थोड़ी-सी चोकर डाल दी, चलिये किस्सा तमाम हुआ। फिर बकरी का दूध फायदेमंद भी ज्यादा है, बच्चों के लिए खास तौर पर। जल्दी हजम होता है, न गर्मी करे न सर्दी, स्वास्थ्यवर्द्धक है। संयोग से मेरे यहां जो पंडित जी मेरे मसौदे नकल करने आया करते थे, इन मामलों में काफी तजुर्बेकार थे। उनसे जिक्र आया तो उन्होंने एक बकरी की ऐसी स्तुति गाई, उसका ऐसा कसीदा पढ़ा कि मैं बिन देखे ही उसका प्रेमी हो गया। पछांही नसल की बकरी है, ऊंचे कद की, बड़े-बड़े थन जो जमीन से लगते चलते हैं। बेहद कमखोर

लेकिन बेहद दुधार। एक वक्त में दो-ढाई सेर दूध ले लीजिए। अभी पहली बार ही बियाई है। पच्चीस रुपये में आ जायगी। मुझे दाम कुछ ज्यादा मालूम हुए लेकिन पंडितजी पर मुझे एतबार था। फरमाइश कर दी गई और तीसरे दिन बकरी आ पहुंची। मैं देखकर उछल पड़ा। जो-जो गुण बताये गये थे उनसे कुछ ज्यादा ही निकले। एक छोटी-सी मिट्टी की नांद मंगवाई गई, चोकर का भी इन्तजाम हो गया। शाम को मेरे नौकर ने दूध निकाला तो सचमुच ढाई सेर। मेरी छोटी पतीली लबालब भर गई थी। अब मूसलों ढोल बजायेंगे। यह मसला इतने दिनों के बाद जाकर कहीं हल हुआ। पहले ही यह बात सूझती तो क्यों इतनी परेशानी होती। पण्डितजी का बहुत-बहुत शुक्रिया अदा किया। मुझे सबेरे तड़के और शाम को उसके सींग पकड़ने पड़ते थे तब आदमी दुह पाता था। लेकिन यह तकलीफ इस दूध के मुकाबले में कुछ न थी। बकरी क्या है कामधेनु है। बीवी ने सोचा इसे कहीं नजर न लग जाय इसलिए उसके थन के लिए एक गिलाफ तैयार हुआ, उसकी गर्दन में नीले चीनी के दानों का एक माला पहनाया गया। घर में जो कुछ जूठा बचता, देवी जी खुद जाकर उसे खिला आती थीं।

लेकिन एक ही हफ्ते में दूध की माला कम होने लगी। जरूर नजर लग गई। बात क्या है। पण्डितजी से हाल कहा तो उन्होंने कहा—साहब, देहात की बकरी है, जमींदार की। बेदरेग अनाज खाती थी और सारे दिन बाग में घूमा-चरा करती थी। यहाँ बंधे-बंधे दूध कम हो जाये तो ताज्जुब नहीं। इसे जरा टहला दिया कीजिए।

लेकिन शहर में बकरी को टहलाये कौन और कहां? इसलिए यह तय हुआ कि बाहर कहीं मकान लिया जाय। वहां बस्ती से जरा निकलकर खेत और बाग है। कहार घण्टे-दो घण्टे टहला लाया करेगा। झटपट मकान बदला और गो कि मुझे दफ्तर आने-जाने में तीन मील का फासला तय करना पड़ता था लेकिन अच्छा दूध मिले तो मैं इसका दुगना फासला तय करने को तैयार था। यहां मकान खूब खुला हुआ था, मकान के सामने सहन था, जरा और बढ़कर आम और महुए का बाग। बाग से निकलिए तो काछियों के खेत थे, किसी में आलू, किसी में गोभी। एक काछी से तय कर लिया कि रोजाना बकरी के लिए कुछ हरियाली दे जाया करे। मगर इतनी कोशिश करने पर भी दूध की माला में कुछ खास बढ़त नहीं हुई। ढाई सेर की जगह मुश्किल से सेर-भर दूध निकलता था लेकिन यह तस्कीन थी कि दूध खालिस है, यही क्या कम है!

मैं यह कभी नहीं मान सकता कि खिदमतगारी के मुकाबले में बकरी चराना ज्यादा जलील काम है। हमारे देवताओं और नबियों का बहुत सम्मानित वर्ग गल्ले चराया करता था। कृष्ण जी गायें चराते थे। कौन कह सकता है कि उस गल्ले में बकरियां न रही होंगी। हजरत ईसा और हजरत मुहम्मद दोनों ही भेड़ें चराते थे। लेकिन आदमी रूढ़ियों का दास है। जो कुछ बुजुर्गों ने नहीं किया उसे वह कैसे करे। नये रास्ते पर चलने के लिए जिस संकल्प और दृढ़ आस्था की जरूरत है वह हर एक में तो होती नहीं। धोबी आपके गन्दे कपड़े धो लेगा लेकिन आपके दरवाजे पर झाड़ू लगाने में अपनी हतक समझता है। जरायमपेशा कौमों के लोग बाजार से कोई चीज कीमत देकर खरीदना अपनी शान के खिलाफ समझते हैं। मेरे खितमतगार को बकरी लेकर बाग में जाना बुरा मालूम होता था। घर से तो ले जाय लेकिन बाग में उसे छोड़कर खुद किसी पेड़ के नीचे सो जाता। बकरी पत्तियां चर लेती थी। मगर एक दिन उसके जी में आया कि जरा बाग से निकलकर खेतों की सैर करें। यों वह बहुत ही सभ्य और सुसंस्कृत बकरी थी, उसके चेहरे से गम्भीरता झलकती थी। लेकिन बाग और खेत में उसे यकसां आजादी नहीं है, इसे वह शायद न समझ सकी। एक रोज किसी खेत में घुस गई और गोभी की कई क्यारियां साफ कर गई। काछी ने देखा तो उसके कान पकड़ लिये और मेरे पास लाकर बोला—बाबूजी, इस तरह आपकी बकरी हमारे खेत चरेगी तो हम तो तबाह हो जायेंगे। आपको बकरी रखने का शौक है तो इसे बांधकर रखिये। आज तो हमने आपका लिहाज किया लेकिन फिर हमारे खेत में गई तो हम या तो उसकी टाँग तोड़ देंगे या कानीहौज भेज देंगे।

अभी वह अपना भाषण खतम न कर पाया था कि उसकी बीवी आ पहुंची और उसने इसी विचार को और भी जोरदार शब्दों में अदा किया—हां-हां करती ही रही मगर रांड खेत में घुस गई और सारा खेत चौपट कर दिया, इसके पेट में भवानी बैठे! यहाँ कोई तुम्हारा दबैल नहीं है। हाकिम होंगे अपने घर के होंगे। बकरी रखना है तो बांधकर रखो नहीं गला ऐंठ दूंगी!

मैं भीगी बिल्ली बना हुआ खड़ा था। जितनी फटकार आज सहनी पड़ी उतनी जिन्दगी में कभी न सही। और जिस धीरज से आज काम लिया अगर उससे दूसरे मौकों पर काम लिया होता तो आज आदमी होता। कोई जवाब नहीं सूझता था। बस यही जी चाहता था कि बकरी का गला घोंट दूं और खिदमतगार को डेढ़ सौ हण्टर जमाऊं। मेरी खामोशी से वह औरत भी शेर होती जाती थी। आज मुझे मालूम हुआ

कि किन्हीं-किन्हीं मौकों पर खामोशी नुकसानदेह साबित होती है। खैर, मेरी बीवी ने घर में यह गुल-गपाड़ा सुना तो दरवाजे पर आ गई और हेकड़ी से बोली—'तू कानीहौज पहुंचा दे और क्या करेगी, नाहक टर्र-टर्र कर रही है, घण्टे-भर से। जानवर ही है, एक दिन खुल गई तो क्या उसकी जान लेगी? खबरदार जो एक बात भी मुंह से निकाली। क्यों नहीं खेत के चारों तरफ झाड़ लगा देती, काँटों से रूंध दे। अपनी गलती तो मानती नहीं, ऊपर से लड़ने आई है। अभी पुलिस में इत्तला कर दें तो बंधे-बंधे फिरो।

बात कहने की इस शासनपूर्ण शैली ने उन दोनों को ठण्डा कर दिया। लेकिन उनके चले जाने के बाद मैंने देवी जी की खूब खबर ली—गरीबों का नुकसान भी करती हो और ऊपर से रोब जमाती हो। इसी का नाम इंसाफ है?

देवी जी ने गर्वपूर्वक उत्तर दिया—मेरा एहसान तो न मानोगे कि शैतानों को कितनी आसानी से भगा दिया, लगे उल्टे डांटने। गंवारों को राह बतलाने का सख्ती के सिवा दूसरा कोई तरीका नहीं। सज्जनता या उदारता उनकी समझ में नहीं आती। उसे यह लोग कमजोरी समझते हैं और कमजोर को कौन नहीं दबाना चाहता।

खिदमतगार से जवाब तलब किया तो उसने साफ कह दिया—साहब ,बकरी चराना मेरा काम नहीं है।

मैंने कहा—तुमसे बकरी चराने को कौन कहता है, जरा उसे देखते रहा करो कि किसी खेत में न जाय, इतना भी तुमसे नहीं हो सकता?

'मैं बकरी नहीं चरा सकता साहब, कोई दूसरा आदमी रख लीजिए।'

आखिर मैंने खुद शाम को उसे बाग में चरा लाने का फैसला किया। इतने जरा-से काम के लिए एक नया आदमी रखना मेरी हैसियत से बाहर था। और अपने इस नौकर को जवाब भी नहीं देना चाहता था जिसने कई साल तक वफादारी से मेरी सेवा की थी और ईमानदार था। दूसरे दिन मैं दफ्तर से जरा जल्द चला आया और चटपट बकरी को लेकर बाग में जा पहुंचा। जाड़ों के दिन थे। ठण्डी हवा चल रही थी। पेड़ों के नीचे सूखी पत्तियाँ गिरी हुई थीं। बकरी पत्तियों पर टूटी पड़ती थी गोया महीनों की भूखी हो। अभी इस पेड़ के नीचे थी, एक पल में वह जा पहुंची। मेरी दलेल हो रही थी, उसके पीछे-पीछे दौड़ता फिरता था। दफ्तर से लौटकर जरा आराम किया करता था, आज यह कवायद करना पड़ी, थक गया, मगर मेहनत सफल हो गई, आज बकरी ने कुछ ज्यादा दूध दिया।

यह खयाल आया, अगर सूखी पत्तियां खाने से दूध की मात्रा बढ़ गई तो यकीनन हरी पत्तियाँ खिलाई जाएं तो इससे कहीं बेहतर नतीजा निकले। लेकिन हरी पत्तियाँ आयें कहाँ से? पेड़ों से तोड़ूं तो बाग का मालिक जरूर एतराज करेगा, कीमत देकर हरी पत्तियां मिल न सकती थीं। सोचा, क्यों एक बार बाँस के लग्गे से पत्तियां तोड़ें। मालिक ने शोर मचाया तो उससे आरज़ू-मिन्नत कर लेंगे। राजी हो गया तो खैर, नहीं देखी जायगी। थोड़ी-सी पत्तियाँ तोड़ लेने से पेड़ का क्या बिगड़ा जाता है। चुनांचे एक पड़ोसी से एक पतला-लम्बा बाँस माँग लाया, उसमें एक आँकुस बाँधा और शाम को बकरी को साथ लेकर पत्तियाँ तोड़ने लगा। चोर आँखों से इधर-उधर देखता जाता था, कहीं मालिक तो नहीं आ रहा है। अचानक वही काछी एक तरफ से आ निकला और मुझे पत्तियां तोड़ते देखकर बोला—यह क्या करते हो बाबूजी, आपके हाथ में यह लग्गा अच्छा नहीं लगता। बकरी पालना हम गरीबों का काम है कि आप जैसे शरीफों का। मैं कट गया, कुछ जवाब न सूझा। इसमें क्या बुराई है, अपने हाथ से अपना काम करने में क्या शर्म वगैरह जवाब कुछ हलके, बेहकीकत, बनावटी मालूम हुए। सफेदपोशी के आत्मगौरव ने जबान बन्द कर दी। काछी ने पास आकर मेरे हाथ से लग्गा ले लिया और देखते-देखते हरी पत्तियों का ढेर लगा दिया और पूछा—पत्तियाँ कहाँ रख जाऊं?

मैंने झेंपते हुए कहा—तुम रहने दो? मैं उठा ले जाऊंगा।

उसने थोड़ी-सी पत्तियाँ बगल में उठा लीं और बोला—आप क्या पत्तियाँ रखने जायेंगे, चलिए मैं रख आऊं।

मैंने बरामदे में पत्तियाँ रखवा लीं। उसी पेड़ के नीचे उसकी चौगुनी पत्तियां पड़ी हुई थीं। काछी ने उनका एक गट्ठा बनाया और सर पर लादकर चला गया। अब मुझे मालूम हुआ, यह देहाती कितने चालाक होते हैं। कोई बात मतलब से खाली नहीं।

मगर दूसरे दिन बकरी को बाग में ले जाना मेरे लिए कठिन हो गया। काछी फिर देखेगा और न जाने क्या-क्या फिकरे चुस्त करे। उसकी नजरों में गिर जाना मुंह में कालिख लगाने से कम शर्मनाक न था। हमारे सम्मान और प्रतिष्ठा की जो कसौटी लोगों ने बना रक्खी है, हमको उसका आदर करना पड़ेगा, नक्कू बनकर रहे तो क्या रहे।

लेकिन बकरी इतनी आसानी से अपनी निर्द्वन्द्व आजाद चहलकदमी से हाथ न खींचना चाहती थी जिसे उसने अपनी साधारण दिनचर्या समझना शुरू कर दिया

था। शाम होते ही उसने इतने जोर-शोर से प्रतिवाद का स्वर उठाया कि घर में बैठना मुश्किल हो गया। गिटकिरीदार 'मे-मे' का निरन्तर स्वर आ-आकर कान के पर्दों को क्षत-विक्षत करने लगा। कहां भाग जाऊं? बीवी ने उसे गालियां देना शुरू कीं। मैंने गुस्से में आकर कई डण्डे रसीद किये, मगर उसे सत्याग्रह स्थगित न करना था न किया। बड़े संकट में जान थी।

आखिर मजबूर हो गया। अपने किये का, क्या इलाज! आठ बजे रात, जाड़ों के दिन। घर से बाहर मुंह निकालना मुश्किल और मैं बकरी को बाग में टहला रहा था और अपनी किस्मत को कोस रहा था। अंधेरे में पांव रखते मेरी रूह कांपती है। एक बार मेरे सामने से एक सांप निकल गया था। अगर उसके ऊपर पैर पड़ जाता तो जरूर काट लेता। तब से मैं अंधेरे में कभी न निकलता था। मगर आज इस बकरी के कारण मुझे इस खतरे का भी सामना करना पड़ा। जरा भी हवा चलती और पत्ते खड़कते तो मेरी आंखें ठिठुर जातीं और पिंडलियां काँपने लगतीं। शायद उस जन्म में मैं बकरी रहा हूंगा और यह बकरी मेरी मालकिन रही होगी। उसी का प्रायश्चित इस जिन्दगी में भोग रहा था। बुरा हो उस पण्डित का, जिसने यह बला मेरे सिर मढी। गिरस्ती भी जंजाल है। बच्चा न होता तो क्यों इस मूजी जानवर की इतनी खुशामद करनी पड़ती। और यह बच्चा बड़ा हो जायगा तो बात न सुनेगा, कहेगा, आपने मेरे लिए क्या किया है। कौन-सी जायदाद छोड़ी है! यह सजा भुगतकर नौ बजे रात को लौटा। अगर रात को बकरी मर जाती तो मुझे जरा भी दुःख न होता।

दूसरे दिन सुबह से ही मुझे यह फिक्र सवार हुई कि किसी तरह रात की बेगार से छुट्टी मिले। आज दफ्तर में छुट्टी थी। मैंने एक लम्बी रस्सी मंगवाई और शाम को बकरी के गले में रस्सी डाल एक पेड़ की जड़ से बांधकर सो गया—अब चरे जितना चाहे। अब चिराग जलते-जलते खोल लाऊंगा। छुट्टी थी ही, शाम को सिनेमा देखने की ठहरी। एक अच्छा-सा खेल आया हुआ था। नौकर को भी साथ लिया वर्ना बच्चे को कौन संभालता। जब नौ बजे रात को घर लौटे और मैं लालटेन लेकर बकरी लेनो गया तो क्या देखता हूं कि उसने रस्सी को दो-तीन पेड़ों से लपेटकर ऐसा उलझा डाला है कि सुलझना मुशकिल है। इतनी रस्सी भी न बची थी कि वह एक कदम भी चल सकती। लाहौलविलाकूवत, जी में आया कि कम्बख्त को यहीं छोड़ दूं, मरती है तो मर जाय, अब इतनी रात को लालटेन की रोशनी में रस्सी सुलझाने बैठे। लेकिन दिल न माना। पहले उसकी गर्दन से रस्सी खोली, फिर उसकी पेंच-दर-पेंच ऐंठन

छुड़ाई, एक घंटा लग गया। मारे सर्दी के हाथ ठिठुरे जाते थे और जी जल रहा था वह अलग। यह तरकीब और भी तकलीफदेह साबित हुई।

अब क्या करूं,अक्ल काम न करती थी। दूध का खयाल न होता तो किसी को मुफ्त दे देता। शाम होते ही चुड़ैल अपनी चीख-पुकार शुरू कर देगी और घर में रहना मुशकिल हो जायगा, और आवाज भी कितनी कर्कश और मनहूस होती है। शास्त्रों में लिखा भी है, जितनी दूर उसकी आवाज जाती है उतनी दूर देवता नहीं आते। स्वर्ग की बसनेवाली हस्तियां जो अप्सराओं के गाने सुनने की आदी हैं, उसकी कर्कश आवाज से नफरत करें तो क्या ताज्जुब! मुझ पर उसकी कर्ण कटु पुकारों का ऐसा आतंक सवार था कि दूसरे दिन दफ्तर से आते ही मैं घर से निकल भागा। लेकिन एक मील निकल जाने पर भी ऐसा लग रहा था कि उसकी आवाज मेरा पीछा किये चली आती है। अपने इस चिड़चिड़ेपन पर शर्म भी आ रही थी। जिसे एक बकरी रखने की भी सामर्थ्य न हो वह इतना नाजुक दिमाग क्यों बने और फिर तुम सारी रात तो घर से बाहर रहोगे नहीं, आठ बजे पहुंचोगे तो क्या वह गीत तुम्हारा स्वागत न करेगा?

सहसा एक नीची शाखोंवाला पेड़ देखकर मुझे बरबस उस पर चढ़ने की इच्छा हुई। सपाट तनों पर चढ़ना मुशकिल होता है, यहां तो छ: सात फुट की ऊंचाई पर शाखें फूट गयी थीं। हरी-हरी पत्तियों से पेड़ लदा खड़ा था और पेड़ भी था गूलर का जिसकी पत्तियों से बकरियों को खास प्रेम है। मैं इधर तीस साल से किसी रुख पर नहीं चढ़ा। वह आदत जाती रही। इसलिए आसान चढ़ाई के बावजूद मेरे पांव कांप रहे थे पर मैंने हिम्मत न हारी और पत्तियां तोड़-तोड़ नीचे गिराने लगा। यहां अकेले में कौन मुझे देखता है कि पत्तियां तोड़ रहा हूं। अभी अंधेरा हुआ जाता है। पत्तियों का एक गट्ठा बगल में दबाऊंगा और घर जा पहुंचूंगा। अगर इतने पर भी बकरी ने कुछ चीं-चपड़ की तो उसकी शामत ही आ जायगी।

मैं अभी ऊपर ही था कि बकरियों और भेड़ों का एक गोल न जाने किधर से आ निकला और पत्तियों पर पिल पड़ा। मैं ऊपर से चीख रहा हूं मगर कौन सुनता है। चरवाहे का कहीं पता नहीं। कहीं दुबक रहा होगा कि देख लिया जाऊंगा तो गालियां पड़ेंगी। झल्लाकर नीचे उतरने लगा। एक-एक पल में पत्तियां गायब होती जाती थीं। उतरकर एक-एक की टांग तोड़ूंगा। यकायक पांव फिसला और मैं दस फिट की ऊंचाई से नीचे आ रहा। कमर में ऐसी चोट आयी कि पांच मिनट तक आंखों तले अंधेरा छा गया। खैरियत हुई कि और ऊपर से नहीं गिरा, नहीं तो यहीं शहीद हो

जाता। बारे, मेरे गिरने के धमाके से बकरियां भागीं और थोड़ी-सी पत्तियां बच रहीं। जब जरा होश ठिकाने हुए तो मैंने उन पत्तियों को जमा करके एक गट्ठा बनाया और मजदूरों की तरह उसे कंधे पर रखकर शर्म की तरह छिपाये घर चला। रास्ते में कोई दुर्घटना न हुई। जब मकान कोई चार फर्लांग रह गया और मैंने कदम तेज किये कि कहीं कोई देख न ले तो वह काछी सामने से आता दिखायी दिया। कुछ न पूछो उस वक्त मेरी क्या हालत हुई। रास्ते के दोनों तरफ खेतों की ऊंची मेड़ें थीं जिनके ऊपर नागफनी के काटे लगे हुए थे। मगर रस्ते-रस्ते जाता हूं तो वह जालिम मेरे बगल से होकर निकलेगा और भगवान् जाने क्या सितम ढाये। कहीं मुड़ने का रास्ता नहीं और वह मरदूद जमदूत की तरह चला आता था। मैंने घोती ऊपर सरकायी, चाल बदल ली और सिर झुकाकर इस तरह निकल जाना चाहता था कि कोई मजदूर है। तले की सांस तले थी, ऊपर की ऊपर, जैसे वह काछी कोई खूंखार शेर हो। बार-बार ईश्वर को याद कर रहा था कि हे भगवान्, तू ही आफत के मारे हुओं का मददगार है, इस मरदूद की जबान बन्द कर दे। एक क्षण के लिए, इसकी आंखों की रोशनी गायब कर दे ... आह, वह यंत्रणा का क्षण जब मैं उसके बराबर एक गज के फासले से निकला! एक-एक कदम तलवार की धार पर पड़ रहा था कि शैतानी आवाज कानों में आयी-कौन है रे,कहां से पत्तियां तोड़े लाता है!

मुझे मालूम हुआ, नीचे से जमीन निकल गयी है और मैं उसके गहरे पेट में जा पहुंचा हूं। रोए बर्छियां बने हुए थे, दिमाग में उबाल-सा आ रहा था, शरीर को लकवा-सा मार गया, जवाब देने का होश न रहा। तेजी से दो-तीन कदम आगे बढ़ गया, मगर वह ऐच्छिक क्रिया न थी, प्राण-रक्षा की सहज क्रिया थी।

कि एक जालिम हाथ गट्टे पर पड़ा और गट्ठा नीचे गिर पड़ा। फिर मुझे याद नहीं, क्या हुआ। मुझे जब होश आया तो मैं अपने दरवाजे पर पसीने से तर खड़ा था गोया मिरगी के दौरे के बाद उठा हूं। इस बीच मेरी आत्मा पर उपचेतना का आधिपत्य था और बकरी की वह घृणित आवाज, वह कर्कश आवाज, वह हिम्मत तोड़नेवाली आवाज, वह दुनिया की सारी मुसीबतों का खुलासा, वह दुनिया की सारी लानतों की रूह कानों में चुभी जा रही थी।

बीवी ने पूछा—आज कहां चले गये थे? इस चुड़ैल को जरा बाग भी न ले गये, जीना मुहाल किये देती है। घर से निकलकर कहां चली जाऊं!

मैंने इत्मीनान दिलाया—आज चिल्ला लेने दो, कल सबसे पहला यह काम करूंगा कि इसे घर से निकाल बाहर करूंगा, चाहे कसाई को देना पड़े।

'और लोग न जाने कैसे बकरियां पालते हैं।'

'बकरी पालने के लिए कुत्ते का दिमाग चाहिए।'

सुबह को बिस्तर से उठकर इसी फिक्र में बैठा था कि इस काली बला से क्योंकर मुक्ति मिले कि सहसा एक गड़रिया बकरियों का एक गल्ला चराता हुआ आ निकला। मैंने उसे पुकारा और उससे अपनी बकरी को चराने की बात कही। गड़रिया राजी हो गया। यही उसका काम था। मैंने पूछा—क्या लोगे?

'आठ आने बकरी मिलते हैं हजूर।'

'मैं एक रुपया दूंगा लेकिन बकरी कभी मेरे सामने न आवे।'

गड़रिया हैरत में रह गया—मरकही है क्या बाबूजी?

'नहीं, नहीं, बहुत सीधी है, बकरी क्या मारेगी, लेकिन मैं उसकी सूरत नहीं देखना चाहता।'

'अभी तो दूध देती है?'

'हां, सेर-सवा सेर दूध देती है।'

'दूध आपके घर पहुंच जाया करेगा।'

'तुम्हारी मेहरबानी।'

जिस वक्त बकरी घर से निकली है मुझे ऐसा मालूम हुआ कि मेरे घर का पाप निकला जा रहा है। बकरी भी खुश थी गोया कैद से छूटी है. गड़रिये ने उसी वक्त दूध निकाला और घर में रखकर बकरी को लिये चला गया। ऐसा बेगरज गाहक उसे जिन्दगी में शायद पहली बार ही मिला होगा।

एक हफ्ते तक तो दूध थोड़ा-बहुत आता रहा फिर उसकी मात्रा कम होने लगी, यहां तक कि एक महीना खतम होते-होते दूध बिलकुल बन्द हो गया। मालूम हुआ बकरी गाभिन हो गयी है। मैंने जरा भी एतराज न किया। काछी के पास गाय थी, उससे दूध लेने लगा। मेरा नौकर खुद जाकर दुह लाता था।

कई महीने गुजर गये। गड़रिया महीने में एक बार आकर अपना रुपया ले जाता। मैंने कभी उससे बकरी का जिक्र न किया। उसके खयाल ही से मेरी आत्मा कांप जाती थी। गड़रिये को अगर चेहरे का भाव पढ़ने की कला आती होती तो वह बड़ी आसानी से अपनी सेवा का पुरस्कार दुगना कर सकता था।

एक दिन मैं दरवाजे पर बैठा हुआ था कि गड़रिया अपनी बकरियों का गल्ला लिये आ निकला। मैं उसका रुपया लाने अन्दर गया, कि क्या देखता हूं मेरी बकरी दो बच्चों के साथ मकान में आ पहुंची। वह पहले सीधी उस जगह गयी जहां बंधा

करती थी फिर वहां से आंगन में आयी और शायद परिचय दिलाने के लिए मेरी बीवी की तरफ ताकने लगी। उन्होंने दौड़कर एक बच्चे को गोद में ले लिया और कोठरी में जाकर महीनों का जमा चोकर निकाल लायीं और ऐसी मुहब्बत से बकरी को खिलाने लगीं कि जैसे बहुत दिनों की बिछुड़ी हुई सहेली आ गयी हो। न वह पुरानी कटुता थी न वह मनमुटाव। कभी बच्चे को चुमकारती थीं। कभी बकरी को सहलाती थीं और बकरी डाकगाड़ी की रफ्तार से चोकर उड़ा रही थी।

तब मुझसे बोलीं—कितने खूबसूरत बच्चे हैं!

'हां, बहुत खूबसूरत।'

'जी चाहता है, एक पाल लूं।'

'अभी तबियत नहीं भरी?'

'तुम बड़े निर्मोही हो।'

चोकर खत्म हो गया, बकरी इत्मीनान से विदा हो गयी। दोनों बच्चे भी उसके पीछे फुदकते चले गये। देवी जी आंख में आंसू भरे यह तमाशा देखती रहीं।

गड़रिये ने चिलम भरी और घर से आग मांगने आया। चलते वक्त बोला—कल से दूध पहुंचा दिया करूंगा। मालिक।

देवीजी ने कहा—और दोनों बच्चे क्या पियेंगे?

'बच्चे कहां तक पियेंगे बहूजी। दो सेर दूध देती है, अभी दूध अच्छा न होता था, इस मारे नहीं लाया।'

मुझे रात को वह मर्मान्तक घटना याद आ गयी।

मैंने कहा—दूध लाओ या न लाओ, तुम्हारी खुशी, लेकिन बकरी को इधर न लाना।

उस दिन से न वह गड़रिया नजर आया और न वह बकरी, और न मैंने पता लगाने की कोशिश की। लेकिन देवीजी उसके बच्चों को याद करके कभी-कभी आंसू बहा रोती हैं।

—'वारदात' से

□□